KB147055

그 개와 같은 말

임현 소설집

그 개와 같은 말

차례

가능한 세계

1일

"미래를 알 수 있어요."

그렇게 말하자 선생님이 웃었다. 웃다가 무시해서 그런 게 아니라고 사과했다. 여전히 내가 심각한 표정을 하고 있었기 때문인데 그게 아니더라도 상담을 신청한 학생에게 교사로서 보일 만한 태도는 아니라고 깨달은 것 같았다.

"정말 그렇단 말이지?"

목소리를 바꿔 물어서 고개를 크게 끄덕였다. 서랍 속에서 무언가를 꺼내는 듯싶더니 주먹을 쥐어 내보였다.

"그럼 여기에 뭐가 있는지 말해보렴."

어떤 선택을 하더라도 믿지 않을 것이다. 눈치가 빠르다거나 이미 훔쳐보았을 거라고 단정할 것이다. 나는 그걸 안다.

"그런 문제가 아니에요. 내가 알고 있는 것은 어떤 대답이든 그게 틀릴 거라는 거예요."

할 수 있는 가장 현명한 대답이었다.

빨랫감을 뒤적이다가 엄마가 문밖에서 물었다.

"이건 또 왜 여기 넣었어?"

나는 내 방에 있고 엄마는 호주머니에 달라붙은 과일 사탕을 떼어내고 있을 것이다. 얼룩이 진하게 남은 자리에 코를 대고 냄새를 맡는 중일지도 모른다. 알코올, 프로필렌글리콜, 유화제, 안정제, 부형제 등 200종 이상의 혼합물이 만들어낸 달콤한 포도 향. 아홉 살다운 행동들. 그런 것들로부터 엄마는 안심할 것이다.

잠시 후, 가벼운 노크 소리가 들리고 방문이 열렸다.

"안녕, 엄마?"

문 쪽을 바라보지 않고 내가 말했다.

"잘 있었니, 아들?"

그 말이 어찌나 따뜻한지 하마터면 울어버릴 뻔했다. 우리는 불과 30분 전까지 거실에서 디스커버리 채널을 함께 시청했다. 나사NASA가 외계인과 관련된 정보를 고의적으로 은폐하고 있다는 내용의 다큐멘터리였는데 음모론의 일종이었지만 실제 우주비행사의 증언을 직접 들을 수 있어서 유익했다.

그러나 겨우 30분 만에 나는 매우 우울해졌고 그걸 들키고 싶지 않아서 서둘러 다른 말로 둘러댔다.

"아무리 급한 용무라고 해도 지금은 정말 안 돼요. 20세기의 가장 지저분한 난제들을 연구하는 중이거든요. 흐름을 끊을 수가 없어요."

거짓말이었지만 나쁜 거짓말은 아니었다. 미리 책상 위에 펼쳐 둔 『거대한 수학적 사건들』에 눈을 돌렸다. 형식적으로 결정될 수 없는 명제에 관한 괴델의 정리들. 엄마가 절대 확인할 수 없다는 것을 알면서도 속으로 읽기 시작했다.

"오후에 선생님이 전화하셨더구나."

그러나 상관없이 대화는 계속 이어질 것이다. 같은 부분을 소리 내어 다시 한 번 읽었다.

2일

엄마를 슬프게 하는 것들은 이런 종류에 속한다.

"모든 뇌종양이 유전되는 건 아니래요. 이 기사를 좀 보세요."

아빠를 떠올릴 만한 단어들. 야구광, 알에이치마이너스, 곱슬머리, 유골, 아빠…… 아빠라는 말 자체.

3일

아니면 이런 식의 대화들.

"내가 테러리스트가 될 확률이 아주 크진 않지만 그렇다고 전혀 없는 것도 아니에요. 그리고 그건 세계에서 가장 끔찍한 참사로 이어질 거예요."

설거지를 하던 엄마가 수도를 잠근 후에 돌아보았다. 손에 묻은 거품들이 바닥으로 떨어졌다. 개수대에서 그릇들이 달그락거리며 조금 자리를 바꿨다.

"엄마의 의견을 듣고 싶어요."

어떤 그릇들은 지나치게 잘 포개진다. 틈이 없어 잘 떨어지지 않는다. 엄마가 식탁을 사이에 두고 나를 마주 보며 앉았다. 그 순간, 나는 그릇처럼 엄마를 꼭 껴안고 싶었다.

"너는 누구보다 특별하단다. 네가 내 아들이 아니었어도 여전히 특별할 거라는 의미에서 특별해. 하지만 말이야, 엄마도 가끔씩은 다른 엄마들처럼 평범해지고 싶어질 때가 있어. '이런 식의 대화'가 아니고 말이야. 엄마를 이해할 수 있겠니?"

4일

두 번째 상담을 신청했다. 선생님과 주말 동안 있었던 문제에 대해 의논해보았다.

"엄마가 이해하지 못한 부분은 '주관 시간'이에요."

선생님이 되물었다.

"그건 또 무슨 소리니?"

"아시다시피 나는 미래에 대해 알고 있어요. 대략 앞으로 30년 정도까지는요. 다른 말로 하자면 30년 정도를 미리 살아버렸다는 뜻인데, 그러니까 서른아홉 살의 논리로 보았을 때 나는 전혀 특별한 게 아니거든요. 엄마는 올해 고작 서른다섯이에요."

스물일곱 살의 선생님은 다시 전화할 것이다. 조금도 나아지지 않았다고 걱정하며 전문적인 치료를 권할 가능성이 높았다.

"죄송해요, 선생님. 하지만 이건 망상이나 허언증과는 달라요. 우리 아이는 공감 능력이 뛰어날 뿐이에요. 병이라기보단 그냥 상상력의 문제라고요. 제 아빠를 너무 일찍 잃은 대신 얻은, 일종의 대체재 같은 거요."

예상할 수 있는 엄마의 답변.

"선생님은 너의 생각을 존중해. 네가 진실만을 이야기한다는 전제에서 그렇다는 거야."

"조금도요. 거짓말이라면 종종 하기도 하지만 지금은 전혀 아니에요."

'거짓말쟁이의 역설'이 떠올랐다. 모든 크레타인은 거짓말쟁이라고 말한 크레타인의 말은 참일까 거짓일까.

"좋아, 그렇다면 왜 네 능력을 보다 생산적으로 사용하지 않는 거지? 남을 돕는 데 쓸 수도 있을 텐데. 예를 들어, 내게 이번 주 복권 당첨 번호를 미리 알려준다든지, 그런 거 말이다."

5일

선생님이 이해하지 못한 것은 다음과 같다. 내가 아는 어떤 미래에서도 선생님은 복권에 당첨되지 않는다. 어젯밤에는 숙제도 미뤄두고 이 문제를 설명할 수 있는 이론들을 정리해보았다.

A. 0의 경우 : 어떤 수에 0을 곱하면 그 해는 언제나 0이다. 1 곱하기 0은 0. 28305809542 곱하기 0도 0.

B. 고양이의 경우 : 죽거나 살 확률이 정확히 반반인 상자 속에 고양이를 넣어두었다고 가정해보자. 결정론적인 입장을 취하는 고전역학의 사고관과는 달리 양자역학의 세계에서는 상자를 열어보기 전까지 고양이의 생사는 아직 결정되지 않았다. 이때 고양이의 상태는 살아 있으면서 죽은 상태로 중첩되어 존재한다. 다시 말해 이미 죽거나 살아 있는 고양이를 확인하는 것이 아니라 관측 행위가 고양이의 생사를 결정하게 된다. 결론적으로 선생님의 사례에서 보자면 당첨 번호를 알려고 하는 행

위 때문에 본래 예정된 번호는 얼마든지 바뀔 수도 있다는 말이다. 더욱이 경험적으로 알게 된 바에 따르면, 여기에 가장 비관적인 점은 당첨 번호와 달리 '당첨되지 않는다는 사실'은 보다 거시적인 문제이며 고전역학에 가깝다는 것이다. 거의 확정적이다.

C. 슈뢰딩거의 경우 : 오스트리아의 물리학자 에르빈 슈뢰딩거는 "관찰자의 측정 행위가 대상에 영향을 미친다"는 코펜하겐 해석이 얼마나 허무맹랑한지 증명하기 위해 1935년, '상자 속의 고양이'를 고안해낸다. 이 사고 실험에서 슈뢰딩거는 아무도 달을 보지 않는다고 달이 거기에 없는 것이 아니듯, 고양이의 생사는 관찰자와 무관하게 오로지 고양이만의 문제라는 점을 강조하고 있다. 그러나 역설적이게도 오늘날 '슈뢰딩거의 고양이'는 미시적인 양자역학이 어떻게 작동되는지를 이해할 때 절대 빠지지 않고 등장하는 대표적인 비유로 꼽힌다.

이와 같은 내용으로 상담 시간에 토론해보고 싶었는데 실패했다. 선생님은 다른 상담이 먼저 잡혀 있어서 어려울 거라고 했다. 내일도 모레도 일주일 내내. 한 달 내내.

"지금이라도 솔직하게 말해보렴. 오늘 상담을 받을 수 없다는 걸 정말 알고 있었니? 그렇다면 너는 왜 여기에 있는 거지?"

D. 추가 : 상담을 통해 알게 된 점은 다음과 같다.

선생님이 믿지 않을 거라는 사실도 거의 확정적이다.

6일

학교에 가지 않았다. 대신 관련된 사례를 중심으로 자율 탐구에 집중하기로 했다.

시립도서관까지 가는 동안 버스를 두 번이나 갈아탔다. 시간을 고려했을 때 효율적인 동선은 아니었으나 걷는 구간을 가장 줄일 수 있었다. 그 시간에 아홉 살의 남자 애들이라면 학교에 있어야 할 것이고 그렇지 않은 경우엔 귀찮은 질문을 받게 된다. 또 이런 질문을 하는 어른들 대부분은 친절하기 때문에 함부로 무시할 수도 없다.

도서관에서는 되도록 평범하게 행동했다. 공공기관이라고는 처음 방문한 미취학 아동처럼 이리저리 서가를 돌아다녔다. 눈썹이 진한 사서 아줌마가 눈짓으로 경고했다. 그러지 마, 뛰면 안 돼. 미리 눈여겨둔 책들을 골라 아동도서들이 밀집해 있는 쪽으로 가져와 읽었다. 혹시라도 누가 묻는다면 나이에 비해 발육 상태가 좋은 것뿐이고 곧 나의 보호자가 나타나 당신을 곤란하게 만들 수도 있다고 대답할 생각이었다.

권력과 테러, 테러리즘 폭력인가 저항인가, 글로벌 테러리즘의 이해 등등. 심리 조작을 통해 테러리스트를 양성했다는 파블로프의 미공개 실험은 흥미로웠다. 세뇌에 사용되는 최면 기법에 한창 빠져 있을 때 누군가 말을 걸어왔다.

"도대체 내가 뭘 보고 있는 거지?"

친절한 어른의 접근. 나는 고개를 들어 준비한 대답을 했다.

"여기는 아동도서 코너고 저는 일곱 살이에요. 그렇게 보이지 않는 건 남들에 비해 발육 상태가 좋기 때문이고요. 그러니까 아직 의무교육을 받을 만한 나이가 아니란 말이죠."

"하지만 그렇다고 하더라도 네가 읽고 있는 건 너무 무거워 보이는구나."

"아저씨가 읽는 책들이 지나치게 가벼운 걸 수도 있죠."

들고 있던 동화책을 가리키며 내가 말했다.

읽어야 할 것들이 아직 많이 남아 있었지만 우리는 로비로 나가기로 했다. 눈썹만 보이던 그 사서 아줌마가 다시 주의를 주었기 때문이었다. 대화가 길어진다는 게 나로서는 결코 좋은 상황은 아니었지만 상대도 쉽게 물러설 것 같지는 않았다. 친절한 어른들이 가진 보편적인 성향. 그럴 바엔 사정을 밝히고 협조를 구하는 편이 나을 것 같았다.

"동화를 읽기에는 아저씨가 너무 어른이라고 생각하지 않으세요?"

"물론 그렇지. 하지만 이건 우리 아이를 위한 거란다."

"선천적인 장애가 있나요?"

"넌 참 영리하구나. 하지만 그런 걸 물을 땐 조심하는 게 좋겠다."

"무례했다면 미안해요. 우리 아빠는 뇌종양이었어요. 수막종이었고 유전은 되지 않아요. 그리고 이런 말을 하면 엄마는 무척 슬퍼해요."

내가 이런 말을 하면 상대방은 미안해지기 마련이다. 아저씨가 가만히 쳐다보다가 내 머리를 쓰다듬었다.

"우리 애는 너처럼 똑똑하진 않아. 그렇다고 그게 남보다 모자라다는 의미도 아니지."

그리고 나는 더 미안한 질문도 할 수 있게 된다.

"만약에요, 자녀가 장애인이 되는 것과 테러리스트가 되는 것 중에 선택해야 한다면 어떻게 해야 할 것 같아요?"

"어려운 질문이구나."

이런 이야기는 매점에서 하는 게 좋겠다고 아저씨가 제안해서 나도 동의했다. 각자 몫의 음료수를 고른 후에 계산은 아저씨가 했다. 낯선 사람이 주는 것은 함부로 먹지 않지만 이번만큼은 예외라는 점을 알려주었다.

"영광이구나."

아저씨가 대답했다. 그리고 나는 이 예외적 상황으로부터 생겨날 다른 가능성에 대해서도 말해주었다. 그보다 먼저, 내가 일곱 살이 아니라 아홉 살인 것을 털어놓아야 했다. 거짓말에 대해 진심으로 사과했으며 우리 아빠가 뇌종양이었던 것은 정말이라고 강조했다. 오늘은 학교에 가지 않았고 미래를 알 수 있다는 것과 어쩌면 테러리스트가 될 수도 있다는 점도 밝혔다.

"우리가 다시 만날 땐 아주 불행한 경우예요. 그때 아저씨는 내가 처리해야 할 건물 안에 있거든요."

아저씨가 내 말을 충분히 이해할 수 있도록 음료수를 마시며 잠깐 기다린 다음, 다시 말을 이었다.

"그런데 나는 오늘 아저씨와 이런 대화를 나눴고 이 경우 내가 나쁜 선택을 하지 않는 요인으로 작용해요."

"다행이구나, 내가 도움이 되었다니."

아직까지는 그게 정말 나에게 도움이 되는 선택인지 정확히 알지 못했으므로 나는 아무 대답도 하지 않았다. 마실 것을 모두 마시고 난 뒤, 우리는 각자의 서가로 돌아갔다. 잡생각이 많아져서 집중이 잘 되지는 않았다. 한참 뒤에 아저씨가 다시 나를 찾아와 물었다.

"내일도 올 거니?"

"아니요. 아마 지금쯤 엄마는 굉장히 화가 나 있을 거예요. 이건 예지력과는 무관하게 제 직관이 그래요."

집에 돌아왔을 때 엄마는 아무 말도 하지 않았다. 도대체 어딜 갔었느냐고도 묻지 않았다.

열 시나 열한 시쯤 방문 열리는 소리에 잠을 설쳤다. 문밖에서 미안하다, 미안해, 하는 소리가 오래 들렸다. 오늘 일이 모두 아빠 때문이라고 오해하는 것 같았다.

7일

새벽부터 열이 심해 오늘도 학교에 가지 않았다. 도서관에도 갈 수 없었다. 엄마는 회사에 전화한 뒤 종일 나를 간호했다. 생강과 꿀을 함께 끓인 매운 물을 자주 마셨다. 그 외의 것들은 모조리 토해버렸기 때문에 먹기 어려웠다. 저녁쯤에 엄마가 물었다.

"좀 어떠니?"

내 이마를 짚으며 아직 미열이 남아 있다는 것을 확인했다.

"아주 좋아요."

목소리는 잠겨 있었지만 되도록 밝게 말했다. 그리고 나는 이제 우리의 대화가 어떤 곳으로 향하게 될지 알고 있었다. 참을 수 없이 슬퍼졌다.

"엄마, 나는 정말 테러리스트가 되고 싶지 않아요."

다시 엄마가 열을 체크했다.

"그렇게 되지 않을 거야. 내 아들이 그렇게 되도록 내가 가만두지 않아."

"하지만 그건 간단한 문제가 아닌걸요."

"죽을 끓여 올게. 뭐라도 좀 먹어야겠어."

나가려는 엄마를 붙잡았다. 베개에서 머리를 들자 몹시 어지러웠다. 하지만 이번만큼은 나도 쉽게 물러서지 않았다.

"내가 테러리스트가 되지 않더라도 엄마는 1년 후에 정말 슬퍼지게 될 거예요."

이 경우, 아주 큰 확률로 길가에 쓰러져 있는 나를 발견하게 될 것이다. 그렇게 말했다.

"너는 엄마를 잘도 아프게 하는구나. 하지만 네가 그렇게 죽는 일도 절대 없어."

372일

엄마는 무언가를 잊어버렸다. 챙겨야 할 것. 그 순간만큼은 아주 중요하다고 생각했지만 사소한 어떤 것. 할인쿠폰이거나 가는 길에 세탁소에 맡기려고 챙겨둔 계절 옷. 신발이 너무 낡았을 수도 있다. 갈아 신어야겠어, 그렇게 생각하고 집으로 돌아갈 것이다.

"여기서 잠깐만 기다려줄 수 있겠니?"

내 어깨선까지 몸을 숙여 말했다. 금방이면 돼. 그리고 아주 긴 시간을 후회할 것이다. 텔레비전을 기준으로 왼쪽 선반 위에 있을 거야, 천천히 다녀오렴. 심부름을 시킬 수도 있었다. 하지만 그러지 않았다. 바로 이 습관적인 배려가 평생에 걸쳐 당신의 가장 멍청한 선택이었다고 자책할 것이다.

"고작 할인쿠폰과 내 아들을 맞바꾼 거야. 그게 얼마나 비참한 기분인지 알아? 당신들이 정말 그걸 알기나 해?"

누구에게도 말할 수 없는 비밀을 갖게 될 것이다.

"우리는 마트에 가기로 해요. 그런데 엄마는 거기에 없고 트럭이 와서 나를 덮쳐요. 그런 상황이에요. 뒤늦게 사고 현장을 발견하고 나를 일으키려 하겠죠. 그 순간 내 머리가 예상보다 가볍다는 것을 깨닫게 될 거예요. 뇌수가 다 빠져버려서 엄청 가벼울 거라고요."

엄마는 아무 말도 하지 않았다. 굉장히 화가 났다는 것을 알 수 있었다. 그런데도 나는 멈추지 않았다.

"하지만 내가 이런 말을 해버려서 상황은 조금 바뀌어버렸어요. 왜냐하면 엄마는 이제 내게 일어날 수 있는 교통사고의 가능성들에 집착할 거고 그 문제가 다른 일들에 영향을 미칠 거니까요."

372일

주차장이 무너졌다.

372일

긴 호우 탓에 뚜껑이 열린 맨홀에 빠졌다.

372일

단순히 계단을 구르는 경우도 있다.

372일

유전과는 무관한 뇌종양 발병.

또 다른 확률 붕괴를 방지하기 위해 나머지 가능성들에 대해서는 정확하게 밝히지 않았다.

"그것도 아니라면 나는 중요한 순간들을 겪으면서 살아가게 되겠죠. 내 미래를 결정할 아주아주 행복한 순간들을요. 그리고 다름 아닌 바로 그런 것들 때문에 나는 결국 그 끔찍한 일을 저지르고 말 거라고요."

"그렇다면 왜 다른 선택을 하지 않지? 너는 알고 있다고 했잖아. 다른 일을 해. 네가 죽지도, 나쁜 일을 저지르지도 않는 선택 말이야."

엄마는 되도록 냉정하게 말했다. 떨리는 것을 감추기 위해 빈손을 움켜쥐고 있었다. 논리적으로 나를 설득해보려고 노력했다. 그리고 이제 세상에서 내가 가장 두려워하고 있던 그 말을 내뱉어야 할 차례가 돌아오고 있었다. 하나의 선택에 단순히 두 개의 가능성만이 존재한다고 가정했을 때, 연쇄적인 열 가지의 선택으로 생길 수 있는 확률은 2의 10승. 1024가지의 가능성. 그중에 가장 악질적인 경우.

"그래서요? 그래서 더 끔찍한 일들로 이어지면요? 잘못된 선택으로 내가 존속살인범이라도 되어버리면요? 엄마를 죽일 수 있는 확률이 생겨버리면요? 그건 테러리스트가 되는 것보다 더 끔찍하다고요."

5012일

엄마는 올해로 마흔여덟 살이 되었고 4개월 전 우울증 진단을 받았다. 아침과 점심에는 빨간색 한 알, 하얀색 두 알, 저녁에는 수면유도제가 추가되었다.

오후 여덟 시, 어떻게 해도 말라가는 화분에 엄마가 물을 주고 있었다. 이미 뿌리까지 썩어버렸을 거라고 나는 추측했다. 제발요, 엄마. 이제 제발 그만 좀 해요. 속으로 무언가를 견디고 있었다. 그런 생각 때문에 베란다에서 중얼거리는 혼잣말을 듣지 못했다.

"이제야 그게 뭔지 알 것 같아. 그래, 네 말이 맞았어. 넌 참 영리하기도 하지. 그런 점이 네 아빠를 닮았다고 나는 늘 생각해왔단다."

5013일

아파트 화단에 쓰러져 있는 엄마를 일으켜 세웠다. 떨어진 자리로 바닥이 두 뼘가량 패어 있었다. 머리가 가벼웠다. 뒤틀린 경추 때문에 고개는 허공에서 자꾸 이상한 방향으로 꺾였다. 경찰이 먼저 도착했고 멀리서 구급차 사이렌 소리가 들려왔다. 이미 늦었어. 누군가 말했다. 구경꾼들은 점점 더 몰려들었다. 황급하게 아이의 눈을 가린 채 무리에서 빠져나가는 모녀가 보였다. 에워싸인 공간. 그 중심에 엄마와 내가 있었다. 목격자가 있었고 여러 명이었고 그들이 나를 대신해 자초지종을 설명해주었다. 저기서 떨어졌어요. 말리고 설득하고 그럴 시간도 없이 그냥 훌쩍 난간을 넘더라고요. 그리고…… 이 장면에 대해서라면 나는 이미 알고 있었을 것이다. 엄마를 홀로 두었을 때 어떤 일이 벌어진다는 것을 분명히 알고 있었을 것이다. 그랬는데도…….

"엄마는 절대 이해할 수 없어요."

"그게 무슨 말이니?"

누구에게나 일어날 수 있는 가장 평범한 재앙들. 그것을 이해하는 경우는 내가 정말 테러리스트가 되거나 심각한 사고를 당해 직접 증명할 때뿐이었다.

"그게 무슨 말이냐고 묻잖아."

긴 침묵이 이어졌다.

"우선 뭘 좀 먹자. 먹고 나서 정신을 차려."

다시 먹을 것 타령을 시작한 엄마가 방에서 나가버렸다. 그리고 얼마 지나지 않아 거친 발소리가 들리더니 벌컥 문이 열렸다.

"나는 네 엄마야."

한 번은 차분하게.

"내가 네 엄마라고."

다음에는 큰 소리로 울부짖었다.

1일

아빠가 돌아가시고 한동안, 우리는 자주 먼 거리를 걸어 다녔다. 그런 날에는 집에 돌아와 깊이 잠들 수 있었다. 신발장에는 여전히 구두가 있고, 욕실에는 칫솔이 걸려 있고, 면도기, 숟가락, 서류가방, 액자와 스킨, 곳곳에 빠진 머리카락, 공기 중에 냄새, 서랍을 열면 아빠의 물건들이 무섭게 튀어나오는데도 잠들 수 있었다. 그리고 언제부턴가 우리는 멀리 가지 않고도 잠들었다. 늦잠을 잔 날에는 아빠에게 몹시 미안해졌다. 배가 고플 때도 그랬다. 엄마도 그랬을 거라고 생각한다. 혼자 남을 엄마를 떠올리면 나는 그게 가장 염려스럽다.

일어날 수 있는 일들을 여기에 적어가는 중이다.
일어나거나 일어나지 않을 미래들.
언젠가 엄마가 읽게 될 과거들.

그리고 어떤 미래에서 엄마는 이 노트를 발견할 것이다. 매일매일이 슬프고 암담한 날들 중에 하루. 나는 없고 혼자 남아서 빈 방이 더 가벼워 보일 때……. 아니면 그보다 더 먼 미래일 수도 있다. 누군가를 만났고 나눈 대화가 즐거웠고 괜찮은 사람이었다고 생각한다. 그런 기분으로 막 잠이 들려 할 때, 행복하다는 걸 깨닫고 소스라치게 놀란다. 그게 참을 수 없이 부끄럽고 미안해서 다시 슬퍼지기 위해 내 방을 뒤적이다가 발견할 것이다.

"안녕, 아들?"

내 필체를 알아보고 엄마가 묻는다. 아무도 대답하지 않겠지만 바로 그 순간으로부터 무언가 다른 확률이 생겨날 수도 있다. 여전히 혼자고 아프겠지만 그것을 시작으로, 그런 가능성을 위해……

"이건 또 왜 여기 넣었어?"

문밖에서 빨랫감을 뒤적이던 엄마의 목소리가 들렸다.

잠시 후면 열리게 될 방문을 나는 바라보았다.

"안녕, 엄마?"

내가 말하면

"잘 있었니, 아들?"

엄마는 거기에 서서 화답할 것이다. 그 말이 너무 따뜻해서 무지 울고 싶겠지? 들키지 않으려고 책상 위에 『거대한 수학적 사건들』을 미리 펼쳐놓는다.

이미 알고 있지만 직접 견디는 건 생각보다 더 어렵기 때문이다.

고두叩頭

1

오랫동안 전파상을 운영했던 내 아버지는 다리를 절었단다. 군대에서 사고를 당했고 그것으로 유공자가 되었지. 이후로는 생계에 필요한 기술을 배워 종일 앉아서 일했는데 장애인에게 제공되는 혜택을 꼬박꼬박 챙기는 사람이었다. 언젠가는 아버지와 단둘이 기차를 탄 적이 있는데 아마 입석이었을 것이다. 그랬으므로 빈자리를 찾아 여러 번 옮겨 앉아야 했지. 여행을 한 것은 아니고 먼 친척의 조문을 가는 길이었다. 그때 나는 아버지의 당당한 태도가 부끄러웠는데 눈치 보지 않고 비켜달라고 할 때까지 버티는 떳떳함이 싫었단다. 정차역에 가까울 때마다 통로에서 서성거리며 자주 화장실을 들락거린 것도 다 그런 이유에서였지. 아버지는 산만하다고 내게 화를 내더구나. 체구는 작았으나 목소리가 큰 것도 마음에 들지 않았다. 열차를 내리자마자 승강장에서 담배를 피워 무는 것도 그랬다. 불쾌해하는 표정들이 내 눈에는 너무 잘 보이는데도 아버지는 신경 쓰지 않더구나. 그리고 나는 그 일을 통해서 아버지가 어떤 사람인가 결론 내릴 수 있었지. 차라리 끝까지 고집을 부리며 일관되게 무례한 태도를 유지했더라면 어땠을까. 그러나 아버지는 당신을 단속하려는 사람 앞에서 몹시 당황해했단다. 담배를 끄지도 태우지도 못하고 어설프게 들고만 있었다. 굽실거리거나 선처를 바라는 것도 아니었다. 대신 지갑을 뒤져 무언가를 급하게 내밀더구나. 나는 오랫동안 아버지를 생각하면 그 장면이 함께 떠올라 불편했단다. 화가 나기도 하고 민망하거나 어딘가 슬퍼지기도 해서 무어라 단정 짓기 어려운 상태가 되었다. 왜 아버지는 그때 그런 걸 내밀었을까. 왜 하필 국가유공자증이었을까. 무얼 기대한 걸까. 어쩌면 그걸 당연하게 여기며 살아왔을지도 모른다. 그런 걸 가진 사람이라면 작은 잘못쯤 용서받을 수 있다고, 그게 이유가 될 수 있다고 믿은 거겠지.

그런 사람으로 나는 살고 싶지 않았단다. 부끄러움이라고는 전혀 없는 사람이 되고 싶지 않았지. 그러나 그것은 내가 보다 선량한 인간이라서가 아니다. 다만 아버지가 모르는 걸 내가 알았을 뿐. 그렇게 사는 것보다 그렇지 않은 쪽이 더 이익이 된다는 걸 말이다. 모든 이타적인 행동에는 이기적인 의도가 숨어 있단다. 선물을 준다는 것은 돌려받을 대가를 바라서이고 남을 위한 칭찬은 곧 나의 평판으로 이어져서 훗날을 도모하는 밑거름이 되지. 알아듣겠니? 지금 당장의 손해처럼 보이는 행동들이 나중의 이익을 담보하게 된단다. 손해 아니라 투자. 선물 아니라 거래.

15년 가까운 교직 생활 동안 매해 첫 시간 학생들에게 강조하는 것도 바로 이 점이란다. 마땅히 지켜야 할 것을 지켜라, 그것이 너희에게 더 이로운 쪽이다. 지금 무슨 생각을 하고 있니? 아마 내 말에 토를 달고 싶은 거겠지. 다른 사례를 들어서 내가 틀렸다고 말하고 싶겠지. 좋아, 좋은 자세야. 의심을 해라. 결국 내가 말하고 싶은 것도 바로 그 점이니까. 인간은 본래 이기적이고 그러므로 노력해야 한단다. 자신의 행동을 돌아보고 끊임없이 반성해야 하지. 의지를 가지고 아주 의식적으로 행동하지 않으면 그냥 생긴 대로 살게 되거든. 그런데도 사람들은 그게 나쁘다는 걸 몰라. 자기가 얼마나 이기적인지도 모르고, 어쩐지 좋은 쪽에만 서 있다고 착각하거든. 너도 들어보지 않았니? 재개발로 인해 보상받지 못한 세입자라든가, 장애인 시설을 들이지 않겠다고 시위하는 지역 주민 이야기 같은 거. 모른다고? 그런 일이라면 전혀 관심이 없다고? 그것도 좋은 예가 될 수 있겠구나. 남의 불행에 왜 관심을 갖지 않는 거겠니? 봐라, 네가 이렇게 이기적이다.

오해하지 말아라. 너를 꾸짖으려는 의도에서 하는 말이 아니니까. 나라는 인간도 마찬가지거든. 한번은 새벽 무렵에 학부모에게서 전화를 받은 적이 있었다. 아이가 사고를 당했다고 하더구나. 상태가 심각했지. 울먹이는 목소리를 위로하면서도 어느 순간에 이르자 이번 중간고사가 걱정되기 시작하더구나. 하필 전교학생회장이, 그것도 우리 반에서 성적이 가장 우수한 학생이었는데, 의식이 없다고 했다. 그것으로 깎이게 될 반 평균이 아까웠다. 괜히 내기는 해가지고, 옆 반 담임만 좋은 일이라고 생각했지. 그 학생이 염려되지 않은 것은 아니었으나 전화를 끊고도 내가 한참을 잠들지 못했던 건 아무래도 그게 가장 큰 이유였다. 뭐라고 했니? 역겹다고 그랬니? 여전히 이해하지 못하는 것 같구나. 인간이란 본래부터 다들 이기적인 거거든. 너에게 그걸 알려주고 싶었단다.

2

누군가 내 말에 이의를 제기한 적도 있었다. 여전히 나는 학생들에게 윤리 과목을 가르치고 있고 그때는 공립여자고등학교로 첫 임용되었을 무렵이었다. 유복한 가정에서 자라 아무것도 모르는 여학생이었다. 매달 부모들과 함께 장애인 복지재단에서 봉사를 하고 있고 해마다 일정한 금액의 기부를 한다고 했다. 지난주에는 지하철에서 구걸하는 노인에게 가지고 있던 용돈을 모두 털어주었다고도 했다. 그러나 그것은 어떠한 보상을 원해서가 아니고 순전히 선의에서 비롯된 것이며 우리 모두에겐 그런 부분이 있다고 주장하더구나. 되바라진 기색이라고는 전혀 없었단다. 오히려 이 문제의 핵심에 잘 다가선 질문이었다. 선한 사람이 가진 무지 같은 것. 그런데도 자기만 옳다고 믿는 무서운 확신 같은 것.

당시의 나는 젊고 의욕적인 교사였으나 노련하지 못했단다. 듣기에 따라 기분이 나쁠 수도 있는 말들을 어떻게 설명해야 할지 몰랐다. 세상에 온전한 자선 같은 건 없고 만약 생계에 영향을 미칠 정도라면 너도 그 노인에게 베풀지 못했을 것이며 그렇다고 봉사나 기부가 잘못된 행동이라는 의미는 아니고 그것은 훌륭한 일이지만 다만 요점은 그게 결국 자기 자신을 위한 행동이라는 걸, 어떻게 설명할 수 있을까. 물론 요즘이라면 조금의 유머러스한 태도와 가벼운 사례를 더해 능숙하게 넘길 만한 일이었겠지.

"그러는 게 졸라 멋있어 보이는 줄 아는 거야."

나를 대신해 그렇게 말한 것은 줄곧 무료한 표정을 짓고 있던 그 학생의 짝이었다. 누군가 웃었고 여럿이 따라 웃기 시작했다. 서둘러 나는 자기만족이라는 단어로 바로잡았다. 자기 행동을 스스로 흡족하게 여기는 마음. 자비를 베푸는 자가 갖게 되는 그 우월한 감정.

"뭐야, 자위 같은 거야?"

다시 한 번 그 목소리가 학생들을 웃게 만들었다. 무엇보다 질문한 학생과 그의 부모를 우습게 만들었지. 얼굴이 빨갛게 달아올라 당황해하는 기색이 역력했단다.

그 여학생의 이름은 연주.

나의 수업을 엉망으로 만들어놓은 무례한 아이였다. 교무실로 따로 불러내어 나는 그 학생을 훈계하려 했다. 그런 말을 해서는 안 되는 거라고 타이르는 게 고작이었으나 모든 게 서툴렀던 당시의 내게는 그마저도 곤혹이었지. 어떤 권위도 발휘하지 못했다. 줄곧 다른 곳을 두리번거리던 연주는 어딘가 비스듬한 자세로 내 앞에 서 있었다. 잘못이라고는 하나도 없다는 듯 대단히 지루한 표정을 하고 있었다. 도대체 뭐가 그리 당당한 건가. 조목조목 어떤 게 문제인지 가르쳐야 하나. 그런다고 이 아이가 알아듣기나 할 건가. 그런 생각 때문에 주눅이 든 것은 오히려 내 쪽이었다. 뭐랄까, 나를 만만하게 본다고 생각했다. 갓 부임한 젊은 교사가 되도 않는 선생질을 하고 있는 중이라고. 그게 졸라 멋있는 줄 안다고. 그런 걱정을 하고 있던 차에 연주가 물었다.

"저기요, 이제 가도 돼요?"

나오는 하품을 굳이 참으려고도 하지 않고 혼잣말인 듯 아 좀 피곤하네, 중얼거린 것도 같았다. 뭐가? 뭐가 피곤하다는 걸까? 피곤의 주체가 연주, 연주가 피곤하다는 걸까? '오늘은 연주가 다른 날에 비해 피곤하다'의 피곤, 아니면 내가 피곤하다는 건가? '사람 참 피곤하게 구네' 할 때 그 피곤? 기분이 나빴다. 뭐가 됐든 내 앞에서 할 소리는 아니었으니까.

나는 예의가 없는 인간들을 아주 싫어한단다. 눈치 없는 행동이라든가 절제할 줄 모르는 자유분방함, 어른이 되고 싶지 않다고 말하는 어른, 또 그런 게 자랑인 줄 알고 선언하듯 공개하는 자들이 아주 지겹단다. 내키는 대로 행동하고 언제 어디서든 자기 합리화와 변명을 일삼지. 잘못을 지적해도 반성하지 않으며 도리어 상대방을 꼰대다, 보수적이다, 비하하는 자들 말이다. 반면에 도덕적인 태도를 지키며 산다는 건 몹시 귀찮은 일이다. 하고 싶은 것을 하지 않아야 한다는 것이고 자신의 행동을 매번 반성한다는 것이다. 이기적인 본성을 되도록 숨기며 공동체의 이익을 위해 협조하고 그렇지 않을 경우 사회적 보복을 감수하는 것. 그런 최소한의 약속마저 지키지 못한다면 애당초 가까이하지 말아야 할 부류라고 생각한단다. 무엇보다 설득이 되지 않는 존재들이지. 좀처럼 자기 잘못을 인정하지 않거든. '저기요'라니. 어디서 식당 종업원에게나 쓰는 호칭으로 나를 부르는 거냐고 지적한다면 지금 종업원을 비하하는 거냐고 오히려 반격할 만한 족속들이지. 대신 나는 이렇게 말했다.

"그래, 바쁜데 미안하구나."

그게 뭐였겠니?

과연 내가 미안해한 것은 무엇일까. 무얼 사과한 걸까.

너무 멀리 생각하지 말아라. 그것은 단순히 하는 말, 그 이상도 이하도 아니니까. 나는 아무것도 사과하지 않았다. 다만 의도가 있었을 뿐이지. 나는 너와 달리 무례한 인간이 아니다, 자기 잘못을 인정할 줄 알고 도리를 지킨다는 인상을 상대방에게 심어주려는 목적에서였다. 그게 더 근사한 일이라고. 내가 더 멋있다. 무슨 잘못을 진짜 하긴 했는지, 그걸로 미안한 감정을 가졌는지 여부는 아무 상관없단다. 핵심은 그런 말을 할 줄 아느냐, 모르느냐뿐이거든. 나는 그걸 아주 중요하게 생각한다. 가식적이라고? 진정성이라든가 진심 같은 말들을 나는 전혀 신뢰하지 않는다. 그걸 무엇으로 판단할 수 있겠니? 진짜는 머리를 조아리는 각도, 무릎을 꿇는 자세에서 오는 것들 아니겠니? 너를 때리긴 하지만 사랑하는 마음만은 진심이다, 같은 건 없단다. 호소력 같은 것이 다 무엇이겠니. 그것은 형식 외에 아무것도 아니다. 잘못을 했다면 더 오래 무릎을 꿇고 더 낮게 엎드리는 자세, 그게 가장 필요하단다. 일종의 의무이며 책임지는 자의 태도 같은 것이지. 사랑해서 그랬습니다, 사랑해서 아내를 때리고, 우리 가정을 파탄 냈습니다, 같은 건 없어. 사랑을 증명하려 했다면 그러지 말았어야지. 나도 맞고 자랐어요, 폭력 가정에서 나고 자라 그랬습니다, 하는 변명과 뭐가 다르겠니? 둘 중 어느 말이 더 진짜일까. 대답해보렴.

나는 이후로 연주를 주목했단다. 수업 중에 그 유복한 여학생을 보는 척, 연주를 보았지. 엎드린 등을, 피로에 빠진 시선을, 무엇 하나 애쓰지 않는 지루함 같은 것을 보았다. 물론 그 일이 아니었더라도 연주는 눈에 띌 만한 학생이었다. 큰 키에 또래보다 성숙한 체형, 남자 선생들끼리 모여 하는 농담을 여러 번 듣기도 했었다. 대부분은 부도덕한 말이었고 학생을 대상으로 해서는 안 될 소리였단다. 무엇보다 소문이 좋지 않았지. 술집을 드나든다거나 실제로 모텔에서 보았다는 말도 들렸다. 결석이 잦은 이유가 다 그 때문이라고 했다. 오전 수업을 하고 교무실로 돌아온 국어 선생이 연주에게서 술 냄새를 맡았다고도 했다. 그래서 내가 물었지.

"어제는 어떻게, 일찍 들어가셨어요?"

"딱 한 잔만 하려던 게, 알잖아."

내 어깨를 툭 치고 의자를 젖힌 그가 다음 수업 전에 깨워달라고 당부했다. 소문들은 대개가 그런 식이었다. 누구의 목격담인지 제대로 알려진 것이 없었지. 정작 그 사람은 무슨 이유로 모텔을 드나들었던 거냐고 아무도 묻지 않았으니까. 떠도는 의혹뿐이었고 아무런 악의도 없이 그냥 되는대로 내뱉는 말들이었다.

한번은 그 반의 수업 준비가 전혀 되어 있지 않은 적이 있었다. 어수선했고 닦이지 않은 칠판이 지저분했다. 주번을 부르자 그제야 졸고 있던 연주를 누군가 흔들어 깨우더구나. 그랬는데도 서둘러 칠판을 정리한 것은 연주가 아니었단다. 뒷문을 열고 이제 막 휴지통을 비우고 돌아온 연주의 짝, 유복한 여학생이었다. 나는 교무실로 둘을 불러 예의 지켜야 할 것들에 대해 설교했단다. 주번으로서의 역할, 공동체와의 약속, 사명감 같은 것. 실은 연주를 설득하고 있는 중이었다. 그때의 나는 아직 젊었고 어딘가 의욕이 넘쳤거든. 아니라면 교사로서 마땅한 의무를 다하고 있던 거겠지. 되도록 다그치지 않았고 감정적인 데라고는 전혀 없었다. 더구나 공평하게 둘을 부른 것은 자칫 자신만을 탓하는 거라고 연주가 오해할까 염려했기 때문이었다. 가르쳐주고 싶었단다. 연주와 관련된 추문의 진위 여부는 내게 중요한 게 아니었거든. 다만 지켜야 할 것을 지켜라, 그것이 너의 평판에 더 긍정적일 거라는 점을 강조하고 싶었다. 문제는 사과하는 쪽이 언제나 먼저 사과한다는 점이란다. 그게 자기 이야기인 줄도 모르는 사람은 언제나 모르지. 둘을 교실로 돌려보내고 잠시 뒤, 나를 찾아와 또 한 번 고개를 숙인 것도 그 유복한 여학생이었다.

3

연주에 대한 소문 중 어느 것은 진실이었다. 술집을 드나든다는 것. 분명 주류를 취급하는 식당이었고 그곳에서 주문을 받던 연주가 있었으니까. 평일 저녁 시간인데도 단체 손님들로 북적이고 있었다. 그중에는 내가 졸업한 고등학교의 동창들도 있었지. 동태를 주재료로 탕이나 찜을 전문으로 하는 맛집이었는데 홀이 넓고 가족 단위로 오는 손님들도 많았다. 놀이방도 따로 있어서 음란한 장면이라고는 조금도 찾을 수 없는 곳이었다. 나를 알아본 연주가 당황해했단다. 얼큰한 국물을 떠먹으면서도 나는 줄곧 연주 쪽을 흘끔거렸다. 어디선가 저기요, 라고 부르면 연주가 달려갔다. 밑반찬을 채워줄 것을 요구하며 아가씨, 하고 부르는 동창의 입을 틀어막고 싶었다. 또래에 비해 성숙한 아이였으니까. 그렇다고 그런 호칭 어디에 불순한 구석이 있었겠니. 그것은 아무런 의미도 없고 예사롭게 쓰이는 보통명사일 뿐인데. 오랜만에 만난 친구들의 안부 같은 건 이미 안중에도 없었다. 어느 순간이 지나자 사람들이 빠져나가기 시작했고 우리 모임도 거의 파장에 가까워졌는데 연주만큼은 테이블을 닦고 쓰레기봉투를 내놓은 뒤 돌아와 여전히 분주했단다. 마감 시간이 지났다는 주인의 말을 듣고서야 나는 자리에서 일어섰다. 그러고도 한참이 지나서야 연주가 나오더구나.

우리는 꽤 오래 아무 말 없이 걸었단다. 분명 선생으로서 내가 해야 할 것이 있었을 텐데 뭘 해야 할지 몰랐다. 대신 연주를 바래다주는 길에 내가 주목했던 것들이란 고작 골목이 좁다는 것과 길고양이가 많다는 것, '이곳에 쓰레기를 버리지 마시오'라고 적힌 경고문 아래 항상 무언가 버려져 있더라는 것이다. 밤바람에 시큼한 하수구 냄새가 났고 멀리서 오토바이 지나가는 소리가 들렸다. 어느 순간 내가 물었지. 힘들지 않냐고. 이런 곳에 사는 것과 이런 곳에서 일하는 것, 그러면서도 학교를 다니며 그런 대우를 받는 것 등등. 연주는 담담해 보였다. 익숙해 보인다고 하는 게 맞을까. 뺨을 맞은 적도 있다고 말하는 표정이 차분했다. 예약을 해두었으나 일행 없이 혼자 기다리던 여자가 한참 뒤 그냥 나가려고 했다는 것이다. 카운터를 보던 사장이 난감해하더라고.

"테이블에 이미 차려진 것들은 다 어떡하냐고 하는데도 자기 말만 하는 거예요. 다른 일행이 먼저 다른 곳을 예약했고 모두들 거기 가 있다고. 나중에는 물 한 컵, 콩나물 한 젓가락에도 돈을 받겠다는 거냐며 소리를 질렀어요. 그러다가 갑자기 나를 때려요. 왜 웃냐고, 뒤에서 자길 보고 웃지 않았냐고. 그런데 나는 안 그랬거든요."

무엇보다 연주는 사장에게 가장 서운했다고 했다. 손님이 나가자 차가운 물수건을 들고 왔는데 그걸 뜨거워진 연주의 뺨에 대게 하고는 우는 연주를 달랬다고 하더구나.

"사람을 때린 건 잘못이지만 그 여자 입장에서도 억울할 수 있다는 거예요. 정확히 그걸 뭐라 표현하면 좋을지 모르겠는데 어딘가 나를 설득하고 싶어 했어요. 언제든 우리도 그 여자가 될 수 있다고, 사정이 생겨서 아쉬운 소리를 해야 할 때가 있을 것이고, 그걸 보고 누가 웃는다면 기분이 나쁠 것이다, 그게 뺨을 때려도 된다는 건 아니고 너나 나나 때릴 사람은 아니겠지만 기분은 나쁠 거야. 그런 소리를 하는 거예요. 내 편은 하나도 들지 않고 그 여자 입장에서 그럴 수 있다고요. 무엇보다 이 상황이 모두 나 때문이라고 여기는 듯했어요. 그런데 나는 그러지 않았거든요. 그래서 억울하다, 하는데도 자꾸 나를 설득하더라고요."

연주는 그게 아주 서러웠다고 했다. 아버지가 돌아가시고 어머니가 가출한 뒤 유일하게 부모처럼 의지하던 사람이었다. 그랬으므로 온전히 혼자 된 기분이었다고 말하는 표정이 여전히 차분했다. 그게 연주를 제법 어른스러워 보이게 했다. 벽과 벽 사이가 좁은 골목에 이르러서야 연주는 새시 문을 따고 들어갔단다. 곧이어 불투명한 유리 밖으로 노랗게 뭉개진 빛이 새어 나왔다. 그때의 내 감정을 뭐라 설명할 수 있을까. 남자 선생들끼리 모여 하는 지저분한 농담에 내가 적극적으로 동참했던 것은 아니었다. 그런데도 그걸 들으며 웃던 내가 떠오르더구나. 연주에게 미안했다. 학생을 두고 그런 소리를 하지 말라고 대들지 못한 내가 부끄러웠지. 분위기를 망친다고 생각했으니까. 건방지게 이제 막 들어온 신입이, 아무것도 모르는 초짜가, 그게 멋있는 줄 안다고. 무엇보다 내 아버지가 떠올랐다. 나는 정말 그렇게 살고 싶지 않았거든. 그러나 그때만큼은 그런 사람이 되어버린 기분이었단다. 부끄러움도 없이 그런 게 이유가 될 수 있을 거라고 믿어왔던 것이다.

모든 일에 항상 의구심을 가져야 한단다. 당연한 것을 당연하게 보지 말아라. 나쁜 것은 나쁘고 우리는 올바르다, 그런 확고하고 안정된 자세, 양팔저울 같은 거. 평형을 유지하려고 애쓰는 게 아니라 어느 한쪽으로 완전히 기울어버린 상태, 더 이상 흔들리지도 않고 다른 쪽으로 다시 기울어질 가능성도 보이지 않는 바로 그 상태. 자기가 그런 지경에 있다는 걸 도무지 인정할 줄 몰라. 그러면서 맞는다고만 하는 거야. 그냥 다 안다고, 알 수 있는 거라고. 몰라? 어떻게 그걸 몰라? 오히려 상대를 부도덕한 사람으로 취급하는 것들. 그것이야말로 윤리적인 삶에서 가장 경계해야 할 적이란다.

그런데 왜 그런 눈으로 나를 보는 것이냐?

뭘 묻고 싶은 거니?

그래서.

잤냐고?

그렇게 묻는다면 나도 그렇게 대답할 것이다.

어쩔 수 없었단다.

4

나를 위선자라고 욕하고 싶겠지. 그러나 나는 결코 그런 사람이 아니란다. 미성년자의 몸이나 탐할 만큼 성욕을 억제하지 못하는 파렴치한이 내가 아니라는 말이다. 무엇보다 그런 일을 나는 원하지 않았다. 이후에도 여전히 연주에 대한 잘못된 소문들은 무성하게 자라고 농담들이 계속되는데도 당신들이 뭘 아느냐고 나는 화내지 못했단다. 연주가 그것을 원하지 않았으니까.

"그런 건 내가 어떻게 할 수 있는 게 아닌걸요. 오히려 확신만 심어줄 뿐이에요."

어차피 자기는 늘 혼자라고, 세상의 소문 같은 거 별로 신경 쓰지 않는다고 말하는 이 염세적인 학생의 비밀을 나는 지켜주기로 했다. 그게 우리를 남다른 관계로 만들어주었지. 연주는 점점 달라지고 있었다. 노력하기 시작했거든. 식당에서처럼 학교에서도 무언가 열심히 하길 시작했단다. 전과 달리 내 시간에 졸음을 참으려 했고 더 이상 나를 우습게 보지도 않았다. 또 나는 시간이 될 때마다 식당에 들러 연주를 바래다주고는 했다. 혼자가 아니라 둘이 함께 걷는 법을 알려주고 싶었다. 늦은 밤이었고 교사로서 어려운 학생을 위한 당연한 도리였으니까. 잘못이 있다면 그런 일이 생길 거라는 걸 전혀 의심하지 못했다는 것이다.

그날도 평소와 다름없는 날이라고만 생각했단다. 그러나 바래다주는 길에 연주가 손을 잡았고 입을 맞췄고 내가 그것을 매몰차게 떼어냈다. 무슨 짓이냐고 화를 내기도 했다. 모욕당한 기분이었다. 도대체 이 아이는 나를 어떻게 보고 있던 걸까. 혹시 여전히 나를 만만하게 보는 게 아닌가. 얼마나 얕잡아 봤으면 그래도 된다고 생각한 걸까. 문제는 우리가 걷던 그 골목에는 모텔이 많았다는 것이다. 가까운 곳에 술집들이 늘어서 있었고 무엇보다 마주치지 말아야 할 사람이 있었다.

"어, 윤리? 윤리 김 선생?"

나를 알아보고 누군가 비틀거리며 다가왔다. 그러고는 다시 물었다.

"거기서 뭐 해요? 아니, 우리 반 학생이랑 거기서 뭐 하는 겁니까? 너는 여기 왜 있는 거냐?"

"학생지도 중입니다."

다급하게 내가 변명했다. 그 짧은 순간 어디서 그런 말이 떠올랐을까. 어떻게 그런 순발력이 생긴 건지 모르겠구나. 그러고는 곧바로 연주 쪽을 돌아보았지. 두려웠거든. 연주의 담임에게 이 상황을 어떻게 설명해야 좋을까. 선생이 학생과. 그것도 윤리가.

소문의 대상이 내가 될 수 있다고 생각하니 암담했단다. 지켜야 할 것을 지켜라, 하던 윤리 선생이 그랬다고 하면 재밌어들 할 거야. 금세 퍼지겠지? 별로 어렵지 않을 테니까. 갖가지 가능성들이 떠올랐단다. 연주가 아니라고 한다면? 우리가 손을 잡았고 입도 맞췄고 그래 뭐, 거기까지는 사실이니까. 나도 솔직하게 아니라고 하면 돼, 아니라고, 나는 그러고 싶지 않았는데 이 학생이 갑자기 달려들더라고. 그러나 연주가 무언가를 덧붙인다면? 억지로 끌려왔어요. 거짓말을 지어낸다면? 믿겠지? 믿을 거야. 누구 말을 믿을까. 그러나 연주는 그러지 않았다. 대신 고개를 숙이고 정말이지 무슨 큰 잘못을 저지른 사람처럼 보였단다. 과연 훌륭한 자세였지. 내가 오랫동안 연주에게 가르치고 싶었던 그 자세 말이다. 누구도 의심하지 못할 만큼 잘 짜인 완벽한 형식. 술에 취한 연주의 담임이 뺨을 후려쳤단다. 아무것도 모르면서 그 자세만을 보고 잘못이 있을 거라고 믿어버렸던 것이지. 아, 그게 나를 참을 수 없이 부끄럽게 만들었다.

그러니까.
그래서.
잔 거냐고?
너는 왜 자꾸 그렇게만 묻는 것이냐?
그러나 묻는다면 나도 대답할 것이다.
내가 바란 게 아니었다.

때리는 담임을 말리고 택시를 태워 보내며 뒤처리를 부탁받았다. 그리고 그 좁은 길목들을 따라, 버리지 말라는데 자꾸 버리는 몰지각한 동네를 지나 문을 열고 연주와 함께 들어갔단다. 그러고는 무릎을 꿇었지. 그 어린애 앞에서 고개를 숙이고 용서를 구했던 것이다.

"괜찮아요."

담담한 목소리를 들으니 더 부끄러워지더구나. 그리고 울었지. 아니 나 말고 연주. 연주가 몹시 서럽게 울었어. 정말 혼자가 된 것 같았을 거야. 그러니까 다시 내 손을 잡고 입을 맞추고 결국 사랑한다고 고백했던 거겠지. 그걸 감히 내가 어떻게 거부할 수 있었겠니? 나로서는 전혀 원하지 않는 일이었지만 사람이 어떻게 그럴 수 있어? 너무 잔인하다고 생각하지 않니? 그 순간 내가 느낀 것은 성욕 아니고 치욕, 욕정 아니라 수치심과 모멸감이었다. 그때 그냥 더 단호하게 내쳤어야 했을까. 복잡했지. 온전히 혼자 된 기분이었다고, 내게 그런 고백을 하던 연주에게 정말 혼자가 되어버리라고 더 냉정하게 말했어야 했니? 그것은 온전히 연주를 위한 선택이었고 죄를 지은 자의 책임감 같은 것이었단다. 아니라고? 아니야? 지금 닥치라고 그랬니? 그럼 이렇게 말하는 건 어떠니? 그때는 무서웠단다. 나를 용서하던 연주가 무서웠어. 나중에라도 뭘 말하게 될지 나는 진짜 무서웠다.

다음 날, 연주는 학교에 나타나지 않았다. 한 주가 지나고 한 달이 되도록 모습을 보이지 않았다. 그렇다고 직접 찾아가볼 엄두는 전혀 나지 않더구나. 후회하고 있었다. 그러지 말았어야 했는데 그래버렸다고, 연주에게도 그건 좋지 않은 일이었다고 반성하며 자책했던 것이다. 자격이 없었다. 그랬으므로 오랜 고민 끝에 그만두기로 마음먹었다. 선생으로서 지킬 것을 지키지 못했으니 그만두자. 모든 걸 사실대로 말하고 다 그만두자. 연주는 그런 학생이 아니라고 변호하자. 그런데 내가? 그런 학생으로 지목한 건 다름 아닌 바로 나. 어떻게 내가? 질문을 받을 텐데. 그러면 그땐 왜 그렇게 말했냐고 진짜는 뭘 지도하고 있던 거냐고 물으면 뭐라 말해야 하나. 그때는 또 그럴 만한 사정이 있었고 연주에게도 들키고 싶지 않은 비밀이 있을 것인데 진짜는 사정이 딱한 학생이고 술을 팔기는 하지만 일반음식점이라고, 동태탕이 유명한 맛집인데 당신들도 그런 거 먹잖아. 그게 부끄러운 건 아니잖아. 고민 끝에 그렇게 말했으나 아무도 믿어주지 않았다. 무엇보다 연주가 없는 학교에서는 이미 더 많은 소문들이 불어나 있었다. 식당에서 일을 하긴 하는데 따로 술집도 드나든다고 했었다. 부모가 없어 모텔에 다니는 딸을 아무도 훈계하지 않은 거라고도 했었다. 오히려 확신만 심어줄 거라는 연주의 예상대로 나의 고백이 도리어 소문을 부풀린 꼴이었단다. 그러나 거기에 나와 관계된 것은 하나도 없었지. 연주의 담임이 나를 타이르더구나. 안다고, 자기도 그런 시절이 있었다고. 너무 애쓰지 말라고. 그랬으므로 애쓰지 않았다. 아무도 믿지 않는데 내가 뭘 반성할 수 있었겠니. 무릎을 꿇었는데 아무도 보지 않는다면 그게 다 무슨 의미냐. 이상하지 않니? 그렇게 두렵던 연주가 전혀 겁나지 않았거든.

나를 비난하고 싶겠지. 비열하고 졸렬한 인간이라고 욕하며 세상에 진실을 밝히겠다고 정의로운 척 떠들어대고 싶은 거 아니니? 그런데 다들 그래. 다들 그러고 사는 거거든. 들키지 않을 만한 허물은 별로 부끄러워하지 않거든. 그러면서도 정작 자기가 어디에 속해 있는 줄은 몰라. 그러니까 아무나 쉽게 비난하고 혐오하고 그게 정의인 줄 아는 거지. 정치인을 혐오하고 가정폭력범과 강간범을 혐오하고 남성과 여성이 서로를 혐오하는 게 정의라고 생각하는 거야. 인터넷에 올리고 퍼트리고 그걸로 무언가 바로잡는 줄 알아. 그러면서도 정작 그게 자기 모습이라고는 한 번도 생각하지 않거든. 소위 사회 지도층이라거나 고학력자라는 사람들이 왜 그런 짓을 하는 거겠니. 키보드 앞에 앉아서 뭐에 그리 화가 나 있는 거냐고. 그게 다 도덕이고 정의이고 올바른 세계라고 믿는 거거든. 삐뚤어진 세상을 바로잡는 일에 지금 내가 참여하고 있다고. 더구나 적극적인 혐오를 통해 자기는 그런 세계에 속하지 않다는 걸 확인받고 싶어 하거든. 진짜를 말하자면 누구든 그럴 수 있다는 것이다. 그런데 그걸 모른다는 거야. 인간이란 본래 이기적인 존재고 그러므로 부단히 경계해야 하는데도 부도덕하고 불의한 세계가 따로 존재하는 줄로만 알아. 그런 세계에 사는 자들의 전형이 있고 그것은 자기와 다르며 그러므로 그래서 그랬을 거라고 상상하는 거야. 여전히 어려워하는구나. 너라면 다를 줄 아는 거겠지. 그러나 네가 다른 게 아니란다. 다만 그런 상황이 너에게 없었을 뿐. 아니라고? 너는 계속 아니야? 그런데 지금 여기가 어디냐? 뭐가 그리 깨끗해서 너는 여기에 있는 것이냐? 실수라고 했니? 그 일은 사고였다고? 봐라, 말하는 것이 꼭 나를 닮았구나.

5

한동안 보이지 않던 연주가 다시 나타난 것은 방학이 다가올 무렵이었다. 이미 결석 일수가 꽤 누적된 상태였고 퇴학이 처리된 후였다. 그런 연주가 교무실에 들어섰을 때 모두가 놀랐단다. 무엇보다 이쪽을 향해 성큼성큼 다가오는 그 걸음이 나를 놀라게 했다. 무슨 말을 할지 몰랐기 때문이었다. 복수심에 진실을 밝히겠다고 떠들어대면 어쩌나. 그걸 도대체 누가 믿는다고. 그러나 정작 연주는 전혀 예상치 못한 말을 꺼내놓더구나. 미안한 마음에 차마 더 일찍 오지 못했다고, 아무래도 내게 부담을 준 것 같다고.

"사랑했어요."

담담하게.

당황스러웠지. 보는 눈이 많고 학생들도 있었고 진학 상담을 하던 학부모들이 뭐라고? 뭘 했다는 거야? 사랑했대요, 수군거리는 목소리도 들리더구나. 그랬으므로,

뭐.

뭐?

그래, 뭐.

그래서, 뭐.

뭐, 씨발.

나보고 뭐 어쩌라고.

"죄송합니다. 선생님을 사랑하는 건 아무래도 잘못이니까."

고개를 숙이는 연주가 무서웠단다. 존나 무서웠어. 무릎을 꿇으니까 더 무서웠다. 그 완벽한 사과의 자세가 무엇을 뜻하는 거겠니. 그게 더 우월해지는 거라고 누가 가르쳤는데. 연주를 따로 불러서 미안하다, 아무것도 미안하지 않은데 미안하다고 말하면서 그게 더 멋스러운 거라고 바로 내가 가르쳤는데 그걸 연주가 진짜 잘하고 있더구나. 누가 봐도 훌륭했으므로 나는 무서웠단다. 아무리 봐도 진짜 사랑하는 것 같잖아. 그런 건 내가 어떻게 용서할 수 있는 것도 아니잖아. 사랑한다는데. 무엇보다 연주의 부른 배가 무서웠다. 그걸 남들도 다 주목하고 있어서 사랑했다잖아요, 사랑. 섹스 아니라 사랑. 머쓱하게 다시 강조해야 했을까. 진실을 밝히고 싶었다. 실수예요. 그냥 사고였다고요. 이 학생이 너무 딱해 보여서 한 번, 진짜 딱 한 번 잤는데 아, 일이 이렇게 커졌네. 커질 일이 아닌데 이렇게 된 거예요. 수학 선생님, 이 학생 상황이 진짜 안 좋다니까요. 국어 선생님, 사정을 들어보면 너도 얘랑 잘걸? 딸 같은 이 학생이 교감 선생님은 불쌍하지도 않아요? 어떻게 안 잘 수 있어. 진짜 그럴 수 있어요? 사람들이 어떻게 다들 그래요? 자기 생각만 하고 도움이 필요하다는데 어떻게 모른 척할 수 있냐고요. 아무도 돌보지 않을 때 연주를 보살핀 건 나라고. 내가 함께 걸었다고. 외롭다고 해서 그 밤길을 바래다준 게 다 나라고. 그때 당신들은 뭐 했는데? 씨발, 뒤에서 문란한 소리만 해대고 더러워, 진짜 더러워. 그런 새끼들이 왜 나를 더 더럽게 봅니까.

그러나 나는 아무 말도 하지 못했단다. 그 상황에서 무얼 더 말할 수 있었겠니. 이미 웅성거리기 시작했고 거기에 확신만을 더해줄 뿐인데. 진정성이란 게 존재한다고 믿는 사람들은 그것으로부터 실체를 찾으려 할 테지만 그러나 그것은 형식 외에 아무것도 아니었단다. 왜 함부로 내게 미안해하는 것이냐. 나는 그런 사과를 받고 싶지도 않고 무얼 용서해야 할지도 모르는데. 나쁜 의도, 나를 몰락시키려는 의지만 있었을 뿐이다. 내 학생이었다. 그걸 내가 가르쳤거든. 나를 사랑한 배덕한 학생.

결국 나는 그 학교를 떠나야 했다. 징계를 받은 것은 아니었단다. 무엇으로? 학생이 가만 사랑하게 됐다고? 아무런 증거가 없었지. 게다가 사과를 받은 쪽은 나였다. 피해자가 나라고. 모두가 그걸 보지 않았니. 다만 연주가 떠나간 학교에는 이상한 시선만 남았단다. 어딘가 내 눈치를 보기 시작했고 정답게 도란거리다가 일순간 멈춰버렸지. 그런 자리라면 절대 끼워주지 않는데도 나는 그게 무엇인지 단박에 알겠더구나. 혼자가 된 기분이었다. 안 잤어요. 섹스고 사랑이고 나는 진짜 하나도 안 했어. 아무도 묻지 않는데 거기에 대고 변명할 수는 없는 거 아니겠니. 그랬으므로 그렇게 쳐다보도록 나도 보고만 있었단다. 그렇게 되더구나. 떠나던 날, 유복했던 그 여학생만이 나를 배웅해주었다. 모두가 애써 모르는 척하는데도 복도에서 마주치자 허리를 숙였단다. 안녕히 가시라고, 고생하셨다고. 고마웠지. 악수를 하고 싶었다. 그 애가 그러더구나.

"손 치워, 이 개새끼야."

떨리는 목소리로. 끝까지 예의가 바른 학생이었지.

"아, 죄송해요. 부모님께서 위급할 때 그러라고…… 그래도 된다고, 그런데 제발 손 좀 치워주세요."

연주.

그 이름을 나는 오랫동안 잊고 살았다. 되도록 기억하고 싶지 않았지. 내게는 아주 위험한 시기였으니까. 식당에는 더 이상 나오지 않는다고 했다. 골목이 좁은 그 동네에서도 보이지 않았다. 늦은 밤 얇은 새시 문을 두드리는 내게 낯선 중국인이 무슨 일이냐고 묻더구나. 그러고도 오랫동안 그 골목 어딘가에 주저앉아 나는 연주를 기다렸단다. 여름이었고 악취는 더욱 심했으며 날벌레가 많았다. '이곳에 쓰레기를 버리지 마시오'라고 적힌 경고문 아래였을 것이다. 팔을 휘두르면 손바닥 안에 무언가 잡힌 것 같은데 펼쳐보면 아무것도 없었다. 그런데도 거기에 자꾸 뭔가 있을 것 같더구나. 진짜 있다면 없기를 바랐단다. 실은 처음부터 없던 게 아닐까. 그러니까 연주의 부른 배…… 그게 사람이라고 어떻게 단정 지을 수 있나. 더구나 내 아이라고? 아니기를 바랐단다. 그러나 애당초 그런 건 중요한 게 아니었지. 모두가 그렇다고 믿었고 잘 들어맞는 아귀가 있었을 뿐이다. 다만 나는 묻고 싶었단다. 사랑한다면서 왜 나를 망치려는 거냐고, 정말 낳을 거냐? 연주를 만나서 그러면 그러지 말라고 설득하고 싶었다. 사랑한다면서? 그렇다면 그걸 보여달라고. 그러나 어디에도 연주는 없었다.

소문을 피해 지금의 사립학교에 자리를 잡기까지 제법 오랜 시간이 걸렸다. 연고가 없는 먼 지역이었다. 그런데도 나는 언제 어디서 연주가 다시 나타나 사과할지 모른다는 불안감에 시달렸단다. 전화가 울리면 끊어질 때까지 기다렸다. 집 앞 골목에서 누군가 부르는 소리에 서둘러 달아났지. 낯선 사람을 경계하며 되도록 집 밖으로 나가려 하지 않았다. 그러나 그런 일은 없었고 언제부턴가 노래를 흥얼거리는 내가 있더구나. 아주 잊은 것은 아니었지. 언젠가 나를 짝사랑한 여학생도 있었다고 아내에게 농담한 적이 있으니까. 믿지 않더구나. 진짜 농담으로 여기는 그 가벼움이 나는 좋았다.

6

이곳에 오기 전에 나는 유족들을 먼저 만나고 왔단다. 그렇지,

내가 가르치던 우리 반의 전교학생회장, 반 평균을 유지해주던 그 아이. 그 애의 아버지가 내 손을 붙잡고 고맙다고 하더구나. 고생이 많았다고, 덕분에 장례를 잘 치를 수 있었다고. 퇴근길에 나는 매일같이 그곳에 들러 내 학생을 간호했단다. 진심으로 그 애가 깨어나길 바랐다. 병동의 모든 사람들이 그것을 알아챌 수 있었지. 절대 남에게 해를 끼칠 만한 아이가 아니었다. 불량한 녀석들과 시비가 붙었고 누군가 그 애를 밀쳐 계단을 굴렀는데 분명 악의가 있던 거라고 부모들은 믿고 있었단다. 호스와 전선들이 환자의 몸 여기저기에 매달려 있었다. 의식이 없어서 그중 하나를 식도와 직접 연결해 영양분을 흘려보내주어야만 했지. 하루에 세 번씩 간호사가 다녀가고, 회진을 돌던 의사는 형식적으로 차트를 넘겨보더니 별다른 지시 없이 다른 환자 쪽을 돌아보더구나. 그들은 기적이 어떤 건지도 모르는 사람들이란다. 자기들의 소관 밖의 일일랑 상관없는 체하지. 석 달 동안 아무런 진전이 없는 그 아이의 손마디를 주무르고 가래를 빼내고 말을 걸었던 것은 나와 그 아이의 부모들이었다.

"뭐라고? 방금 무슨 말을 하지 않았니? 얘야, 다시 한 번 말해보렴."

부모들이 나를 말리더구나. 눈물을 닦을 생각도 않고 나를 끌어안아주더구나.

내가 어떤 인간인지 그들이 전혀 알지 못했기 때문이었다. 나 역시 너를 바로 알아본 것은 아니었단다. 그러나 네 엄마만큼은 분명 낯이 익었다. 병원 로비에 버젓이 서 있던 그 여자. 하마터면 그대로 달려가 머리채를 휘어잡을 뻔했지. 몰려든 사람들 앞에서 할 수 있는 가장 더러운 말로 욕보일 수도 있었다. 십수 년 만에 도대체 무슨 이유로 다시 나타난 것일까? 지금에 와서 뭘 더 바랄 게 있다고. 그러나 그 여자는 내가 자신을 지켜보고 있는 걸 모르고 있더구나. 아니, 나라는 존재는 벌써 까마득히 잊어버렸는지도 모르지. 한눈에도 무거워 보이는 외투를 목까지 채워 둔해 보였다. 그리고 나를 대신해 상대한 것은 아이의 부모들이었다. 무례하고 파렴치한 태도에 나만큼이나 치를 떨고 있었다. 어딘가 비어 있는 시선. 정작 자신은 이 사건과 무관하다는 듯이, 아니라면 모든 것을 인정하고 체념한다는 듯이 태연해 보였다. 하지만 그 자세만큼은 여전히 완벽하더구나. 무릎을 꿇고 바닥에 머리를 조아렸다. 아이의 엄마가 참지 못하고 후려쳤다. 자식을 잃을 뻔한, 아니 결과적으로 잃어버린 부모로서 당연한 태도였다. 네 엄마가 말했다.

"죄송합니다, 하지만 그건 사고였어요."

그 말에 아이의 부모들은 더 미친 듯이 날뛰었다.

"사고라고? 우리 애를 이 지경으로 만들어놓고 어디서 그따위 소리를 지껄이고 있는 거야!"

세 번, 네 번 빰을 휘갈기는 소리가 병동을 울렸다. 경비들이 달려와 상황을 진정시키는데도 소란은 좀처럼 그치지 않더구나.

나는 그 여자가 알지 못하도록 뒤를 쫓았단다. 노선이 복잡한 버스를 타고 골목이 겹겹이 쌓인 거리를 지나 길고양이들이 함부로 튀어나오는 시간에야 도착한 그곳에는 오래전 연주가 살던 그런 집들이 모여 있었다. 그만큼 비슷해 보였지. 시큼한 냄새가 길마다 배어 있고 가까운 곳에서 경적 소리가 들려왔다. 벽과 문 사이 마주 보는 폭이 좁은 골목에서 그 여자가 얇은 문을 따고 들어가더니 곧이어 불투명한 유리 밖으로 노랗게 뭉개진 빛이 새어 나왔다. 가벼운 문 뒤에 자리 잡고 있을 광경들을 상상했단다. 선반위에 아무렇게 쌓인 가재도구들과 버려도 딱히 문제 될 것 없는 잡동사니들로 채워진 방, 불이 잘 붙지 않는 가스레인지에서는 매캐한 냄새가 풍기겠지. 난방비를 아낀답시고 전기장판을 틀어 두꺼운 이불 속에 들어간 네 엄마가 있을 거고. 그 속에서 너와 함께 잠을 자고 여태껏 견뎌왔던 것 아니니? 얼마나 오랫동안 그곳에서 있었는지 모른다. 뻣뻣해진 발목이 욱신댔고 무릎이 시큰거렸다. 벽 너머에서 울음소리가 번지더구나. 그런 것조차 가리지 못할 만큼 얇은 집에서 네가 자라왔던 거겠지.

그래서.

그게 진짜 연주였느냐고?

뭘 믿고 싶은데?

너는 지금 내가 네 아버지냐고 묻는 것이냐?

네 인생을 망친 게 모두 내 탓이라고 생각하는 거겠지. 그러고 싶은 것 아니니? 너는 버림받았고 그게 지금 불행의 가장 큰 이유라고 믿는 거겠지. 그렇지 않았다면 아무래도 평범한 삶이 되었을 거라고, 그게 다 내 책임이라고 생각하는 것 아니니? 그러나 나는 차마 문을 두드리지 못했단다. 그 여자를 마주 볼 용기가 나지 않았다. 연주가 아닐 수도 있었지. 더구나 그런 불우한 가정이라면 이미 너무 많잖아. 미혼모라든가, 관리가 안 되는 탈선 자녀, 그렇다고 모두 너처럼 자라는 건 아니잖아. 그런데도 너는 그러고 싶은 거겠지. 어딘가 책임지울 만한 곳을 찾는 거 아니니?

그래, 그러라고 내가 여기 왔단다.

너에게 사과하기 위해서. 나도 용서받고 싶어서.

끝내 그 아이가 죽어버려서 나는 걱정되었다. 그것으로 네가 그 아이의 부모들에게 용서받을 수 있는 가능성은 모조리 사라져버린 셈이니까. 대신 너의 딱한 가정환경은 재판 과정에서 도움이 되었다. 네 변호사는 가능한 한 신파가 되지 않는 선에서 너의 불행을 부풀리고 그것이 마치 탈선과 폭력의 정당한 사유라도 되는 양 포장했다고 하더구나. 입건되었던 무리 중 비교적 넉넉했던 집안에서 합의를 보았다는 말도 들었다. 그리고 네 엄마 말대로 그 일이 사고였다는 주장이 받아들여져서야, 너와 네 친구들이 보호관찰처분을 당하는 것으로 일단락되었지.

예정일에 맞춰 나는 너를 기다렸다. 내가 있던 도시에서 두 시간가량 떨어져 있을 뿐인데 보이는 풍경 모두 낯설더구나. 그 자체로 도심과 격리된 꼴이었다. 높은 벽으로 둘러싸여 있어서 구치

소의 내부는 들여다볼 수 없었다. 유일한 출구 앞에서 아무렇게나 자라나는 잡풀을 뜯어내며 지루한 시간을 견디고 있었다. 거기서 네 엄마나 그 아이의 부모들과 마주칠 수도 있었다. 그러나 출소 시간이 꽤 지났음에도 너를 비롯해 알 만한 사람들은 전혀 나타나지 않더구나. 내가 너무 늦게 도착했는지도 모른다. 아니라면 이곳을 서둘러 벗어나던 무리 중에 너와 네 엄마가 있었는지도 모르지. 버스가 지나다니는 도로를 바라보았다. 그곳까지 이어진 길목은 하나였고 누군가 지나갔다면 보지 못했을 리 만무했다. 그러나 어디에도 너는 없었다. 다만 아무도 찾아가지 않는 사내아이 하나가 거기 오래 남아 있더구나. 반성할 줄 모르는 눈매와 겉멋만 잔뜩 든 애송이. 이 사이로 침을 뱉고 되도록 불량스럽게 보이려고 노력하는 그 아이를 보니 어쩐지 용기가 생기더구나. 그래도 될 것 같았다. 빤히 바라보는 나를 의식하고 어디론가 방향을 잡고 걸어갔다가 곧 다시 돌아와 땅을 차고 흙먼지를 일으켰다. 대상도 없는 상스러운 말들을 바닥에 뱉었다. 내가 그 아이 앞으로 다가갔지. 그리고 나를 똑바로 쳐다보는 잘 마모된 조약돌 같은 머리통을 휘갈기며 말했다.

"너는 네 부모에게 미안하지도 않니?"

차마 너에게 하지 못할 훈계들을 늘어놓았다. 마치 그게 너인 것처럼 아버지 행세를 하려 했단다. 다를 것도 없었지. 누군가는 이 아이의 인생에 책임을 져야 하지 않겠니? 사납게 버둥거리며 고함치는 그 아이의 마른 어깨를 붙잡고 너를 위해 준비한 이야기를 들려주기로 마음먹었단다. 얘야, 내 말 좀 들어보렴. 인간들이란 게 말이다, 원래 다들 이기적이거든. 태생적으로 그래. 처음부터 그냥 그렇게 생겨먹은 거란다.

그게 나라고 뭐 달랐겠니.

엿보는 손

1

유제호의 『당신과 다른 나』를 읽은 것은 알라딘 미리보기에서였는데 딱히 구매 의사가 있었던 것은 아니고, 다만 이토록 유난스럽게 세간의 주목을 받고 있는 이유가 궁금했을 뿐이다. 달리 말하자면, 시장조사쯤이라고나 할까. 출판사가 마련한 술자리에서 유제호를 몇 번 본 적은 있었다. 그는 그런 자리라면 잘 나오지도 않으면서, 나오더라도 항상 구석진 자리에만 앉았다. 몇 마디 하지 않는데도 사람들의 주목을 받았으며 내가 가지고 싶은 것은 이미 다 가진 사람처럼 보였다. 무엇보다 머리숱도 많고 길어서 우수에 차 보였다.

나?

나는 그런 자리라면 항상 중앙을 꿰차고 목소리도 컸으나 누구 하나 잘 들어주지 않았다. 혹시라도 처음 보는 사람에게 "최종화입니다"라고 소개라도 해야 할 때면 "아, 최정화? 그 최정화? 꼭 만나보고 싶었어요. 소설 진짜 좋아요" 하는 소리나 들었다. 정 말고 종! 정화 아니라 종화! 정정한 적도 여러 번이었으나, 그러고 나면 서로 민망해서 내가 앉은 중앙은 다 비워지고 구석 자리만 채워지는 기이한 현상이 반복되고는 했다. 게다가 나는 몇 달 전부터 정수리 쪽에 원형탈모증을 앓고 있었는데 사정도 모르는 사람들이 너는 본래 두상이 큰 것이 모자랑은 안 어울린다고, 벗고 다니라고 하나같이 말해서 서운했다. 그럼에도 불구하고 나는 결코 주눅 들지 않았다. 그런 자리에서 그런 대우를 받을수록 더 크게 말하고 더 많이 말하고 더 빨리 취했다. 그러니까 전체적으로 보자면 나는 미움을 사는 쪽이었다. 그걸 내가 모르는 게 아니었다. 그런데도 왜 그랬겠나. 다 알면서도 내가 왜 그랬다고 생각하나.

"세상에는 두 종류의 사람이 있습니다."
라는 식의 표현을 즐기는 사람이 있다. 웃기지 말라고 그래. 어떻게 두 종류로 사람을 다 나눌 수 있나. 그렇게 말하는 사람들도 두 개로는 부족하다는 걸 잘 안다. 알면서도 그러는 거지. 듣는 사람이 무얼 듣고 싶어 하는지도 잘 알고 있으니까, 그걸 하는 것이다. 하고 싶은 말은 되도록 숨기고 듣고 싶은 말만 하는 걸 사람들이 더 좋아하니까. 말하자면, 나는 그렇게 살아오지 않았다는 뜻이고 반면에 유제호는 그랬다는 것이다. 그런 문장만 골라서 쓰는 주제에 천박하게 어디서, 뭐? "소설가에겐 두 가지의 자질이 필요합니다"라고?

나와 유제호의 심리적 거리는 멀고 아득했으나 노가리 안주가 주력인 그 호프집의 규모는 그리 크지 않았다. 화장실은 더 좁아서 소변기 하나를 두고 문밖에서 자주 기다려야 했는데 유제호와 처음 인사한 곳도 바로 그 자리에서였다. 화장실 쪽으로 다가오던 유제호가 웬일인지 나를 먼저 알은체했던 것이다. 그가 정중하게 나를 향해 고개를 숙였다. 나는 들키지 않을 정도로 몸을 조금 움찔했는데 내 소설 읽은 거야? 그래서 나를 아는 거야? 구글에서 내 사진 검색했을지도 몰라, 그러니까 알아본 거겠지? 기분이 좋았다. 좋아서 나도 반갑다고, 진짜는 읽은 게 없으면서 나도 당신 소설 좋아한다고 허리를 숙여버렸다. 그와 동시에 내 뒤에서 불쑥 문학평론가 하나가 튀어나오더니 유제호와 악수했다. 그런데도 나는 상관없이 유제호가 서 있는 곳보다 더 뒤쪽을 바라보며, 계속 허리를 굽혔다. 실은 당신이 아니라 다른 사람과 인사하던 중이라고, 내가 워낙 인사성이 밝아서 늘 이렇게 허리를 숙인다고, 그렇게 보이고 싶었다. 유제호와 악수하던 그 평론가가 빈 벽에 대고 지금 뭐 하는 거냐고 물어도 나는 못 들은 척했다. 차라리 취한 사람처럼 보이고 싶었다.

그 뒤로 나는 줄곧 유제호를 의식했다. 중앙에 앉아서 안 듣는 척 구석에서 들려오는 유제호의 말에 집중하고 있었다. 실은 좀 전의 상황을 사람들에게 떠벌리지는 않을까 불안했던 것인데, 그러나 아무도 그런 소리는 하지 않았다. 누구 하나 의도하지 않고 애쓰는 것도 아닌데 나만 소외되었다.

"무엇보다 사람을 이해하려는 태도가 중요합니다. 그 사람에게 필요한 것과 부족한 것을 살펴야 하지요. 말하자면 그려내고자 하는 인물에 대해 분석하고 종합할 수 있는 능력, 소설가에겐 이 두 가지의 자질이 필요하다고 생각합니다."

작지만 집중하게 만드는 목소리로 유제호가 '분석'이니 '종합'이니 소설가에게 필요한 두 가지 자질 운운할 때는 나도 모르게 혼잣말을 해버렸다. "헛소리들 하고 앉아 있네." 그 소리에 내 앞에 앉은 사람이 당황해서는 얼떨결에 사과했다.

"죄송해요. 그럴 의도는 아니었는데 너무 제 말만 했죠. 그런데…… 누구세요? 누군데 내 앞에 앉아 있어요?"

민망하고 미안한 마음에 나는 공손하게 내 소개를 했다. 일순간 상대방의 얼굴에서 불쾌함이 걷히고 밝아지는 것이 보였다.

"아, 알아요. 한번 꼭 뵙고 싶었어요. 그런데 남자분일 줄은 몰랐어요. 소설 정말 좋아요."

집으로 돌아온 나는 좀처럼 분이 풀리지 않은 상태로 이러고 있을 수만은 없다, 뭐라도 써야겠다, 하루키만큼 유명해져야지, 하는 다짐으로 컴퓨터 앞에 앉았으나 진짜 실천으로까지 이어지지는 못하고 대부분의 시간을 인터넷 가십 기사나 읽는 데 써버렸다. 그러다가 마침내 알라딘에 접속해 유제호가 최근 출간한 『당신과 다른 나』를 검색하기에 이르렀던 것이다. 소설가 최정화의 추천사가 가장 먼저 눈에 들어왔다. 괜히 눈물이 났다. 혼자 욕도 했다. 다들 끼리끼리 어울리는 것만 같고 그런 자리에 나는 왜 안 끼워주나 싶어서 서러웠다. 그러고는 나는 당장 최정화의 출간도서들을 검색했다. 모조리 별점 한 개를 매긴 뒤, "반 개가 안 돼서 한 개"라는 댓글도 남겼다. 기분이 조금 풀리는 것 같았다.

『당신과 다른 나』는 어느 날 갑자기 개와 고양이를 구분하지 못하게 된 남자에 대한 이야기였다. 미리보기 서비스에서는 초반 열다섯 페이지가량만을 제공할 뿐이었는데 치약과 무좀약을 구분하지 못하는 데까지가 내가 읽을 수 있는 분량의 전부였다. 그러나 그것으로 충분했다. 뒤이어 이 소설이 어떤 식으로 흘러가게 될지는 이미 너무 빤했다. 분명히 알 수 있었다. 단어가 조금 바뀌고 배치가 달라지긴 했으나 그것은 분명 나도 아는 내용이었다. 다른 사람이라면 몰라도 나는 알 수 있었다. 당연하지. 왜? 그걸 내가 썼으니까.

혼란스러운 마음으로 나는 첫 페이지를 다시 읽고, 또 읽고, 내가 쓴 문장들과 비교하며 여러 번 되풀이해서 읽었다. 가능한 경우의 수를 헤아려보았다. 어떻게 이게 유제호의 이름으로 출간되었나? 심지어 아직 어디에도 발표되지 않은 소설을 어떻게 알고? 내 컴퓨터가 해킹당했나? 술김에 나도 모르게 떠들어댄 적이 있었나? 그럴 수 있었다. 술만 취하면 나도 내가 무슨 소리를 하는지 몰랐으니까. 그걸 유제호도 들었던 게 아닐까? 저기 멀리, 가장자리에 앉아서? 나중에는 과정이야 어떻게 됐든 내가 누렸어야 할 부와 명예를 아무 힘도 쓰지 못하고 유제호에게 빼앗겼다는 생각에 화가 치밀었다.

그 밤 나는 도무지 잠들지 못했다. 누웠다가 벌떡 일어나기를 반복했고, 일어나면 매번 담배를 피우는 탓에 10분에 한 대씩 피웠다. 한 갑을 모두 비운 뒤에야 나는 책장을 뒤지기 시작했는데 거기서 지난해 『현대문학』 1월호를 찾아냈으며 그 호의 부록인 문인주소록에서 유제호의 메일 주소를 받아 적었다. 전화번호는 나와 있지 않았다. 그런 후에도 나는 또 한참을 메일의 제목을 무어라 정할지 고민했다. 혹시나 읽지도 않고 바로 삭제할 게 걱정됐기 때문이다. 고심 끝에 나는 이렇게 적었다. "안녕하세요, 『문학과사회』입니다. 청탁서 보내드립니다." 그러고는 내가 쓴 소설이 담긴 첨부파일과 함께 다음과 같은 내용의 메일을 보냈다.

"개새끼야, 남의 소설 함부러 가져다 쓰지 마라."

지금에 와서 변명하자면, 나는 손가락이 굵고 키보드의 자판은 좁고 빽빽해서 자주 오타가 난다는 점인데, 그런 탓에 이전에도 ㅗ를 ㅓ로, h를 j로 잘못 입력하는 경우가 더러 있었다. 무엇보다 그 메일은 지극히 흥분된 상태에서 작성한 것으로 왜 작은 실수가 나를 더 비참하게 만드나, 중요한 것은 그런 게 아니지 않나, 스스로를 합리화하기에 이르렀다. 몰라서 그런 게 아니라고, 다만 실수였다고 추가 메일을 보내야 하나.

"일부로 아니고 일부러! 함부러 아니고 함부로!"

나는 베개 위에 얼굴을 묻은 채 소리쳤다. 게다가 나를 더욱 자괴감에 빠뜨린 점은 그로부터 며칠이 지나도록 유제호에게서는 아무런 답도 없고, 심지어 수신확인도 되어 있지 않았다는 것이다. 『문학과사회』잖아! 거기서 청탁서를 보내왔다고! 그런 것에도 신경 쓰지 않는 의연한 태도가 부러웠다. 그런 무심함마저 본래는 다 내 것 같아서 억울함은 더욱 깊어져만 갔다.

세상은 넓고 우리가 설명할 수 없는 일들은 빈번히 일어나고 있다. 아파트 베란다에서 떨어진 갓난아이를 우연히 지나던 누군가 받아 냈다든가, 기체조와 생식만으로 악성종양이 치유된 환자라든가, 분명 죽은 줄 알았던 사람이 도로 깨어나 사후세계의 체험을 들려주더라는 식의 사연을 누구나 하나쯤 알고 있지 않나. 내가 아는 어떤 소설가는 재작년에 돌아가신 외삼촌을 보았다고 했는데 아무래도 그 덕분인 거 같다고, 문학상을 받는 자리에서 소감으로 밝힌 적도 있었다.

그러나 우리가 설명할 수 없는 일들은 대부분 설명하기 어려운 것일 뿐, 알고 나면 뚜렷한 인과관계로 엮여 있다. 우연이란 아직 모르거나 그중 한 부분이 누락된 것일 뿐이고. 소설가의 역할이 무엇이겠는가. 그런 신비하고 모호한 부분을 필연으로 만드는 것. '왕이 죽고 왕비가 죽었다'의 빈 곳을 채우는 것 아닌가. 자연사한 왕족의 이야기를 누가 읽고 싶어하겠나. 바람난 남편을 독살하고 죄책감에 시달리는 왕비의 비참한 최후를 그려내는 것. 그러므로 그럴듯한 원인을 찾아서 불분명한 것을 선명하게 드러내는 것이 우리의 일 아닌가. 그런데도 아무도 믿어주지 않았다. 그 소설가란 새끼들이 자신의 빈곤한 상상력은 하나도 반성하지 않으면서 오히려 나를 열등감에 사로잡힌 천박한 사람으로 몰아갔다. 그런 일은 있을 수 없으며, 있다고 하더라도 우연일 거라고 했다. 우연? 우연이라니? 이걸 보고도 그래? 개와 고양이는 그렇다고 치자. 그럴 수 있지. 그런데 치약과 무좀약이야! 치약과 칫솔이 아니라고! 그만 좀 하라고들 했다.

대놓고 말한 것은 아니었으나 실은 남들이 뭐라 생각하는지 나도 잘 알고 있었다. 혐의가 있다면 유제호가 아니라 내 쪽일 거라고 의심하는 거겠지. 나라도 그랬을 것이다. 아무래도 그쪽이 더 그럴듯해 보였기 때문이다.

유제호로부터 답장을 받은 것은 법률구조공단에서 저작권 소송에 필요한 절차와 구비 서류에 대한 상담을 받고 돌아왔을 때였다. 홈페이지에서 진술서 양식을 다운받으려고 컴퓨터를 켰는데 "확인이 늦어서 죄송합니다"라는 제목의 메일이 도착해 있었다.

"보내주신 원고는 꼼꼼히 읽어보았습니다. 기대했던 것 이상으로 훌륭한 작품이더군요. 그러나 먼저, 선생님의 의심이 틀렸다는 점을 지적해야겠습니다. 맹세컨대, 나는 선생님의 문장을 조금도 훔치지 않았습니다. 다만, 우리의 소설이 이토록 유사할 거라는 점을 예상할 수 있었을 뿐이지요. 믿기지 않겠지만 아주 오래전부터 선생님의 연락을 기다려왔습니다. 기회가 된다면 언제라도 이 이야기를 꼭 들려주고 싶었기 때문입니다."

물론 지금에 와서야 드는 생각이지만, 그때 나는 메일 따위야 어쨌든 무시해버리고 고소장 작성에나 집중했어야 한다. 가만히 모니터를 응시하며 그 긴 글을 계속해서 읽어갈 게 아니었다. 그러나 많은 일들이 대개 그렇듯 이 경우에도 끝내 결과를 모두 지켜본 후에야 비로소 그때 그러지 못한 것을 후회할 뿐이었다.

2

"어떤 책을 좋아하십니까?"

처음 대면하는 사람에게 내가 자주 하는 질문 중 하나는 이런 것입니다. 일종의 직업병이라고도 할 수 있을 만한 이 물음에는 아주 많은 것이 담겨 있습니다. 돌아오는 대답에 따라 상대방의 관심사를 추측할 수 있고, 분야와 키워드에 맞춰 앞으로의 대화 방향을 결정할 수도 있습니다. 그 밖에 더 복잡하고 섬세한 것들도 있지요. 이를테면, 조금의 주저함도 없이 인지도 높은 도서의 제목이나 저자를 답하는 사람들은 실은 독서량이 많지 않을 가능성이 큽니다. 그럴 땐 되도록 심오하고 무거운 주제는 피하고, 상대방이 지루해하지 않도록 대화의 범위를 한정해주는 배려가 필요합니다. 반면에, 비교적 난해하거나 낯선 이름을 대는 사람을 만났을 때는 그의 독선적인 행동에 미리 대비를 해두어야 합니다. 명확히 구분하기는 어렵지만 『나의 라임오렌지나무』와 『어린 왕자』의 경우도 있습니다. 유년 시절에 어느 쪽을 더 감명 깊게 읽었느냐에 따라 내게는 어쩐지 다른 느낌을 줍니다. 문제는 무엇도 읽지 않아서 예측할 수 없는 사람들이 있다라는 겁니다. 누구보다 내 아버지가 그랬습니다. 나는 오랫동안 그 사람을 이해할 수 없었습니다.

농업고등학교를 중퇴하고 아버지가 반평생 종사한 곳은 세탁소였습니다. 다림질을 하고 수선을 하고 건식과 물세탁을 구분한 뒤 빨아서 말리고 보관하는 곳. 뚜렷한 절차와 과정이 반복되는 그 세계가 전부인 듯 살아왔으므로, 바쁘고 고단한 것이 성실한 삶이라고 믿어온 사람이었습니다. 그런 아버지가 어느 날 내 손을 붙잡고 말하더군요. 얼마나 울었는지 부은 눈으로 나를 바라보았습니다.

"제호야, 나는 말이다. 내가 너무 부끄럽구나."

그러고는 서럽게 울기 시작했습니다. 그때까지 나는 언제고 어디서고 그런 말을 하는 아버지를 본 적이 없었습니다. 궁금할 것도 없이 명확한 그 삶에 무슨 부끄러움이 그토록 많았다는 것일까요. 세탁소 안은 늘 솔벤트 냄새로 가득했습니다. 그런 것을 오래 맡다 보면 몸 어딘가가 약해지고 내장 질환을 앓게 되는 일인지도 모르겠습니다. 어머니가 일찍 돌아가신 것도 어쩌면 그게 원인이지 않았을까. 나는 순간 그런 의심이 들었습니다. 화학약품에 중독된 게 아닐까. 모르는 사이에 심각해져서 머리가 이상해진 게 아닌가. 걱정이 되는 마음에 오늘은 그만 들어가서 쉬는 게 어떻겠냐고, 아버지를 부축했습니다. 의자에 앉아 있던 아버지는 쉽게 따라 일어섰습니다. 내 어깨에 자꾸 머리를 기대는 바람에 콧물도 함께 묻었으나 나는 개의치 않았습니다. 다만, 그 순간에도 아버지가 손에 쥐고 놓지 않으려는 것이 있었습니다. 고동색 계열의 양장본 한 권이었습니다.

우리 아버지는 평소 무얼 읽거나 하는 사람이 아닙니다. 늘 해야 할 것이 있었고 하고 나면 금세 곯아떨어졌습니다. 세탁소의 일이 특별히 고됐다기보다는 그냥 그런 것에 잘 적응했을 뿐입니다. 대체로 그런 사람들이 모여 있는 상가 건물이었습니다. 모두 3층 높이로 아파트 단지 입구에 위치해 있었는데 세탁소와 함께 문구점, 제과점과 부동산, 위아래로는 태권도 학원과 미용실이, 지하층 전부는 슈퍼가 입점해 있었습니다. 매달 월례회를 열어 공용화장실의 청소 당번을 정한다거나 야유회의 일정을 조율하는 것을 중요하게 여기는 사람들이었습니다.

그런 이곳에 몇 달 전 낯선 누군가가 찾아왔다고 했습니다. 수선이 필요해 보이는 감색의 낡은 양복을 입은 그 남자는 세탁물을 맡기는 대신 명함을 내밀었습니다. 무거운 가방을 다림판 위에 올려놓고는 몇 권의 책을 아버지 앞에 꺼내 보이기도 했습니다. 그간 발행했다는 도서목록에는 언젠가 아버지도 들어본 것 같은 명사들로 채워져 있었습니다.

인생은 한 권의 책이다.

마테를링크

남자가 건넨 전단지에는 크고 진한 폰트의 홍보문구와 함께 "자서전 대필 전문업체"라고 적혀 있었습니다. 그중 아버지를 가장 솔깃하게 한 것은 그게 다 공짜라는 말이었습니다.

"누구나 자신의 인생에서 의미 있는 것을 남기고 싶어 하지 않겠습니까? 저희 업체에서는 창립 3주년을 맞아 우리 사회에 귀감이 될 만한 서른 분의 인사를 선정하여 살아오신 이력을 한 권의 책으로 만들어드리기로 결정했습니다. 사장님 같은 분들의 생애와 철학을 되도록 많은 분들과 나누고자 하는 공익적 목적에서입니다. 물론 그 과정에서 소요되는 비용은 저희 쪽에서 지불하는 것이지요. 금전적으로 따로 부담하실 내용은 전혀 없습니다만……."

실은 권당 3만 원씩 50권을 선구매하는 조건이었으나 제작비를 고려했을 때 거의 공짜나 마찬가지라고 남자는 설득했습니다. 무엇보다 주변에 선물하거나 가게를 홍보하기에도 좋다는 말에 아버지는 흔들렸습니다.

별다른 제목도 없이 금박으로 '유남구 자서전'이라고만 적힌 그 책을 아버지는 마음에 들어 했습니다. 몇 차례의 인터뷰가 있었고 수주간의 제작 기간을 보낸 뒤, 우체국 택배 상자에 담겨 배달된 것이었습니다. 상가 월례회 자리에서 아버지는 그것을 사람들과 나누었습니다. 단골들에게는 3천 원의 수선비만 받고 3만 원씩이나 하는 그것을 함께 끼워주었습니다. 그러고도 남은 것들은 공용 화장실에 비치해두거나 가게 이곳저곳에 두었다가 틈날 때마다 펼쳐 읽었던 것입니다.

한번은 급하게 부동산으로 불려 간 적이 있었습니다. 중년의 부부가 운영하고 있었는데 누구에게나 모범이 되는 사람들이었습니다. 베풀기를 좋아하고 남의 어려움을 모른 척하지 않았습니다. 아버지도 남자 쪽을 형님이라 부르며 급전을 빌려 올 때가 있었습니다. 그들 내외가 냄비 한가득 홍합을 삶아 내왔습니다. 자연산이라 귀하다고 했고 철분이 많아 빈혈에도 좋다고 했습니다. 칼칼한 국물이 시원했습니다. 그런데도 아버지는 옆에서 자꾸 입맛이 없다고 하거나 권하는 말에도 괜찮다고만 했습니다. 딱히 바쁜 일도 없으면서 나중에는 먼저 가봐야겠다며 아직 수북하게 남은 홍합을 두고 자리에서 일어섰습니다. 그때 나는 처음으로 아버지를 너무 몰랐던 게 아닐까 생각했습니다. 귀한 음식도 마다하고 더 귀하게 여기는 아버지가 낯설었던 것입니다. 그러니까 그때 아버지의 기분 같은 거. 부끄러웠을 겁니다. 뜨거운 홍합 냄비 밑에서 자서전을 발견했을 때, 아마 자기 인생도 송두리째 냄비 아래 받쳐진 듯한 기분이지 않았을까.

누구에게나 중요하게 여기는 것들이 있습니다. 아버지에게는 세탁업이 그랬습니다. 나름의 전문성을 필요로 했고 자부심을 품어왔습니다. 대단할 건 없지만 일반인은 모르는 기술도 보유하고 있었습니다. 그런 것들을 기록해놓은 책이었습니다. 함부로 대할 것이 아니었습니다. 아버지는 자주 믹스커피를 얻어 마시거나 별다른 용무도 없이 부동산을 드나들었습니다. 함께 장기를 두거나 스포츠신문을 뒤적거리다 돌아올 때도 많았습니다. 그러나 이후로는 서먹하게 지내며 거리를 두었습니다. 본래는 부동산을 통하던 것도 미용실이나 문구점에 부탁했습니다.

부동산을 찾는 대신 아버지는 홀로 세탁소에 남아 자서전을 읽는 데 더 몰두했습니다. 마음에 드는 페이지를 접어두거나 밑줄을 그으면서 지난날을 회상했습니다. 그런 문장들은 주로 "행복한 자영업자는 모두 비슷한 모습을 하고 있지만, 불행한 자영업자는 제각각의 불행을 안고 있다"라든가, "최선의 방법은 그날그날 일어난 일들을 적어두는 것이다. 뚜렷하게 관찰하기 위해서 장부를 쓸 것. 아무리 하찮은 세탁물이더라도" "최고의 고객이었고 최악의 고객이었다" 같은 것들이었습니다. 30년 만의 폭설이라던 그해의 아침을 떠올리며 "상가의 긴 복도를 지나자 눈밭이었다. 건물 밖의 바닥이 하얘졌다"라고 묘사하기도 했습니다. 심지어, 상가 사람들과 단체로 중국 여행을 떠났던 시기에는 이렇게 적혀 있었습니다.

전당강의 도도한 물줄기는 밤낮을 가리지 않고 쉴 새 없이 임안 우가촌을 휘감아 돌아 동쪽 바다로 흘러간다.

『영웅문』의 첫 문장이었습니다.

그러나 아버지에게는 아무런 상관이 없었습니다. 그것이 마치 자신의 진짜 삶이라도 되는 양 흡족해했습니다. 보다 정확히는 몰랐기 때문입니다. 실은 남의 문장이라는 것도 모르면서 그게 다 자기 이야기인 줄만 알고, 남들 보기에 정말 그럴 거라고 여겼습니다. 그중 아버지가 가장 마음에 들어 했던 구절이 있었습니다. 어느 날 배달 심부름을 다녀온 나를 불러 세워놓고는 뭔가 대단한 걸 발견했다는 양 짚어주기도 했습니다.

"여길 좀 봐라. 네 아비라는 사람이 참 부끄럼 많은 생애를 보냈다는구나."

그때라도 나는 뭐가 그렇냐고, 그렇지 않다고, '진짜는 하나도 부끄럽지 않으면서 그런 말 좀 하지 마요. 다자이 오사무라도 된다는 듯이 폼 좀 잡지 말라고요' 지적해야 했습니다. 그러나 우리 아버지가 누구입니까. 농업고등학교를 중퇴하고 반평생 세탁업에만 종사한 사람이었습니다. 무엇 하나 제대로 읽어본 적이 없었습니다. 그런 가정에서 내가 나고 자랐습니다. 나라고 크게 다를 게 없었습니다. 상업고등학교를 졸업하고 줄곧 아버지 밑에서 세탁업을 배웠습니다. 밋밋하고 대체로 반복적인 삶이었습니다만, 물려받을 것이 있었으므로 나쁘지 않았습니다. 나름 만족할 만한 미래도 계획하고 있었습니다. 무얼 읽고 좋아할 만큼 교양을 갖춘 삶은 아니었지만 손이 야무지고 일하는 요령을 잘 안다는 말은 많이 들었습니다. 대단할 것은 없지만, 그렇다고 또 비난받을 만한 것도 없었습니다. 그런데도 우리 아버지는 그래요.

"나는 말이다. 내가 너무 부끄럽구나."

그러면 나는 뭐가 되나요? 아버지처럼 세탁소가 전부라고 믿어 왔습니다. 아무것도 모르고 그냥 아버지가 되려고만 한 나는 어떻습니까. 누가 더 부끄러워야 하나요.

전에 없이 그날은 솔벤트 냄새도 덮을 만큼 실내에 담배 냄새가 짙던 날이었습니다. 그러니까 내 어깨에 기대서 콧물을 진하게 흘리며 울어대던 그날 밤, 아버지는 내게 이런 고백을 하더군요.

새로 담갔다는 김장 김치와 꼬막무침을 싸들고 부동산 여자가 먼저 세탁소로 찾아왔다고 했습니다. 이유도 모르고 멀어지는 이웃을 가만 두고 볼 사람들이 아니었습니다. 그러고는 "제호 아빠, 요즘 우리랑 사이가 좀 그랬지요?" 하고 운을 뗐습니다. 섭섭한 게 있다면 이해해달라고 했고, 혹시라도 말 못할 고민이 있어서 그러는 게 아닌가 싶어서 걱정이 많다고도 했습니다. 그때의 아버지는 기분이 참 이상했습니다. 무슨 일 때문인지도 모르면서 먼저 사과하는 사람을 앞에 두고 있자니 어딘가 가슴 한쪽이 답답한 게 불편해지고, 말도 없이 혼자 꿍해 있던 자신을 되돌아보자니 민망했습니다.

"나는 그래요, 제호네가 남이라고 생각한 적이 한 번도 없다니까."

마주한 여자를 제대로 쳐다보지도 못한 채 고개를 숙였을 아버지를 떠올리면 나는 자꾸 이런 생각이 듭니다. 그 무렵, 아버지를 진짜 부끄럽게 만든 것은 무엇이었을까. 실은 그냥 부끄러워지고 싶었던 게 아닐까. 나중에라도 부끄럽다고 할 수 있을 만한 생을 단지 살고 싶었던 게 아닐까. 아무래도 그래서였다고 생각합니다. 여자는 가지고 온 반찬통을 아버지 앞에 하나씩 꺼내놓기 시작했습니다. 그러고는 뭐라도 좀 챙겨 먹었느냐, 남자 둘이 살면서 제대로 차려 먹기는 하는 거냐며 그동안의 끼니를 걱정해주었습니다. 여전히 고개를 숙인 아버지는 부지런히 움직이던 여자의 손을 물끄러미 바라보았습니다. 그러고는 그 위에 자신의 손바닥을 포개 올렸던 것입니다.

"형수, 고마워요."

그간의 정황을 들려주던 아버지의 목소리는 줄곧 무거웠습니다. 여자의 손을 잡았다고 말하며 내 손을 움켜쥐었습니다.

"그때부터였단다. 형님 보기가 미안해지더구나."

그런 말을 남기고 얼마 후, 아버지는 세탁소를 떠났습니다. 부동산 여자도 함께 보이지 않았습니다. 일이 벌어진 뒤에야 분명해지는 것들이 있습니다. 그런데도 상가의 사람들은 마치 오래전부터 예견했다는 듯이 수군거리기 시작했습니다. 그럴 줄 알았다고,

낌새가 이상했다고, 전부터 세탁소에 단둘이 있는 것을 자주 목격했다던 문구점 주인은 괜히 자기를 보면 허둥대더라고 증언했습니다. 뒤늦게 사정을 알게 된 부동산 남자는 가게로 들이닥쳤습니다. 어쩐지 좋은 것만 있으면 우리 부자를 불러 먹이더라고 고함을 쳤습니다. 그러고는 다리미를 던지고 옷걸이를 던지고 잘 다린 면바지를 집어 던졌습니다. 천장에 매달린 세탁물들을 바닥에 패대기치고, 내 머리채를 휘어잡기도 했습니다. 마치 그게 다 내 아버지라도 된다는 듯이 뭐든 잡히는 대로 내던졌던 것입니다. 그중에는 양장으로 된 그 자서전도 있었습니다.

우리 아버지는 말입니다. 본래 무얼 읽거나 하던 사람이 아니었습니다. 반면에 기록하는 일이라면 달랐습니다. 가까운 곳에 거래 장부를 두고 늘 꼼꼼하게 적어두었습니다. 거기에는 "3월 7일 수요일 장미빌라 201호 쌍둥이 엄마 양장 바지 밑단 3천 원" 같은 것들이 빼곡했습니다. 그러니까 아버지의 삶은 그 장부 속에 모두 들어 있던 셈이었습니다. 날짜와 주소가 바뀌고, 수선하는 데 3천 원을 받는 바지 밑단이 "파란색 모직코트 드라이 7천 원"으로 달라졌을 뿐, 전반적으로 심심하고 단조로운 일상이었습니다. 그러나 그것만으로 틀렸다고 평가할 수는 없는 거잖습니까. 내세울 만한 것도 없이 겨우 자기 명의로 된 세탁소 하나를 자랑스러워하는 게 고작이었으나, 그런 사람도 엄연히 존중받아야 하는 거 아닙니까. 그냥 그렇게 계속 살아도 되는 거잖아요. 그런데도 어떤 소설가는 '작가의 말'에서 이렇게 썼다고 하더군요.

내 소설을 읽는 동안 잠시 현실을 떠났다가, 다시 현실로 돌아왔을 때 무언가 달라진 점이 있길 바란다. 하다못해 앞서 걷는 사람의 걸음걸이에 이상하게 자꾸 신경이 쓰여 가던 길을 멈추기라도 했으면 좋겠다.

하지만 그로부터 달라진 삶은 누가 부담하는 겁니까. 무책임하게 왜 그런 것을 바란답니까. 왜 함부로 남의 인생에 끼어드나요. 가던 길을 멈췄다가, 다시 걷지 못하게 된 경우에는 어떡하라고. 그러니까 내 아버지를 멈추게 한 그 책 말입니다. 그것으로 말할 것 같으면, 아버지가 읽은 유일한 책이었습니다. 더구나 내가 아는 한 그걸 읽은 사람도 우리 아버지가 유일했습니다. 물론 출간을 제의받은 것은 상가에서 아버지만이 아니었습니다. 하지만 그러기로 선택한 것은 오직 아버지뿐이었습니다. 왜 그랬을까요. 나는 종종 그런 생각을 하고는 합니다. 그게 과연 우연이었을까.

어떤 책은 누군가의 삶을 완벽히 뒤바꾸어놓기도 합니다. 그러나 그 경우, 저자의 능력보다는 독자의 잠재력이 더 요구되는 것 아닙니까. 제아무리 훌륭한 고전이라 한들 그걸 읽는 사람이 누구냐에 따라 평가가 다른 것 아니겠습니까. 「잠언」 시집 한 구절에 새삼 감동을 받았을 때는, 그 책의 무게감 때문만이 아닙니다. 마침 그런 위로가 필요했기 때문입니다. 그러므로 내 아버지도 그랬던 게 아닐까. 아마 그런 말을 필요로 했던 게 아닐까. 그러나 이런 생각을 하게 된 것은 그로부터 시간이 제법 지난 뒤의 일이었습니다.

아버지가 그랬던 것처럼 나는 세탁소에 홀로 남아 자서전을 읽었습니다. 그것은 내게도 의미 있는 일이었습니다. 아버지처럼 나 역시 그 독서가 유일한 사람이었기 때문입니다. 거기에는 나도 미처 알지 못했던 이력들이 적혀 있었습니다. 익히 잘 알고 있던 모습도 있었습니다. 무엇보다 자신의 지난날을 조용히 고백하는 아버지가 보였습니다. 지금껏 한 번도 중요해본 적이 없던 사람이, 그 순간만큼은 하는 모든 말들마다 주목을 받고 있었습니다. 그랬으므로 아버지는 누군가 대신 정리해준 자신의 이야기가 마음에 들었을 겁니다. 온전히 이해받고 있다고, 마땅한 단어를 몰랐을 뿐 알았다면 그렇게 말했을 거라고, 그 사람이 써준 게 정말 맞다고, 가장 정확한 문장이라고 믿었던 것입니다.

아버지를 이해하고자 시작했던 독서는 이후 뜻밖의 방향으로 나아갔습니다. 세탁소를 정리하고 나는 작은 평수의 방을 얻었습니다. 가능한 한 최소한의 생활비만을 지출하며 생계를 유지했습니다. 그러니까 나는 처음으로 아버지가 아닌 다른 무언가가 되고 싶어졌던 것입니다. 낮 동안에는 서점이나 도서관에 들러 무엇이든 읽었습니다. 돌아와서는 자서전의 문장들을 베껴 적었습니다. 읽고 쓰는 날의 연속이었습니다. 아버지를 알게 될수록 자서전에 적힌 문장들이 실은 대문호들의 작품에서 빌려 왔다는 것도 알게 되었습니다. 그런 것들도 모두 따라 적기 시작했습니다.

선생님, 나는 오래전부터 당신이 되고 싶었습니다. 아무에게도 들킨 적 없는 내 아버지의 내면을 알아본 당신처럼 나도 누군가를 이해하는 사람이 되고 싶었습니다. 그러므로 당신이 읽은 것을 따라 읽고, 당신이 쓴 내 아버지라는 인물을 베껴 적었습니다. 나중에는 당신의 입장에서 생각하고, 당신이 쓸지도 모를 이야기를 예상하며 써나갔습니다. 나도 몰랐던 내 아버지의 삶을 당신이 썼듯 나도 당신의 내밀한 부분을 쓰고 싶었습니다. 그리고 언제가 될지는 몰라도, 당신이 연락해올 그날만을 기다렸습니다. 그때라면 내가 당신을 정확하게 이해해왔다는 것을 확인받는 셈이 될 테니까요. 부탁입니다. 나를 만나러 와주기를 바랍니다.

아마도 여전히 내 말을 믿기 어려울 거라고 생각합니다. 그러나 나는 얼마든지 그 의심을 해소해드릴 수 있습니다. 선생님, 함부로 당신의 책장을 들켜서는 안 됩니다. 내가 아는 것이 바로 그것입니다. 그러므로 당신이 무얼 쓰든 간에 나는 당신의 입장이 되어 앞으로 당신이 쓰게 될 모든 문장들을 먼저 쓰게 될 것입니다.

3

그렇게 된 일이다.

말하지 않았나.

세상에는 설명할 수 없는 것투성이라고.

그리고 나는 지금 그 메일 말미에 첨부된 경기도 외곽의 주소지로 향하고 있다. 유제호의 허황된 소리를 믿어서가 아니다. 물론,

내가 젊은 시절 대필 아르바이트를 했다는 것, 그런 일들은 대개 어디서 본 듯하고 그럴듯한 문장으로 짜깁기했다는 것까지 부정하는 것은 아니다. 그럼에도 불구하고 그게 어디 나뿐이었겠는가. 그런 업체는 우후죽순 생겨났다가 없어지고 되도록 많이, 빨리 쓰는 것을 미덕으로 아는 업종인 데다가 그게 아니라면 생계를 유지할 수 없는 무명의 작가가 어디 나 하나였겠느냐 그 말이다.

뭐라고?

우연?

그렇지, 말하자면 그냥 어쩌다 그렇게 된 것일 뿐. 무엇보다 나는 이후로 그런 것을 쓰기 시작했다. 좀처럼 설명할 수 없고 이해할 수 없는 문장들, 인과적이지 않고 쓰는 나도 부정하고 관련 없는 사건들을 불연속적으로 배열해서는 비문과 오독을 유도하고…… 건방지게 어디서…… 뭐? 나를 베껴? 함부로 나를 예상한다고? 유제호가 절대 따라 할 수 없는 문장들로 채워갔다. 알 수 없지. 절대 알 수 없어. 나도 내가 뭘 썼는지 모르는데 어떻게 알 수 있겠나. 해킹을 걱정하여 온전히 수기로 완성한 단편소설 분량의 원고였다. 취중에 나도 모르게 무의식을 떠벌릴 게 염려되어 그간 며칠 술도 마시지 않았다.

그렇게 도착한 곳은 주변에 다른 인가도 없이 외따로운 주택이었다. 크고 무거운 현관문이 미리 열려 있었는데 정원이 넓고 심긴 것도 다종다양했다. 그걸 보고 있자니 나도 모르게 손에 쥐고 있던 원고가 구겨졌다. 유제호가 훔쳐 간 내 문장으로 심은 것들이었다. 죄다 뽑아버리고 실용적인 것 위주로 채우고 싶었다. 내가 바라는 것으로만 꾸미고, 보이는 게 다 내 것이었으면 싶었다. 당장에라도 멱살을 붙잡고 가져간 거 다 내놓으라고 윽박을 지를 생각이었다. 그러나 어디에도 유제호는 보이지 않았다. 나는 빈 집을 이리저리 돌아다니며 벌컥벌컥 문을 열고 원목인가? 비싸겠지? 아, 텔레비전이 커서 야구 보기 좋겠다…… 만져보고 두드려보며 감탄해버렸다.

무엇보다 유제호의 서가는 삼면을 책으로 가득 두르고 있었는데 천장도 무지하게 높았다. 다만 꽂혀 있는 도서들의 배열은 이상했다. 주제와 분류가 산만하기도 했지만, 군데군데 빈자리가 눈에 띄고 언뜻 보기에도 똑같은 책이 여러 권인 데다가 펼쳐보면 접거나 밑줄을 그어둔 곳도 서로 조금씩 달랐다. 그게 어떤 기준에서였는지를 알아차린 것은 고동색 계열의 양장본 한 권을 발견했을 때였다. 그러니까 『유남구 자서전』을 중심으로 『인간실격』과 『설국』 『두 도시 이야기』 『구토』 『안나 카레니나』 같은 고전뿐만 아니라 내가 읽은 거의 모든 도서들이 꽂혀 있었던 것이다. 심지어 『당신과 다른 나』의 초고를 제본해놓은 것도 있었다. 자리에 맞지 않게 손도끼 한 자루도 있었는데 단편 분량의 문서가 그 아래에 놓여 있었다. 나는 떨리는 손으로 조심스럽게 그것을 빼내 들었다. 정말, 유제호가 쓸 수 있다고? 무릎이 후들거렸다. 내가 쓰게 될 그 모든 걸? 그러나 그 소설은 전혀 뜻밖의 문장으로 시작하고 있었다.

유제호의 『당신과 다른 나』를 읽은 것은 알라딘 미리보기에서였는데 딱히 구매의사가 있었던 것은 아니고, 다만 이토록 유난스럽게 세간의 주목을 받고 있는 이유가 궁금했을 뿐이다.

결국 버티지 못하고 바닥에 주저앉은 채로 나는 계속해서 읽어 나갔다. 그것은 분명 내가 쓴 문장들은 아니었으나 나라고 할 수밖에 없는 것들로 채워져 있었다. 유제호에게 메일을 보낸 뒤에 "일부로 아니고 일부러! 함부러 아니고 함부로!" 소리를 지르는 장면도 있었다. 그리고 그 소설의 마지막은 이렇게 끝이 났다.

집 안에서 유일하게 잠겨 있던 방문을 손도끼로 부수고 들어가자 잠든 듯 누워 있는 유제호가 보였다. 나는 서둘러 그의 몸 위로 뛰어오른 후 제압했다. 그러나 아무런 저항도 없었다. 여전히 감긴 그의 눈을 노려보았다. 도끼를 쥔 손에 힘이 들어갔다. 그러고는 남의 문장이나 훔쳐대는 유제호의 오른손을 붙잡았다. 아니, 허락도 없이 엿보는 그의 눈을 향해 도끼를 치켜들었다. 그것도 아니라면 생각하는 머리 쪽을 후려쳐야 하나. 무엇이든 좋았다. 유제호에게는 크고 화려한 서가가 있었으니까. 함부로 자신의 책장을 들키지 말 것. 그리고 이 도끼를 휘두르기만 한다면 그것 모두, 내가 될 수 있었다.

나는 읽던 것을 집어 던지고 서가를 빠져나왔다. 말도 안 되는 소리라고 여기면서도 제대로 걷지는 못했다. 허둥지둥 정원을 가로질러 들어왔던 현관문 앞에 이르렀을 때에야 나는 걸음을 멈출 수밖에 없었다. 그보다 더 무서운 결말이 떠올랐기 때문이다. 그러니까 유제호가 정말 거기 누워 있는 거라면? 실은 유제호인 척 내게 메일을 보내 유도한 것이라면? 누군가 유제호를 미리 살해하고 내게 덮어씌우려는 목적에서라면? 주인 없는 빈집이었다. 이곳저곳 돌아다니며 만지고 두드려보던 것들이 생각났다. 이 집 안에는 온통 내 지문이 묻어 있었다. 경찰이 들이닥치고 나는 붙잡힐 것이고 허락도 없이 거길 왜 들어갔느냐고 묻는다면?

"우연히 그렇게 됐습니다."

그게 아니면, 도대체 뭐라 설명할 수 있겠나. 무얼 말해도 아무도 믿어주지 않을 텐데. 나는 도로 집 안으로 들어가 열리지 않는 문부터 찾기 시작했다. 비로소 그것을 발견했을 때, 내 손엔 이미 손도끼가 들려 있었다. 순간, 눈물이 났다. 괜한 일에 휘말려서 인생을 망칠 수도 있다는 생각에 모든 게 다 허망하고 억울했다. 아니다, 이럴 때일수록 냉정해지자, 다짐했으나 쏟아지는 눈물은 어쩔 수 없었다. 이성적으로 생각하자. 그래, 어쩌다 이렇게 됐는지 하나씩 차근차근 이해해보자. 이런 결과를 만든 원인을 찾아보자. 인과적으로. 그래, 인과적으로 생각해야 한다. 도대체 왜 나한테 이런 일들이 생겼나? 문을 열었는데 진짜 유제호의 시체가 누워 있으면 어떡하나? 그러니까 내가 어쩌다가 여기까지 오게 된 건가? 나를 몰락시키려는 게 다 누구 때문이야?

…….

…….

…….

이봐?

…….

묻잖아.

그래, 당신.

당신한테 지금 내가 묻잖아.

어딜 봐?

그래, 너.

너, 이 새끼야.

너라고 너!

씨발, 다 너 때문이라고!

그래서 뭐? 뭘 더 원해? 문 뒤에 뭐가 있었느냐고? 문을 열기는 한 거냐고? 네가 더 잘 알고 있잖아. 뭐라 생각하는데? 유제호의 손목을 내려쳤을까? 아니면 발목이었을까? 그것도 아니라면 내 손목일지도 모른다. 도끼를 들고 문 앞에 선 나는 어떤 사람인가. 유제호를 죽인 진짜 살인범일까 아니면 다만 나쁜 상황에 휘말린 억울한 희생자일까. 듣고 싶은 게 뭐야? 책장에서 가장 손을 많이 탄 한 권을 꺼내 마지막 장면을 펼쳐보면 거기에 뭐라 적혀 있는지, 무얼 읽어왔는지, 지금 바라는 게 무엇인지에 따라 결정

될 그것.

좋은 사람

1

오래전에 나는 이런 기사를 읽었다. 다리가 무너진 사고 이후로 10년이 지난 다음에 추모식에 다녀왔다는 내용이었는데, 요약하자면 재건된 다리를 건너면서 이정표 같은 걸 보긴 했으나 그걸 따라 위령비를 찾아가기는 굉장히 어려웠다는 것이다. 대중교통을 이용할 수 있는 곳도 아니어서 복잡한 주차장에 자가용을 세워두고 다시 차로를 건너야 도달할 수 있었다고도 했다. 백화점도 비슷했는데 붕괴된 자리가 아니라 거기서 멀리 떨어진 곳에 추모 공간이 조성되어 있었다. 그리고 나는 전에 우재와 갔던 여행지를 생각하다가 언제부턴가는 그 기사의 내용도 함께 떠올리게 되었다.

우리는 남해와 가까운 도립공원에 올랐다가 산 중턱쯤에서 조난 당한 적이 있었다. 험한 편이 아니었으나 갑작스러운 폭우였고 그것으로 고립되었다. 외부와 연락이 닿아서 가까운 대피소까지 안내받았는데 그때는 무섭다기보다는 신기했다. 비치된 라디오를 틀어놓고 '비구름이 서북서진하고 있으나 중부지역은 종일 무더울 것' 하는 예보를 들으며 놀라워하던 우재가 기억난다. 이렇게 멀리 와 있구나, 여기는 전혀 다른 곳이구나, 생각하니 나도 아득했다. 대피소는 이렇다 할 구획도 없이 방 하나 크기의 시멘트 벽으로 지어져 있었다. 지하실 냄새가 났는데 아늑하다는 기분도 들었다. 그날 우리는 대피소에서 반나절 정도를 머물다가 내려왔다. 가는 길에 계곡 물이 불고 나무들이 쓰러져 있는 것을 보았다. 젖은 흙이 미끄러웠으나 우리 중 누구도 미끄러지지 않고 무사했다. 나가는 버스를 기다리는 동안 산 아래에서 보았던 하늘이 무척 맑았다. 도착했을 때는 보지 못했던 풍경도 잘 보였다. 멀리 탑인 듯 높은 조형물도 보았는데 지금에 와서는 아마 그게 그런 종류의 것이지 않을까, 싶은 것이다. 무언가를 기리려고 세워둔 게 아닐까. 중요하지만 자꾸 안 좋은 기억을 떠올리게 하니까 가장 후미진 곳에 그걸 두기로 한 게 아닐까. 그러나 그때는 이런 곳에 저런 게 하나쯤 있는 게 당연해 보였다. 하나도 이상하지 않았다. 오히려 주변 경관과 잘 어울린다고, 원래 저 자리가 맞다고 여겼다. 당시에는 정말로 불행을 위로하려는 사람들이나 추모하려는 가족들은 힘들겠다, 같은 걱정은 하지 못했다. 무엇보다 기사를 읽은 것은 그보다 훨씬 전이었으나 이런 생각을 하게 된 것은 아주 나중이었다. 그러니까 내가 그 남자에 대해 무언가를 써보겠다고 마음먹은 뒤의 일이었다.

나는 재작년쯤에 우재의 촬영을 도운 적이 있었다. 거기에서 남자와는 딱 한 번 만났고 그것 외에 아는 것이 전혀 없었다. 일이 끝나고도 특별히 만나거나 한 것은 아니었는데 얼마 뒤에 우재는 그 남자가 사고를 당했다고 전화했다. 장례식에 가는 길이라고도 했다. 병원까지는 내가 있던 곳에서 그리 먼 곳이 아니었으나 나는 조문하지 않았다. 우재도 같이 가자는 의도로 연락한 것은 아니었다. "그냥, 알고 있으라고" 하는 우재의 말이 나를 배려해서 그런다는 걸 알면서도 왠지 모르게 서운하게 들렸다. 일종에 자격이 없다, 너는 그럴 수 없다, 하는 것처럼 들렸다. 후에 나는 우재를 만나 대강의 정황을 들을 수 있었다. 오토바이가 트럭 아래로 들어갔다고 했는데 그런 식으로 명쾌하게 요약이 가능한 사고였다.

2

얼마 전에서야 나는 그 사람에 대해 무언가 써봐야겠다는 생각을 했다. 우리가 어떻게 만났고 그날 그 사람이 어땠는데 내가 무슨 생각을 했다, 훗날 사고를 당해서 이게 나한테 이런 의미더라,

같은 것들로 쓸 수 있지 않을까. 그랬는데도 우리가 만나 무엇을 했고 어떤 이야기를 했는지 같은 게 떠오르는 게 아니라 우재가 무슨 말을 했고 우재는 어떤 사람이다, 하는 것들만 분명해졌다. 나는 그 사람에 대해서는 정말 아는 것이 없고 우재에 대해서라면 아직 할 말이 많구나, 같은 것을 확인하게 되었다.

사실을 말하자면, 나는 오랫동안 우재와 만나지 않았다. 마지막으로 만났을 때로부터 1년이 훨씬 지났으나 우리 중 누구도 먼저 연락하지 않았다. 심하게 다투었다가 서먹한 기운이 좀처럼 줄어들지 않은 채 자연스럽게 사이가 틀어져버렸던 것이다. 생각해보면 나는 그런 식으로 사람들과 자주 멀어지는 편이다. 어느 순간 견딜 수 없는 점을 발견하고 결국엔 그걸 참지 못했다. 거기에 대해서라면 그 사람들과 내가 달랐기 때문이라기보다는 서로 너무 닮아서였다고 생각한다. 아마 우재와도 같은 이유로 멀어진 게 아닌가 싶다. 우리가 너무 닮았던 게 아닐까. 그걸 알아보고 우재나 나나 결국 참지 못했던 게 아닐까.

우재에게는 선한 면이 있었다. 분위기랄까 기운 같은 게 그랬는데 진지한 걸 웃기게 잘 말했다. 그게 가끔 부러웠다. 일종의 레퍼토리 같은 게 있어서 다른 자리에서 같은 이야기를 하기도 했다. 나는 이미 다 아는 이야기인데도 매번 재미있었다. 한번은 무슨 대화 중에 심폐소생술이라는 단어가 나와서 우재가 자기는 해봤다고, 모르는 할아버지가 터미널 매표소에서 갑자기 자기 앞으로 쓰러졌는데 그때 그걸 해봤다고 말했다. 우재는 배운 대로 신발을 벗기고 양말도 벗기고 몸을 조일 만한 단추나 벨트를 풀었는데 발이 하얗고 발톱이 굳은살처럼 탁했다고도 했다.

"그런데 기분이 이상한 게, 오도독 도도독 하는 게 느껴지는 거야. 왜, 손가락 관절 꺾으면 나는 소리 있잖아. 실밥 터지는 것처럼 가슴을 누를 때마다 손바닥으로 그걸 느끼는데 뼈가 이렇게 다 부러지면 살아도 아프겠다, 생각이 드니까 좋은 일이라고 하면서도 할아버지한테 미안하더라."

생각해보면 그 일은 전혀 웃길 만한 상황이 아니었으나 그걸 말하는 우재는 웃겼다. 우재는 진지했지만 진지하게 오도독 도도독 하는 것이 사람을 웃게 했다. 이후에 나는 이 이야기를 다른 사람들에게 몇 번 한 적이 있다. 우재를 모를 만한 자리에서는 아는 누가 그랬다, 하고 말하는 게 아니라 그냥 내가 전에 그래봤다고, 확인할 수 없을 테니까, 어쩔 땐 우재가 누구인지 설명하기 어렵고 그래서 그냥 편한 대로 거짓말했다. 그러나 그때마다 내가 기대하는 분위기로 흘러가지는 않고 오히려 이상하게 사람들이 나를 비난하는 것 같아서 불편했다. 그러니까 우재에게는 그런 재주가 있었다. 불편한 이야기를 불편하지 않게 말하면서도 자기가 어떤 사람인가, 어떻게 살아왔는가를 잘 드러냈다. 그럴 때마다 나는 우재를 잘 알고 있다는 기분이었다. 우재는 죽는 게 무섭구나, 아버지가 일찍 돌아가셔서 주변에 누가 또 그런 일을 당할까봐 미리 대비를 하는구나. 정확하게 꼭 맞아떨어지는 우재 같은 사람은 없지만 우재가 어떤 성향을 가진 사람들의 집합이라는 생각은 자주 들었다. 그걸 분류할 수 있었다. 그러나 지금에 와서는 너무 몰랐던 게 아닐까, 의심이 든다. 그런 종류의 것들은 굳이 내가 아니더라도 누구에게나 금방 들킬 만한 것들이어서 그게 진짜 우재야? 우재의 전부가 그거야? 물으면 대답하기 곤란할 것 같다. 무엇보다도 그런 사람을 과연 선한 사람이라고 할 수 있을까? 그러니까 다시 돌아보면 우재가 온전히 선했던 것만은 아니었고 고집을 부릴 때도 있었다. 말도 안 되는 이유로 우기고 그게 너무 답답할 때가 있었다. 지겹다, 진짜 지겹다 말하지 못했던 순간들이 많았다. 그럼에도 여전히 우재는, "우리 아버지가 얼마나 컸느냐면 입관할 때 맞는 게 하나도 없어서 무릎을 굽혔는데도 모자라더라" 그걸 재미있게 말할 수 있는 사람이었다.

우재의 선한 면이 무엇인지 명확하게 설명하기는 어렵겠지만 우재의 영화는 좀 그런 편이라고 나는 생각했다. 우재가 연출한 영화를 한번 본 적이 있었다. 20분이 채 안 되는 단편이었고 주인공인 남자는 처음엔 야맹증인 줄 알았으나 점점 시야가 좁아지는 병을 앓고 있었다. 6개월에 한 번씩 진행 속도를 검진받아야 했는데 그 첫 번째 6개월이 돌아왔을 때 첫사랑을 찾아간다는 게 대강의 줄거리였다. 우재는 그것의 모티프가 된 이야기도 들려주었다. 실제 이야기라고 했는데 "저 사람 얘기야, 저 친구가 지금 자기 이야기를 연기하는 거라고" 같은 말을 다 듣고도 나는 좋네, 좋다, 너 대단하다, 이런 말을 하지 않았다. 구성이랄까 개연성이 부족하다 싶고 실제랑 영화는 좀 달라야 하지 않나? 그런 생각이었으나 우재에게는 말하지 않았다. 대신 그걸 찍는 데 돈이 얼마나 들었고 자기 물건 중 무엇을 팔아야 했는데 그걸로도 한참이 모자라더라, 같은 하소연을 모두 들어주었다.

그즈음 우재는 공모전을 준비하고 있었다. 편의점에서 자체 기획한 아이스크림 홍보 영상을 만드는 것이었는데 공모전에 당선된다면 상금이 생길 테고 그것으로 이번에는 지금과 다르고 중요한 무언가를 찍어볼 계획이라고 했다. 유튜브에서 지난해 수상작들을 검색해서 보여주며 이 정도 수준이라면 할 만하다고, 거기에 내가 출연해주면 좋겠다고 부탁했다. "어렵지 않아." 우재가 여러 번 강조해서 그러자고 해버렸는데 반나절을 꼬박 촬영하고 난 뒤에 다시는 이런 일에 끼지 말아야겠다고, 다짐했었다.

3

촬영 장소는 우재가 다니던 대학에서 가까운 식당이었다. 영업시간이 끝날 때까지 기다려야 했으므로 자정이 지나서 만나기로 했다. 당일 입고 와야 할 의상을 알려주었는데 겨울이었으나 아이스크림 홍보이기 때문에 되도록 두꺼운 걸 피하라고 했다. 어떤 색깔의 어떤 느낌이 좋겠다고도 당부했다. 집에서 출발하려는데 벌써부터 눈이 내리고 있었다.

식당 안은 협소하고 테이블이 많았다. 대여섯 개쯤? 그런데도 빼곡해 보였다. 그만큼 좁았고 조리 공간은 선반 하나로 나뉘어 있어서 무언가를 굽거나 볶는다면 틀림없이 연기가 천장에 자욱할 것 같았다. 우재와 우재의 친구들 여럿이 먼저 도착해 있었다. 대여섯 명이었는데 거기에 카메라, 조명기구, 쓸모를 알 수 없는 자질구레한 것들을 함께 모아두니까 정말 복잡했다. 우재의 후배라는 사람이 소주 마시는 연기를 할 것이고 그것은 괴롭거나 일이 잘 안 풀린다거나 아무튼 안 좋은 일을 겪었음을 암시해줄 거였다. 식당을 운영하는 남자는 우재가 형이라고 부를 만큼 젊어 보였다. 그 남자가 소주를 마시는 배우에게 아이스크림을 건네는 것이 그날 우리가 찍어야 할 장면이었다. 내가 맡은 배역은 두 사람을 창밖에서 바라보는, 아이스크림의 요정이라고 해야 하나 분신이라고 해야 하나 그런 것이었는데 설정 자체가 유치했고 유치한 게 공모전의 의도와 잘 어울린다고 우재가 설명했다. 촬영 분량은 많지 않았으나 대기 시간이 길었다. 우재는 조명이 어둡다, 하고 소주 마시는 장면을 여러 번 다시 찍었다. 실내등을 확인하고 가져온 조명기구를 옮기고 그럴 때마다 여럿이 붙어서 반사판의 위치를 어디에 두는 게 좋으냐, 같은 것을 의논했다. 그러고도 다시 카메라의 위치를 옮기고 이미 찍은 것을 반복해서 찍다 보니 예정보다 길어졌다.

나는 거기서 우재 외에 아는 사람이 없었고 우재가 그중 가장 분주했으므로 기다리는 시간이 몹시 지루했다. 다들 무언가 할 일이 있었는데 나만 가만히 앉아 있는 것도 미안해서 도울 것 없느냐, 물으면 괜찮다, 하는 게 방해하지 말라는 것 같아서 무안했다. 식당 남자도 마찬가지였던 것 같았다. 그래서 필요도 없이 주방을 드나들었다.

"저기요, 형."

우재가 남자 쪽을 돌아보았다.

"다 들려요."

카메라를 가리키며 말하자 남자는 미안하다고 대답했다.

그 뒤로는 남자도 나와 같은 테이블에 앉아 가만히 있었다. 하품을 하다가 눈이 마주치자 쑥스러워했다. 그게 욕심이 없어 보인다고 할까, 여유로운 것도 아니면서 손해 보는 사람 같았다. 나는 그 남자가 능숙하지 못한 편이라고 생각했다. 뜬금없이 내게 전공이 뭐냐고 묻는 게 그랬다. 대화를 주도하거나 불필요하지만 어색함을 채우는 말 같은 걸 잘 하지 못하겠다 싶었다. 게다가 나는 전공이 뭐냐는 그 질문이 어떻게 보면 그냥 일상적인 것일 수도 있었을 텐데 식당 주인에게 들으니까 어딘가 어색해져버렸다고 생각했다. 예전에 어떤 텔레비전 프로그램에서 사회자가 다른 출연자에게 학번을 묻는 것을 본 적이 있는데 몇 년 생이냐고, 나이가 몇이냐고 묻지 않고 학번을 묻는 게 무척 작위적이고 이상해 보였다. 내가 알기로 그 사회자는 운동선수 출신이고 대학을 나오지도 않았을 텐데 그 사람은 누가 그렇게 물으면 뭐라고 대답하나, 자기도 대답하지 못할 거면서 왜 그런 걸 물을까? 자연스럽지 못하다고 생각했다. 그런 게 몸에 배지 않아서 익숙하지 않은 사람이라고. 그래서 그런 거에 집착하는 거겠지. 그게 부러웠을 거야.

가게는 좁고 가게 밖은 추웠다. 남자와 나는 잠깐 담배 피우러 나갔다가 그사이 촬영이 다시 시작되는 바람에 들어가지 못했다. 눈이 내렸는데 쌓일 만한 것은 아니었다. 남자는 차양 바깥으로 손을 뻗어보더니 접히는 야외 테이블을 문 가까운 곳으로 옮기기 시작했다. 근처에 큰 화분도 있었는데 심긴 것이 바짝 말라 있었다. 거기서 꽁초 같은 것을 골라내기도 했다. 나도 그걸 도왔다. 몇 개 되지 않아서 금세 끝나버렸고 우리는 담배 한 대를 더 피웠다. 적막하고 추웠는데 남자가 먼저 말을 걸어왔다. 자기는 상고를 나와서 복식부기 같은 걸 잘 본다고, 부모님 뭐 하시나 묻고 가게 같은 거 하시면 세무서 가지 말고 여기로 가져오라고, 자기가 봐줄 수 있다고 했다. 나는 그때 그 이야기의 절반 정도는 잃어버렸다. 잊은 게 아니고 처음부터 잘 듣지 않았으니까 그냥 잃어버렸다. 찢어진 채로 아니면 군데군데 지워진 채로 들었는데 남자는 눈치채지 못하고 계속 말했다. 자기 친구 중에도 영화 하는 사람이 있다고 했으나 무슨 맥락에서 그런 말이 이어졌는지는 기억나지 않는다.

"한번은 그 친구가 불러서 나갔는데 거기서 유명한 영화평론가를 본 적이 있어요. 나는 그 사람이 그렇게 유명한지도 몰랐지. 우리 같은 사람이 그래요. 텔레비전에 안 나오면 잘 몰라."

그때 나는 영화라고는 나도 잘 몰라요, 대답할 수 있었을 텐데 그냥 그러시구나, 하고 말았다. 그게 당신이 모르는 걸 나는 알고 있다, 하는 뉘앙스로 들릴 것 같아서 신경 쓰였다. 그런데도 그 말을 무르지는 않고 여전히 그러시구나, 하고 말았다. 아마도 그게 남자를 더 말하게 한 것 같았다.

"그 사람이 나를 보더니 전공이 뭐냐고 묻는 거예요. 내 친구가 고졸이다, 상고 나왔다고 대신 대답했어요. 질문한 사람이 민망해하는데 나도 따라 민망하더라고요. 다른 누가 그게 뭐가 중요하냐, 술이나 마시자, 해서 그런 식으로 넘어갔는데 괜히 미안해지더군요. 나 때문에 그 자리가 어색해진 거 아닌가. 그런데 뭐랄까 시간이 지나는 동안 점점 기분이 나빠지더라는 겁니다. 그러니까 내 친구의 말에는 하나도 기분이 상하지 않았는데 이후로 흘러가는 상황이나 분위기 같은 게 이상하게 불쾌한 거예요. 사람들이 무언가 조심스러워하는데 중요하지도 않은 문제로 왜 나를 배려하나. 왜 나를 장애인이나 노인처럼 보살피려고 할까. 그건 하나도 중요하지 않다면서 왜 중요한 사람 대하듯 그 자리에 내가 이 대화를 이해하고 있는지 살피고, 모를 만한 주제는 피하려 드는지, 나를 두고 미안해하지 않으려고 하는데 그게 너무 빤히 보여서 불쾌하더란 말입니다. 왜 함부로 나를 배려하려 드나."

눈이 내리고 있었다. 눈은 전부터 오래 내리고 있었는데 쌓이지는 않았다. 나도 무언가를 쌓자고 듣던 것은 아니었으나 젖은 것처럼 마음이 무거워졌다.

"그런데 그때 나는 대답을 할 뻔했거든요. 내 친구가 먼저 나서지 않았다면, 상고에서 내 전공이 세무행정이었다고, 그렇게 대답했을 겁니다. 뭘 묻는지 몰랐던 거지. 그랬다면 더 민망한 자리가 됐을 텐데 그러지 않아서 다행이다, 진짜 불편했겠다…… 그랬는데 언제부턴가는 그걸로 뭔가 쓰고 싶은 거예요. 내 이야기를, 그때의 감정 같은 걸 써보면 좋겠다, 싶은데 잘 안 돼. 그래서 대단해 보여요. 당신처럼 그걸 쓸 수 있는 사람들이 나는 부러워요."

그 말에 나는 아니라고, 내가 잘 쓰는 사람도 아니고 유명하지도 않다고 대답했는데 사실은 그런 유의 것들을 쓰는 사람이 아니라는 의미에서의 부정이었을 것이다. 당신에게는 중요하겠지만 어딘가 소설적이라고 부르기는 어렵고, 그래서 원래부터 쓰기 어려운 거라고 나는 생각했었다. 그리고 한편으로는 남자를 이해할 수 있었다. 그래서 그렇구나, 싶었다. 장소를 빌려주고 싫은 소리도 않는 게 다 그런 이유에서였구나. 이 안에서 우재가 무언가 대단한 걸 만드는 줄 아는구나.

이후로도 남자는 더 많은 말을 했을 것이다. 나는 그것 대부분을 잃어버렸는데 눈이 내렸다가 금방 녹아버리듯 그렇게 잃어버렸다. 고개를 끄덕이면서 그러시구나 하면서, 잃어버렸다. 실은 혼자 다른 생각을 했던 것인데 지금에 와서는 그게 뭐였는지 하나도 기억나지 않는다. 그러다 어느 순간, 가게 안쪽에서 문이 열렸다. 우재였고 무언가 말해서 들어오라는 뜻인 줄 알았는데 "다 들려요" 다시 소곤거리더니 닫아버렸다.

4

새벽이 더 깊어졌을 때서야 나는 우재의 후배를 알아볼 수 있었다. 소주 마시는 연기를 하던 그가 어딘지 낯익다 생각했는데 그런 경우는 많았고 화면에서 보던 것과는 또 달라서 바로 알아보지는 못했다. 그즈음 우리는 어느 선을 넘은 것 같았다. 몽롱한 상태로 오가는 대화도 없이 거의 기계적으로 움직였다. 특별히 누군가 실수를 많이 했다거나 모자랐다기보다는 오히려 다들 열심이어서 길어진 것 같았다. 예를 들어 우재는 구도를 마음에 들지 않아 했는데 배우 뒤쪽으로 무언가 걸린다고, "화면에 이런 게 함께 들어오니까 너무 한쪽으로 기운 것 같지 않아?" 다른 사람들에게 의견을 물었다. 나도 같이 보았는데 모니터 귀퉁이로 광고 포스터가 보였다. 그것을 떼어내자 바랜 자리와 너무 선명하게 구분되었다. 그 정도라면 사소해서 상관없다고 생각했으나 다들 우재의 말에 긍정하는 편이었다. 그런 분위기에서 다시 신경을 쓰고 보니까 무슨 의도적인 오브제처럼 보이는 게 좀 거슬리네, 나도 동조했다. "아무래도 좀 그렇지?" 우재도 그제야 확신이 들었는지 주변을 둘러보고 자리를 새로 골랐다. 그러고는 이미 다 끝났다, 생각했던 것들을 다시 촬영하기로 했던 것이다.

사실 내 경우, 그날 일정이 어서 끝나기만을 바랐다. 우재가 표정을 바꾸라거나 동작을 크게 하라거나 무언가 주문하면 그대로 들어주었다. 맡은 역할을 잘 이해한 게 아니라 너무 피곤하고 배도 고팠고 이게 다 끝나야 뭐라도 먹고 집에도 갈 수 있겠다 생각했을 뿐이었다. 그런데도 사람들이 좋아했다. 카메라를 옮겨 다시 세우고 이것저것 장비의 위치를 고치는 동안 "잘하네, 연기가 좋아요" 누가 그렇게 말해주니까 쑥스러웠다. 그러나 그보다는 이런 걸 연기라고 할 수 있나, 의아했던 게 먼저였다. 촬영을 한다면 뭔지 몰라도 체계적이고 전문적인 작업일 거라고 기대했는데 그날의 분위기는 어딘가 어설펐다. 다들 진지하고 별스럽지 않은 것으로 고민하는 게, 그런 점을 더 도드라지게 만들었다.

연기가 좋다고 말해준 것은 우재의 후배였다. 그가 「갈매기」를 알고 있느냐고 물었다. 고등학교 연극부에서 공연한 적이 있다며 여자가 세 명인가 네 명 등장하는데 남고라 그걸 다 남자애들이 연기했다고도 했다.

"그 연극에서 죽은 갈매기가 나오는데요, 재능 없는 극작가는 그게 자기 같다고, 그래서 자기도 곧 자살할 거라고 하는 대사가 있어요. 내가 맡은 배역이 그 인물이었어요."

그는 대학 입시에서도 같은 장면을 연기했다가 떨어진 적이 있다고 했다. 실감 나는 연기를 위해서 갈매기 박제를 소품으로 챙겨 갔는데 지하철을 타고 고사장까지 가는 동안 사람들이 자꾸 그게 뭐냐고 물어보았다. 관심 받는 것 같아서 좋았으나 결과는 안 좋았다고 했다.

"몰랐는데요, 입시 때 체호프 대사가 열에 아홉이에요."

그날 대기실에서 갈매기 여러 마리를 더 보았더라는 말에 나는 웃었다. 그러니까 자기한테는 그런 게 없다고, 남들하고 다른 게 부족해서 떨어진 거라고 자평했는데 나한테는 그게 보이니까 그래서 좋은 거라고 자꾸 칭찬해서 부끄러웠다.

우재가 간식거리를 사러 간다고 했을 때 나도 따라나섰다. 몇 명이 더 그러겠다고 했으나 그 후배라는 사람만을 더해서 셋이 다녀오기로 했다. 식당과 편의점 사이는 아주 먼 것은 아니었으나 교차로를 끼고 있었고 그 시간에도 점멸하지 않은 신호등이 있었고 차들이 빨리 달렸다. 그랬으므로 제법 시간이 걸렸던 것 같다. 우재의 후배는 횡단보도 앞에서 우재와 내가 어떤 사이인지, 어떻게 해서 가까워졌는지 같은 것들을 묻기도 했다.

그러고 보면 우리에게는 계기라고 해야 하나, 이해관계라고 해야 하나, 딱히 그럴 만한 게 없었다. 시작이 모호했다. 우재와 나는 같은 고등학교를 다니다가 졸업하고 고향에서 우연히 만난 적이 있었다. 명절이었는데 어떻게 살았냐, 서울에서 한번 보자, 하며 전화번호를 교환했었다. 그러나 아무도 먼저 연락하진 않다가 그 다음 설인가, 추석에 다시 고향에서 만나 뭐야? 있어? 이 번호 맞아? 서로의 전화기를 들고 놀라워했다. 그러고 난 뒤에도 한동안 연락하지 않았는데 뜬금없이 우재로부터 전화가 왔다. "뭐 하냐? 거기로 갈게." 그날 우리는 날이 새도록 술을 마셨다. 우재와는 죽이 잘 맞았다. 고등학생 때도 그랬나 생각해보면 그때는 그렇게 친한 건 아니었는데 보지 않고 자라는 동안 통하는 게 많아졌다는 기분이었다. 그러나 이것만으로 우리 관계를 설명하기에는 다소 부족해 보였다. 묻는 사람도 우재가 누굴 좋아했는데 나도 그 여자애를 같이 좋아하다가 둘 다 잘 안 됐으므로 남은 우리끼리 의기투합했다, 같은 걸 기대하는 눈치였으나 그럴 만한 게 없었다. 그럼에도 그때 내가 들려줄 만한 일화라면 아마 이런 것이지 않았을까. 우재의 아버지가 돌아가셨을 때였는데 장례식장에서 나는 우재를 보자마자 웃어버렸다. 소리 내어 크게 웃은 건 아니었지만 그냥 평소처럼 아무 생각 없이 웃었을 뿐인데 그러고 나니 크게 실수한 것 같아서 금방 굳은 표정으로 우재를 다시 쳐다보았다. 그때 우재가 물었다. 표정이 왜 그렇냐고, 내 표정이 진짜 웃기다고. 그 말이 이상하게 고맙고, 그냥 다행이다 싶기도 하고 새삼 우리는 그런 걸 담아두지 않는 사이구나, 싶었다. 나는 그것으로 우재와 나를 설명할 수 있었을 거라고 생각한다. 충분하진 않지만 어떤 여백 같은 것이 있어서 무엇이라도 채울 수 있었다. 무엇을 채우든 어울릴 것이고 그게 나쁘지 않았다. 그러나 그날처럼 우재가 옆에 있는 상황에서라면 할 수 없는 종류의 말이었다.

대신 우재는 몇 해 전, 산에서 큰비를 만나 조난 당한 이야기를 들려주었다. 비가 엄청나게 쏟아지고 돌들이 굴러서 민가를 덮쳤는데 사람들도 많이 다쳤다고, 하마터면 우리 둘 다 그곳에서 빠져나오지 못할 뻔했다고 설명했다. 주변에 아무 가로수나 가리키며 "저런 게 비탈 한가운데에 넘어져 있었어. 그렇지? 무서웠지?" 우재가 물어서 나는 그렇다고, 네가 얼마나 무서웠으면 거기 대피소에 있을 때 살고 싶다, 살고 싶다, 그랬잖아 그게 기억난다, 하고 말했다. 그가 우재를 보면서 웃었다. 우재도 웃었고 나도 한참을 따라 웃었다.

그리고 그런 대화를 나누던 중에 나는 그가 누구인지 알아보았다.

"그쪽이 나온 영화 봤어요. 우재가 보여줬어요."

나는 연기가 좋았다, 괜찮은 영화더라 같은 말은 하지 않았다. 그랬는데도 그는 쑥스러워하더니 고맙다고 말했다. 여전히 집에 가고 싶고 고된 것은 변하지 않았으나 분위기가 좋았다. 낯선 사람과 많이 친해졌다는 기분이었다. 그 사람도 그랬던 것 같다. 이후로 나를 의식해서였는지 촬영을 다시 시작했을 때는 실수가 많았다. 우재가 과하다, 너무 연기한다, "갑자기 왜 그래? 그러지 마" 하면서 그를 여러 번 지적했다. 그때마다 나는 그 사람을 바라보았고, 정확히는 그 사람이 무엇을 볼 때 어떻게 보는지, 지금은 괜찮은 건가? 눈이 아주 멀지는 않았구나, 같은 것을 생각했다. 영화에서는 당장 심각한 일이 생길 것처럼 보였는데 그게 아니라서 다행이구나.

그날의 일정에 대해서 떠올리다 보면, 마지막에 가서는 거의 기억나는 게 없다. 어느 순간부터 눈이 내리지 않았는데 그게 언제부터였는지 모르겠다. 가게 문을 열어두면 몹시 추웠다. 그럼에도 실내 공기가 너무 탁해서 열어둔 채로 두었다. 다만 언제 누가 그러기로 했는지는 기억나지 않는다. 누군가 내 어깨에 외투를 걸쳐놓았는데 그건 또 누구였는지도 모를 만큼 정신없이 졸아버렸던 것이다. 너무 춥다, 생각하고 깼는데 깨고 나서는 민망하고 미안해서 문턱에 앉아 바람을 맞았다. 날이 밝으려면 아직 먼 시간이었다. 주변의 상가들은 모두 닫혀 있고 어두웠는데 그 식당만은 환했다. 가게 앞으로 드물게 사람들이 지나다녔다. 그러다 불이 켜져 있고 문이 열려 있으니까 들어오기도 했다. "장사 안 합니까?" 묻고, "제목이 뭐예요?" 구경하면서 성가시게 굴었다. 다른 사람들은 바빠 보이니까 그걸 다 나한테만 물었다. 출입문에서 내가 가장 가까웠다. 그때마다 나는 네, 뭐, 그렇죠, 어떤 질문을 하더라도 같은 대답만 했다.

한번은 자전거를 끌고 중년의 아저씨가 다가와서 이것저것 질문했다. 술 냄새가 났는데 몸을 내 쪽으로 바짝 붙여서 가게 안을 기웃거렸으나 상대해주지 않았다. 아주 무시한 건 아니고 전처럼 네, 뭐, 저도 잘 몰라요, 대답하는데도 계속 가지 않았다. 휴대폰을 꺼내 주변에서 사진을 찍고, 찍은 걸 확인한 뒤 구도를 고쳐 다시 찍고, 누가 나를 저렇게 찍으면 기분 나쁘겠다, 싶을 정도로 집요하게 찍었다. 그런데도 나는 딱히 그걸 말리거나 하지는 않다가 "근데 이런 거 왜 하나?" 아저씨가 물어서 우재의 카메라를 가리켰다.

"저기 죄송한데요. 이게 지금 다 들리거든요."

아저씨는 나를 빤히 바라보다가 안쪽을 들여다보다가 다시 나를 보면서 미간을 좁혔다. 좁힌 것이 펴지며 가볍게 웃었는데 그

표정이 묘했다. 그러고는 "같잖네" 한마디를 붙이고 자전거를 몰아 자리를 떠나버렸다.

내가 기억하는 것이란 겨우 이런 것들뿐이다. 첫차를 타고 집에 돌아왔을 때는 이미 날이 밝아 있었다.

5

그로부터 두어 달이 지난 뒤에 우재에게서 전화가 왔다. 미안하다고 했는데 무얼 두고 그런 소릴 하는지 나는 바로 알아듣지 못했다. 우재는 우재대로 바쁘고 나도 무언가 분주해서 두어 달 정도 서로 연락하지 않았다. 벌써 그렇게 됐구나, 싶었으나 그걸로 서운하다거나 섭섭해한 것은 아니었다. 아마 우재도 그랬을 텐데 그게 우리에게 더 자연스러웠다. 그럼에도 우재는 공모전 결과가 좋지 않아서 미안하다고 했다.

"고생만 시킨 것 같아서 미안하네."

우재가 계속 미안해해서 나는 괜찮다, 신경 쓰지 말아라, 하는데도 돌아오는 목소리는 여전히 무거웠다. 어디냐? 술 마실래? 내가 물어도 가봐야 할 데가 있어서 어렵겠다고 했다. 그러고는 실은 그것 때문에 전화했다고 고백했다. 장례식이었고 나도 아는 사람이었다.

우리는 얼마 뒤에 다시 만났다. 그 자리에서 우재는 이미 전화로 했던 말을 또 길고 장황하게 늘어놓았다. 입상하지 못했다, 아무래도 파일이 손상된 것 같다, 보내놓고 다시 확인해보니 아무 소리도 들리지 않았는데 담당자가 고지식한 사람이라 전혀 말이 안 통하더라, 했다. 나는 우재가 그것으로 내게 자꾸 미안해하는 것이 불편했다. 왜냐하면 실은 다른 문제가 더 컸던 거라고 생각했기 때문이었다. 그러니까 혹여 사운드가 멀쩡하고 담당자가 유연한 사람이라고 하더라도 촬영 당시에 줄곧 내가 의심하고 있던 그 이유 때문에 결국 결과는 같았을 거라고 생각했다. 그러나 나는 그런 말을 그대로 하지는 않았다. 대신 전에 우재가 보여줬던 그 영화로 돌려 말했는데 그게 우재에게 더 도움이 될 거라고 믿었기 때문이었다.

한동안 나는 우재가 연출한 영화의 줄거리를 주변에 자주 들려주고 다녔다. 어떻게 생각하느냐고, 진부하지 않아? 묻고 돌아오는 답을 들었다. 내 친구이긴 하지만 솔직히 너무 별로지 않아? 물으면 그때마다 나와 비슷한 의견이었고 그걸 우재에게 전해주었다. 우재는 기분이 상한 것처럼 보였으나 노골적으로 드러내지는 않았다. 뭐가 그렇게 별로였나, 물었는데 진짜로 듣고 싶어 하는 것 같지는 않았다. 뭐랄까, 네 영화는 너무 착해. 일부러 만들어진 것 같아. 작위적이라고. 그렇게 애쓰지 좀 마. 그러고도 더 길고 많은 말이 필요했지만 나중에 기회가 되면 다시 이야기하자, 하고 나는 말하지 않았다. 당시에는 그게 배려라고 생각했는데 어쩌면 우재의 기분을 더 상하게 만든 걸 수도 있었다. 그럼에도 그것은 우재에게 필요한 조언이었다. 우재는 말이 없고 나도 하던 말을 계속할 수 없어서 어색해졌다. 그러다 우재는 다른 화제를 끌어들였다. 그 영화의 주인공에 대해, 식당에서 소주 마시던 연기를 하던 그 후배가 당한 교통사고에 대해 이야기했다.

오토바이가 도로에서 미끄러진 것은 별문제가 아니었다. 교차로였고 신호를 받아 주행하던 트럭이 바닥에 넘어진 사람을 보지 못했던 것이 더 큰일이었다. 갑작스러운 사고였다, 하는 우재의 말을 들으며 그렇다면 제대로 보상은 받을 수 있나, 같은 게 나는 가장 걱정되었다. 그러나 우재는 다른 말을 하고 싶어 했다. 그 후배가 병을 진단받은 직후, 마련한 현실적인 대책은 눈을 감은 채 거실을 돌아다닌 거라고 했다. 익숙하고 무엇이 어디에 있는지 다 알고 있으니까 여기서부터 차근차근 적응해두자, 다음에는 더 복잡하고 낯선 곳에서 연습하자, 생각했던 것이다. 그런 게 필요했을 것이다. 어느 날엔가는 어머니에게 들켜서 무안했다고 했다.

"자기를 빤히 보더래. 아무 말도 없이 가만 보다가 갑자기 화를 내더래. 그러고는 이후에 텔레비전을 보다가 잠깐 졸기라도 하면 어머니가 세게 때리면서 그러는 거야. 그것 좀 제발 그만할 수 없니? 너는 왜 가족이라고는 하나도 생각하지 않니? 그러면서 울더라는 거야. 견딜 수 없었던 거겠지. 그런 상황은 누구라도 예상할 수 있는 자기 아들의 미래인데, 정작 본인은 인정할 수 없었던 거야."

한 가지 고백하자면, 나는 그때까지 우재의 말을 오해하고 있었다. 우재가 전화로 먼저 그 사고에 대해 말해주었을 때 나는 다른 사람이라고 생각했었다. 식당을 운영하던 그 남자가 죽은 줄 알았다. 우재가 잘못 말한 게 아니라 우재는 분명히 그 후배라고 했던 것 같은데 어느 순간부터 그렇게 되어버렸는지 나는 식당 남자가 죽은 거라고 믿고 있었다. 그러나 이런 오해와는 상관없이 우재가 지금 무슨 말을 하고 있는지 만큼은 잘 알고 있었다. 의도가 분명했다. 실은 자기 영화에 대해 말하고 싶었을 텐데 그러니까 네 영화는 너무 착하고 비현실적이다, 그렇게 말해서 이게 얼마나 진짜인지에 대해 변론하고 있었던 것이다. 이러한 이유로 의미가 있고 그래서 좋은 영화다. 우재는 아마 그걸 강조하고 싶었던 것 같다.

그때도 그랬으나 여전히 나는 이런 상황에서 내가 무얼 해야 하는지 잘 모르겠다. 어떤 게 좋은지, 그냥 가만히 있어야 하나, 그런데도 나는 말했고 그것으로 우재가 언성을 높였다. 지금 네가 하고 있는 그 말이 더 영화 같다, 현실적이면서 좋다, 네 영화가 부족한 게 바로 그 부분이다, 적어도 그렇게 말할 때까지는 가만히 듣고만 있다가 그 사람 일은 정말 안됐네, 좋은 사람이었는데 불쌍하다, 말하자 우재는 화를 내기 시작했다.

"무슨 말이 그래? 뭘 안다고 그렇게 말해? 착하다, 좋다, 그런 건 일종의 상태 아니냐? 그랬다가 안 그러기도 하는 거 아니냐? 그냥 너나 나 같은 사람이잖아. 그 애가 죽었다고 그렇게 말하는 거야? 넌 아무것도 모르잖아. 원래 질이 나쁜 사람일 수도 있는데 그런 사람이 죽으면 너는 뭐라고 말할 건데? 네가 뭘 안다고 그렇게 말해? 왜 다들 무책임하게 좋았다고만 해? 불쌍하니까, 씨발 존나 불쌍하니까 다 잊어버리고 좋은 것만 생각하라는 거야, 뭐야? 그럼 좋은 사람 이외의 그 애는 다 어디로 가는데? 어떻게 좋은 게 그 애의 전부야? 왜 함부로 사람을 그렇게 만들어?"

나는 그 말에 아무 대답도 하지 않았다. 무어라 할 말이 많았으나 하지 않았다. 그때의 우재가 너무 비겁했기 때문이었다. 그러니까 나는 우재가 화를 내고 있는 진짜 이유는 다른 데 있다고 생각했는데 실은 그보다 먼저 화를 내고 싶었지만 그것은 너무 유치해 보일 테니까 다른 이유를 들어 나를 공격한 거라고 확신했다. 내가 틀렸다고, 내가 영화에 대해 뭘 몰라서 하는 소리라며 화를 내고 싶었을 것이다.

우재와는 그게 마지막이었다. 전화로 한 번 연락한 적은 있었으나 이후로 아무 노력도 없이 멀어져버렸다. 그리고 나는 이 문제에 대해서라면 여전히 우재의 책임이 더 크다고 생각한다. 그때 내가 했던 말들은 모두 우재를 위한 것이었다.

6

우재의 후배에 대해 무언가 쓰자고 마음먹은 뒤로 나는 그날의 일들을 오래 생각하게 되었다. 그러다 보면 기억나는 것들이 생겼는데 그때마다 잊어버린 것을 되찾았다기보다는 원래 없던 거 아니었나, 하는 의심이 더 자주 들었다. 그러니까 처음부터 그런 말이나 행동들은 없었고 그때의 나는 전혀 그런 생각을 하지 않았던 게 아닐까. 사고는 심각했으나 나와는 먼 사고였다. 그랬으므로 식당 남자와 우재의 후배 중 누구라도 상관없던 게 아니었나. 만약 그게 우재였더라면 달랐을까. 그랬다면 지금과는 아주 다른 걸 쓰게 되었을까.

얼마 전 나는 그 식당을 다시 찾아갔다. 주인 남자를 만나 무얼 쓰려고 하는지, 당신이 어떻게 해야 도움이 될 수 있는지 같은 것을 설명했다. 그러나 이것은 쓸 만한 이야기라거나 소재가 좋다, 같은 말들은 의도적으로 하지 않았다. '죽었다'라는 단어가 들어갈 자리에 '사고가 있었다'라고 말하며 그걸 들키지 않으려고 애썼다. 그 부분을 아주 의식하고 있었다. 대신 이렇게 말했다. 우재로부터 그 일을 전해 들었을 때 나는 왜 그랬는지 한참 동안 당신인 줄 알았다고, 그래서 당신 이름으로 된 SNS를 찾아보고 그걸 읽고 그랬는데도 사고와 관련된 말은 하나도 없이 계속 업데이트되고 있는 글을 읽으면서 당신이 아니라, 당신 가족이거나 애인이 그걸 대신 올려주고 있다고 생각했다, 주변 사람들이 당신처럼 당신 역할을 대신해주고 있구나, 그런 식으로 당신을 그리워하는 줄로만 알았다, 하고 고백했다.

나는 남자가 화를 낼지도 모른다고 생각했다. 왜 마음대로 자기를 그렇게 만드느냐고, 도대체 어떻게 생각했던 거냐고, 나를 불쌍하다고 생각한 거 아니냐, 그러니까 그랬던 것 아니냐. 그러나 그는 내 말에 웃었다. 나는 그게 어떤 의미에서 웃는 것인지 알 것 같았는데 나를 이해한다고 생각했다. 내가 무얼 쓰려고 하는지 알고 있다고, 이 사람도 나 같네, 나처럼 그걸 쓰고 싶었을 거야, 지금은 아니더라도 언젠가는 그럴 수 있을 거라고 믿었다. 그리고 우재가 했던 말도 들려주었다. 우재가 그러더라, 하지 않고 내가 처음부터 그렇게 생각했다는 식으로 말했다. 그러니까 나는 우재의 후배에 대해서라면 아무것도 모르고 그날 한 번 보았을 뿐인데 왜 그랬는지 좋은 사람 같고 친절했다, 그런 기억만 남더라, 당신은 어땠나? 그 사람이 정말 좋은 사람이었나? 그렇다면 당신은 어떤 사람인가? 어떻게 살아왔나? 같은 것들을 물었다.

식당 남자는 되도록 내게 솔직하려고 노력했다. 소식을 듣고도 아무렇지 않았다, 놀라고 안타깝긴 했으나 그날도 장사를 하고 손님을 받았다, 라고 했다. 해야 할 일이 있으니까 하게 되더라, 같은 말들에서 그걸 느낄 수 있었다.

"얼마 전에 가게 쉬는 날에 친구들이랑 종로에서 영화를 봤어요. 끝나고 나오는데 횡단보도 한가운데에 리어카가 세워져 있고 사람들이 모여 있고 넘어진 사람 다리 같은 게 언뜻 보이더라고요. 평소라면 그냥 지나갔을 텐데 그날은 가까이 가서 얼마나 다쳤나, 얼마나 심각한 상황인가 오래 보게 되더라고요. 그렇게 기억하는 게 아닐까, 나는 그 애를 그런 식으로 기억하는 건가, 싶어요. 아무래도 그랬겠구나, 나는 현장에 없었지만 상황이 이랬겠

네. 아니면, 또 다른 일도 있었는데 가게 정리하고 집에 가는 길에 멀리서 누가 나를 부르는 거예요. 밤이고 뭔가 무섭기도 하고 그냥 가려는데 그 사람이 달려오면서 나를 계속 부르더라고요. 그래서 올 때까지 멈춰서 기다렸어요. 가까이에서 보니까 낯이 익더라고요. 가끔 우리 가게에 오던 손님이었는데 그 사람이 그러는 거예요. 나를 알고 있다고, 당신도 나 알지 않느냐, 부르는데 왜 그냥 가려고 하냐, 그러더니 아플 정도는 아니고 등을 세게 치더니 가버렸어요. 많이 취했네, 생각했는데 어딘가 그 말이 신기하더라고요. 이름도 모르고 그냥 오다가다 보는 손님일 뿐이잖아요. 그 사람이 나를 안다고 말하는 게 이상했어요. 그리고 가만히 서서 멀어질 때까지 바라보는데 거기가 거기였어요. 그 사고 난 자리요."

남자의 말을 듣다 보면 이 사람은 나를 어떻게 생각할까, 이런 말을 듣고 싶어 하는 나를 뭐라고 생각할까, 이것이 정말 대단한 일이라고 생각하는 걸까, 하는 걱정 때문에 불안해졌다. 이 사람이라면 불쌍한 사람과 좋은 사람을 구분할 수 있는 게 아닐까. 그러다가 자주 조바심이 나기도 하는데 어떻게 이 이야기가 끝나게 될지 전혀 갈피를 잡을 수 없기 때문이었다. 생각보다 안 좋으면 어떡해. 그리고 그런 사고가 없었더라도 나는 그 사람에 대해 쓸 수 있었을까, 그걸 쓰려고 했을까, 그게 좋은 이야기라고 여겼을까, 무엇보다 그때의 일들을 기억이나 할 수 있을 것인가, 하는 것들을 묻게 된다.

식당 남자와는 계속 연락을 주고받으며 무엇을 하는지 어딜 갔었고 어떻게 살아왔는지 같은 사소한 대화를 나눈다. 얼마 전에는 남자에게서 우재의 소식을 전해 들었다. 좋은 일이 있다고 했는데 정작 우재로부터는 아무런 연락도 받지 못했다. 그것으로 우리가 아주 멀어졌다는 걸 새삼 확인할 수 있었다.

그런데 우리는 어쩌다 이렇게 되었나.

우재와는 누구보다 통하는 게 많았다. 여름이나 연휴가 사나흘씩 끼어 있는 날에는 함께 여행을 가기도 했었다. 식성이 비슷하고 구경하고 싶어 하는 게 맞아서 편했는데 둘 다 딱히 고집스러운 취향이 아니라서 그랬던 것 같다. 실은 그게 어디였든 편했을 거였다. 아니라면 우재가 나를 많이 참아왔던 건지도 모른다. 그리고 나는 지금이라도 우재에게 전화해서 뭐 하냐, 묻는다면 전처럼 다시 만나 어울릴 수 있을 거라고 생각한다. 다만 그걸 선택하지 않았을 뿐이다. 그랬다면 근래 내가 무얼 하려는지, 무얼 쓰고 이게 어떤 의미인지 다 말했을 텐데,

"같잖네."

아마 우재는 그렇게 대답할 것 같다. 그리고 한참이 지난 다음에 그걸 다시 웃기게 말해줄지도 모른다. 어쩌면 아직 우리는 그럴 수 있지 않을까.

우재와 나는 함께 조난 당한 적이 있었다. 비가 줄곧 내려서 대피소 밖으로는 나가지 않았는데 나가더라도 잠깐 바람이나 쐬려

고 문턱에 앉았다가 몽땅 젖은 채로 도로 들어와야 했다. 문틀이 헐거워 출입문이 바람에 덜컹거렸다. 그런 곳에 등을 기대고 앉아 아무것도 하지 않고 비 그치길 기다렸다. 닭백숙이나 산채나물에 밥과 고추장을 비빈 게 먹고 싶었는데 진짜로 그렇다고 소리 내어 발음하고 있는 줄은 몰랐다. "뭐라고?" 우재가 물었다. 문밖으로 빗소리 바람 소리가 너무 컸다. 우재도 비슷한 마음으로 그랬는지 살구가 먹고 싶다, 말했던 것 같은데 그때는 그게 살고 싶다, 그러고 싶다, 하고 들려서 이상하게 진지한 것이 나를 웃겼다.

그날 우리에게는 아무 일도 일어나지 않았다. 그러나 산을 면하고 있던 마을에는 피해가 컸다고 들었다. 낙석이 농가로 굴러들어 잘 자란 고추 같은 것들을 넘어뜨려놓았다. 흙더미가 쏟아져 집 한쪽이 무너졌고 거기 깔린 사람도 있었다. 우재와 나는 정작 가까운 곳에 있을 때는 그런 일들에 대해서는 전혀 몰랐다가 서울로 돌아와 뉴스를 통해 알게 되었다. 정확히는 뉴스를 본 것은 우재뿐이었고 우재가 내게 말해주었을 때 전혀 몰랐네, 정말 위험했다 우리, 하고 대답했던 것 같다. 아마도 우리가 무사했기 때문에 모두에게 별일 없던 거라고 여겼을 수도 있다. 만약 무리하게 대피소를 벗어나려 했다면 진짜 모를 일이라는 생각도 들었다. 그러나 그렇게 생각한 것은 나중의 일이었고 우재가 후배에게 들려주었던 이야기는 우리가 겪지 않은 사고일 뿐이었다.

그런데도 우재 너는 가장 위험에 처한 게 우리였던 것처럼 말하지 않았나. 너는 사실 아무것도 몰랐으면서 그게 모두 네가 겪은 것처럼 그러지 않았느냐고 물었어야 했다. "왜 함부로 좋은 사람 만들어?" 우재가 화를 냈을 때, 누가 더 잘못 기억하는 거냐고, 너도 나랑 다를 것 없지 않느냐, 무엇보다 나는 이 부분을 지적했어야 했다.

우리가 이렇게나 닮았다.

한 번쯤 말해주고 싶은데 그걸 들어줄 우재가 지금 옆에 없다.

무언가의 끝

1

어쩌면 나는 어려서 병에 걸렸는데 그게 병인 줄도 모르고 너무 방치해두었던 게 아닐까 의심이 든다. 병이라면 엄마가 먼저 걸렸지. 그렇게 생각한다. 모르고 일을 키운 것도 엄마가 먼저지.

나에게는 늙은 아버지와 터울 많은 형이 있었으나 지금은 없다. 늦둥이로 태어나 두 살 되던 해에 어머니를 먼저 잃었다. 그런 이유로 어머니에 대해 따로 기억나는 것은 없고 굳이 애써보자면, 언젠가 형과 병원에 갔다가 간호사가 가족 중에 누구 크게 아픈 사람이 있느냐고 물었었는데 그것으로 어머니가 어떤 사람이었는지 대신 설명할 수 있겠다.

간단한 검사였으므로 그것으로 형은 괜찮았다. 형은 조그만 증상도 놓치지 않는 사람이었다. 조심스러운 편이었으나 과한 데가 있었다. 평소 두부를 좋아하고 하루에 일정량의 견과류를 챙겨 먹었다. 눈매나 입꼬리가 어머니를 닮아 어머니처럼 심장이 좋지 않을 것을 염려했다. 그러니까 간혹 가족력이라든지, 혈관에 좋은 오메가3 뭐 이런 광고문구 속에서 어머니를 생각할 뿐이다. 그러므로 나도 그러지 않을까. 혈관이 좁아져서 어딘가 저릿저릿한다거나 흉통으로 괴로워할지도 모른다.

나는 평생을 한집에서 살았다. 평생을, 이라고 말하면 내가 아주 오래 산 사람처럼 느껴지는데 그럼에도 나는 이곳에서 나고 자라 스물다섯 해 전부를 살았으므로 아무래도 맞는 말이지 싶다. 평생을 살았다. 3층으로 외벽이 붉은 벽돌로 지어진 주택인데 몇 해 전에 큰 화재가 한 번 있었으나 허물지 않고 그런대로 버티고 있다. 그을린 자국이 아직 남아 있어서 시간이 남을 때마다 지워내고 있다. 가장 아래층에서 시작했던 불길이 벽과 계단에 이상한 문양을 만들어놓았다. 산이나 바다처럼 크고 자연스러운 어떤 것 같이 보이기도 하고, 우는 표정이나 새처럼 달리 보이는 날도 있었다. 그러나 보이는 것보다 전에 있었던 일들이 자꾸 기억나서 더 음산했다. 그런 것들을 지웠다. 남김없이 지웠다 생각했는데도 더러 지우지 못한 것들이 남아 있었다. 희미하게 냄새도 남았다.

그것은 어딘가 익숙하면서도 사람을 불쾌하게 만드는 힘을 가지고 있었다. 그랬는데도 그곳에 세입자가 들고 나는 그것으로 먹고 산다.

나는 3층에 살고 아래로 네 가구가 더 살 수 있다. 그러니까 이 집의 절반 크기로 각 층마다 두 집씩 있어서 세를 놓았다. 1년이나 2년을 두고 보증금과 월세를 계약했는데 연장하는 경우도 있었으나 대부분은 때가 되면 떠났다. 바로 입주하는 것은 운이 좋은 경우였고 방을 놀리면 놀리는 만큼 비용을 아껴 생활해야 했다. 그럼에도 따로 책임질 사람이 내게는 없으므로 나는 그것으로 만족하고 살아왔다.

가장 아래층은 계단 다섯 개 높이만큼 내려간 지하로 장마마다 물이 차는 방이 둘 있는데 대체로 거주 기간이 짧아 세입자가 자주 바뀌었다. 개중에는 4년을 산 사람들도 있었다. 딸을 하나 둔 부부였다. 세령이라는 이름의 그 딸과는 같은 고등학교에 다녔으나 함께 등교한 적은 없고 대문 앞에서 마주쳐도 인사하지 않았다. 무언가 함부로 대할 수 없게 만드는 기운이 있었는데 그렇다고 잘해주기도 싫었다. 나는 그들이 이사 왔을 때를 기억하고 있다. 전에 살던 것들을 그대로 옮겨 온 터라 들여놓지 못한 세간이 많았다. 그 집 아저씨가 가구 공장을 하다가 폐업했다는 말을 형수에게 들었던 것 같다. 단이 높은 서랍장이나 세 식구가 쓰기에는 넓은 식탁, 가죽 소파처럼 들여놓지 못한 것들은 며칠 그대로 대문 앞에 두어서 혼잡했다. 피아노도 있었는데 며칠 뒤에 트럭에 그런 것들이 모두 실리는 것을 보았다.

하루는 등굣길에 세령이 말을 걸어왔다.

"도대체가 무슨 집구석의 문들이 다 안쪽으로만 열리는 거야."

그렇게 쏘아붙이고는 그냥 가버렸다. 그게 무슨 소린가 싶어서 잊어버리고 있었는데 저녁쯤에 화장실에 갔다가 세탁기에 문이 걸려 그 말이 떠올랐다. 안방이고 내 방이고, 형수의 짐이 부려진 다른 방도 하나같이 마찬가지였는데 왜 한 번도 이걸 알아채지 못했나 싶게 모두 안쪽으로만 열렸다. 이전까지는 현관문을 열면 벗어둔 신발이 흐트러지는 게 당연하다 생각했었다. 여태껏 아무도 문이 열리는 방향 같은 것에 불평한 사람은 없었으니까. 그런 생각을 하다 보니까 어딘가 창피하고 분한 마음도 들어서 별걸로 다 시비를 건다, 생각했었다.

이후로 그 집에는 세령의 부모보다 한참은 더 젊은 부부가 머물렀다가 조선족이었다가 대학생이었다가 했으나 아무도 안쪽으로 열리는 문 때문에 좁은 방이 더 좁아진다, 불평하지 않았다. 가끔씩 나는 세령을 생각한다. 그곳에서 한 해를 살다가 어느 날엔가 가출했는데 부모가 머무는 동안은 돌아오지 않았다.

계단 아래쪽에 부피가 크거나 자주 쓰지 않는 살림살이를 이것저것 모아놓은 공간이 있었다. 따로 값나가는 것이 없어서 그냥 거기 두고 잊어버렸다 싶은 것들이었는데 그때 세령의 부모들이 이사 가면서 가져가지 않은 것들도 많았다. 방충망이라든지, 우산, 선풍기, 붉은 고무대야나 녹이 슨 자전거 같은 것들이었다. 나는 세령이 이곳에 사는 동안 자전거를 타는 것을 한 번도 본 적이 없었다. 그랬는데도 왜 버리지 않았을까. 처음부터 안쪽으로 열리는 집에서 태어나 살았더라면 어땠을까. 그런 생각을 하게 된다.

이 집은 아버지 것이었으나 형의 것이었다가 지금은 온전히 나의 소유가 되었다. 아버지는 도면 작업에서부터 자재의 종류를 고르는 일에까지 관여하였다고 한다. 그랬는데도 어딘가 아버지만의 철학이 담겼다든지, 고유의 어떤 것이 느껴지는 것은 아니다. 천장과 내벽을 목재로 마감한 것은 아버지의 뜻이라기보다는 당시의 유행이었다. 현관에서 바라보면 거실 전면에는 「최후의 만찬」이 걸려 있고 바닥으로 붉은 카펫이 넓게 깔려 있다. 아버지가 무엇을 믿은 적이 있었던가. 아니다, 절대 그럴 사람이 아니다. 내가 일곱 살인가 그 무렵쯤에는 옥상에 짙은 녹색의 방수제를 칠했다. 그것이 지금은 갈라지고 쓸모없어져버렸는데 당시에는 주변의 모든 집들이 그랬던 것이다. 자식에게 엄하고 자신에게는 관대한 사람이 아버지였다. 쉰이 가까운 나이에 나를 낳았는데 그게 어떤 계획에서라기보다는 아버지의 많은 일 중 그냥 그렇게 되어버린 대표적인 사례 중에 하나라고 생각한다.

나는 어느 자리에서고 우리 아버지가 어떤 사람이었나에 대해 말해줄 필요가 있을 때마다 다음과 같은 일화를 들려준다. 그러니까 어릴 때 밤늦도록 미술 숙제를 하다가 잠이 든 적이 있는데 다음 날 아버지가 남은 자리를 모두 칠해놓았다고, 살구색이나 금색 처럼 밝은색으로 채우려고 남겨두었는데 아버지가 망쳐놓았다고 말한다. 그래서 울었어. 밥도 안 먹고 학교도 안 가겠다고 계속 우니까 우리 아버지가 그린 것을 눈앞에 두고 찢어버리더라. 그런 사람이야. 어떻게 자식을 키워야 하는지 하나도 몰라. 그래서 이렇게밖에 못 사는 거 아닌가 내가 이렇게 된 게 다 아버지 탓이 아닌가 그런 생각이 든다, 하고 다닌다.

그럼 아버지를 망친 건 누구 때문이었을까.

예순이 넘어서는 남들처럼 당뇨와 합병증으로 고생했다.

형과 아버지는 이 집에서 살다가 죽었다. 나도 그러지 않을까 생각한다. 현관 앞에서 집의 내부를 둘러보다가 그런 생각을 할 때가 많다. 거실을 중심으로 오른쪽에는 실내 부엌과 개수대가 놓여 있다. 개수대 아래에는 하수가 흘러가는 호스가 있는데 녹색 테이프가 두껍게 감겨 있다. 언제인지는 정확히 기억에 없지만 설거지를 하다가 거품이 바닥까지 올라온 적이 있었는데 그 일 이후로 형이 그랬던 것 같다. 화장실과 안방이 하나, 작은방이 두 개, 거실의 천장은 목재로 마감되었다. 함께 목재로 지어진 창틀 같은 것은 비가 오면 불었다가 마른 뒤에 아귀가 틀어지는 탓에 어딘가 자꾸 틈이 생겼다. 겨울이 되면 아무리 두꺼운 걸 덮고 자도 코가 시렸다. 그러니까 나는 그런 곳 아무 데나 머리를 두고 죽어갈지도 모른다. 세상에서 가장 마지막에 보는 것이 테이프가 잔뜩 감긴 배관 호스가 될 수도 있다 생각하니, 허망하다.

그런 생각을 하다 보면 아버지의 마지막이 궁금해지는 것이다. 아버지가 마지막에 보았던 것은 무엇이었을까. 노송으로 된 열두 자 장롱이 무슨 병풍처럼 펼쳐져 있는 안방에서 아버지는 돌아가셨다. 텔레비전이 틀어져 있었는데 돌아가시기 전에는 줄곧 방 안에 누워 텔레비전만 보았다. 드라마나 바둑이나 뉴스 같은 것이었고 그것 외에 할 수 있는 것이 별로 없었다. 그랬는데도 기침 소리, 가래 끓는 소리로 존재감을 드러내던 사람이 아버지였다. 아니라면 시끄럽게 텔레비전 소리가 들려왔다. 언젠가 한번은 연속극을 보다가 울었는지 눈이 벌게진 아버지가 나를 불러 물었다.

"옛날에 동물원 간 거 기억나냐? 거기서 너 잃어버릴 뻔한 거 기억나냐?"

그때 나는 아버지가 그 일로 미안하다고 말할까봐 무서웠다. 무언가 달라진 태도로 다른 사람처럼 구는 게 무서웠는데 지금 생각해보면, 그냥 그런 말하게 둘 걸 괜히 모른다고 대답했던 것 같다.

아버지 돌아가시고 얼마 뒤에 나는 형에게 꿈 이야기를 한 적이 있었다. 오밤중에 누가 자꾸 초인종을 눌러대는데 아무도 내다볼 생각을 않고 그래서 내가 나갔다가 대문 앞에 털이 붉은 토끼가 버려져 있는 것을 보았다. 윤기가 좋고 가로등이 드는 밝은 곳에서 보면 분홍빛인 것 같기도 한 것이라 만지면 복슬복슬할 것 같았는데 그쪽으로 손을 뻗기도 전에 아버지가 뭐라 한 소리 했다.

"너는 그만 들어가 잠이나 자거라." 언제 나왔는지 층계참 위에 잘 차려입은 아버지가 서 있었다. 그런 꿈이었다. 토끼의 양 귀를 한 손으로 포개 잡고 어딜 가는지 모르게 아버지가 문밖으로 멀리 나가버렸다.

오줌이 마려워 깨었다가 그게 너무 꿈 같지 않고 생생해서 아버지 방을 살폈었다. 텔레비전을 바라보는 방향으로 평소와 다름없이 누운 채로 잠든 듯 아버지가 죽어 있었다. 그때 아버지가 아니라 내가 그걸 잡았다면 내가 죽는 거냐고 형에게 물어보았었다. 여태껏 아무 말도 않던 형이 나를 번쩍 들어 올리더니 어딘가를 가리켰다.

"저기 아버지 간다, 손 흔들어라."

허공에 대고 그렇게 말했다. 당시 내 나이 열두 살이었는데 서른이 가까운 형도 그게 무슨 의미인 줄은 몰랐던 것 같다. 그렇다고 그게 다 형의 책임이라고 생각하지는 않는다.

형이 죽던 날 나는 털이 가늘고 붉은 그 토끼를 꿈에 다시 보게 된다. 그 이전이나 이후에 몇 번을 더 보았던 것 같은데 잊어버린 것도 있고 기억나는 것도 있었으나 형이 사고 당하던 날 그걸 보았다는 것만큼은 확실하게 기억하고 있다.

2

소파는 현관을 향해 놓여 있다. 현관 쪽으로 큰 창이 나 있어서 소파에 앉아 낮에 텔레비전을 보기가 불편했는데 불편하다, 생각할 뿐 배치를 옮기거나 암막을 치는 일 없이 불편한 대로 두고 보았다. 대부분이 그랬다. 대부분의 것들을 나는 그대로 두었다.

아버지가 돌아가시자 형은 유품을 정리해 소각했다. 생전에 아버지가 차고 다니던 시계는 남겨서 수건으로 싼 채 옷장에 넣어두었다. 그랬으므로 그 시계만 보면 아버지가 생각났다. 계절 옷을 꺼내려고 뒤적이다가 예상치도 못한 상황에서 갑자기 불쑥 우울해질 때가 종종 있었던 것이다. 형이 죽고 나는 형의 물건을 버리지 않았다. 몇은 형수가 챙겨 갔고 남은 것들은 모두 그대로 두고 내가 썼다. 형의 무게만큼 살을 찌우고 형의 바지를 입었다. 원래부터 형의 것이었는지 내 것이었는지 모르게 쓰다 보니까 무언가를 보고 슬퍼진다거나 하지 않았다. 그러므로 이 집은 형이 죽은 5년 전 상태 그대로 남아 있다.

그보다 더 오래전부터 현관에는 신발장이 있었다. 신발장은 가슴만큼 높아서 거기에 열쇠를 둔다거나 접은 우산이나 고지서를 올려두기에 좋았다. 신발장이니까 신발을 올려두기도 했는데 그러다 보니까 어수선하고 복잡했다. 거기에 컵을 올려놓은 게 언제부터였는지 정확히 기억나지 않는다. 도기로 된 통형의 깊고 넓은 컵인데 손잡이 부분이 깨지고 군데군데 이가 나가 있어서 동전이

나 열쇠를 넣어두는 데 쓰고 있다. 본래는 아버지가 한약을 데워 따라 마시거나 병을 얻어서는 침을 뱉던 용도였는데 그런 것을 그곳에 올려둘 만한 사람이라면 아마 형수였을 거라고 생각한다. 그러니까 그 컵에 동전을 모아 두부나 콩나물을 사기로 처음 계획한 사람은 아마 아버지에 대한 기억이 전혀 없었던 형수였을 것이다.

장례가 끝나고 몇 달 뒤에 형수가 생겼다. 함께 아버지의 물건들을 챙겨 상자에 담아 태웠는데 모두 태운 것은 아니고 아버지가 입던 속옷이라든가 식기 같은 것은 누구라도 쓸 수 있었으므로 남겨두었다. 형은 형수와 안방을 쓰고 나는 그대로 내 방을 쓰기로 했다. 형의 방은 이것저것 부려두고 채워졌다. 주로 형수가 들면서 가져온 것들이었는데 대부분은 이 집에 있던 것이거나 어울리지 않는 것들이었다. 정돈되는 배치가 조금씩 옮겨졌을 뿐 여전히 형수의 것들로 채워졌으므로 자연스럽게 그곳은 형수의 방이 되어버렸다. 형수는 이 집에 잘 어울리는 사람이었다. 처음부터 마치 오래 살았던 것처럼 서랍 속에 무엇이 있는지 잘 찾았으며 무엇을 더 채워야 할지도 알고 있었다.

안방을 쓰면서부터 형은 집의 명의를 자기 앞으로 옮겨놓았다. 그것으로 어떤 부담감도 함께 가져간 것이라고 생각한다. 아무래도 그래서 그랬나. 어린 나를 옷장에 가두고 자기가 원하던 답을 들을 때까지 형은 결코 물러서는 법이 없었다.

"왜 그런 짓을 한 거냐?"

좀약 냄새가 진동했다. 크고 무거운 외투들이 내 뒷덜미를 붙잡고 끌어당길 것 같았다. 문틈 사이로 형이 보였다.

"똑바로 말해봐. 도대체 이유가 뭐야?"

버려진 개 한 마리가 보였고 어울리던 무리에게 라이터가 있었던 것뿐이었다. 죽지는 않았다. 털을 조금 태우는 걸로도 역한 냄새가 나는 바람에 우리의 흥미는 곧 떨어져버렸으니까. 그 개에게 주인이 있다는 걸 몰랐었던 게 문제였다. 더 은밀한 장소를 고를 만큼 조숙하지 못했던 게 더 문제였다. 그 개만큼 지저분한 몰골의 주인이 나를 알아보았다. 그리고 형이 다그쳤다.

"그게 말이 된다고 생각하니? 장난이라고? 남의 집 개를 고작 장난으로 죽이려 했단 말이냐? 도대체 너는 왜 매번 이런 식이냐?"

그러니까 그런 말로 나를 훈계한 사람은 형이 유일했다. 폐렴으로 열병을 앓던 나를 위해 간호한 것은 형수였다. 구토를 하고 몸이 늘어져 누워 있으면 미안하다, 미안하다 내 가슴팍을 두드리며 울던 사람은 세상에 오로지 그 두 사람뿐이었다.

한번은 형수와 장에 갔다가 아들이 많이 크네, 그런 말을 들었다. 형수가 웃고 말아서 나도 다른 말을 하지 않았는데 그게 자꾸 신경 쓰였다. 이후로는 밖에서 형수, 형수하고 부르지 않고 호칭 없이 얼버무려서 대부분은 모자지간으로 알았다. 밑으로 자식이 없는 이유가 둘의 문제였는지 아니면 나 때문인지는 정확히 모르겠으나 철이 들고부터 나는 그런 것에도 고마워할 줄 알았다.

3

우리는 세 가족으로 이 집에서 8년을 살았다. 8년 후에는 어떻게 되었나. 형이 죽었고 이듬해 형수가 재가하였으며 지금은 나만 혼자 이 집에 남았다.

세 가족으로 함께 살던 시절, 이 집에 큰 화재가 한 번 있었다. 전에 세령의 가족이 살았던 가장 아랫방이었는데 그때는 젊은 남자 혼자 세 들어 있었다. 별다른 가구나 가재도구 없이 몸만 들어와 살았다. 새벽쯤에 나가 저녁 늦게 돌아왔는데 그 방에 불이 켜진 걸 본 일이 드물었다.

하루는 형수가 저녁상을 앞에 두고 그 남자에 대해 이야기했다. 우편물을 대신 받아둔 게 있어서 그걸 주러 갔다가 들은 거라 했다. 누나가 하나 있는데 캐나다로 이민 가서 살고 있고 부친은 교육공무원으로 지금은 은퇴했다는 것이었다.

"근데 그게 아무래도 거짓말 같은 거야."

형은 아무 득도 없는 거짓말을 왜 하겠냐고 했고 국그릇을 형수 쪽으로 내밀었다. 냄비에서 청국장을 옮겨 담으며 형수가 중얼거렸다.

"그러니까, 왜 그런 걸로 사람을 속이냐고, 기분 나쁘게."

남자에 대해 내가 특별히 아는 것은 없었으나 이상한 사람이라고 생각하기는 했었다. 대문 앞에서 마주쳤다가 인사한 적이 있는데 빤히 바라만 보고 모르는 사람처럼 굴어서 위층에 산다고 알려 주었다. 그게 한 달 사이에 몇 번은 더 있어서 나도 형수와 비슷한 기분이었는데 무언가 일부러 그런다는 느낌이 들어 불쾌했다. 그런 말로 나는 형수를 거들었다.

생각해보면, 그것은 아주 사소한 문제였음에도 그 남자를 판단하는 중요한 기준이 되어버렸던 것 같다. 그때의 기분 같은 것은 정확히 무엇이라고 단정할 수 없는 것인데도 나중에는 물들고 착색되어 지워지지 않았다. 그러니까 나는 지금 그 남자가 진짜를 이야기했는데 우리가 그것을 오해했었다고 말하는 것이 아니다. 그것은 여전히 확인할 수 없는 일이고 진위 여부와 관계없이 왜 그런 행동들이 그토록 나쁘다, 라고 느껴졌냐는 것이다. 관대하지 못했다고 생각한다.

남자는 1년을 살다가 석 달분의 방세가 밀렸을 때 나가야 했다. 겨울이었고 한파가 본격적으로 시작되던 시기였으므로 새로 이사를 오는 사람은 드물 테고 빈방으로 봄까지 놀릴 것을 형수도 알고 있었을 것이다. 그랬는데도 어떤 계산 끝에 그런 확신이 들었는지 형수는 남자를 내보내기로 했다. 보름 후에는 밀린 급여를 받을 수 있다는 말을 형수는 믿지 않았다. 그 밖에 남자의 사정이 어떠했는지에 대해서 아는 것은 없다. 그 방에는 들인 것이 없어서 내놓을 것도 별로 없었다.

형수가 그렇게 매정한 사람이었나 생각하면 아니었다. 설거지를 하면서 자주 라디오를 들었는데 거기 나오는 사연만으로도 훌쩍거리던 사람이었다. 정류장에서 버스를 기다리다가 모르는 노인들과도 자주 대화했고 야밤에 쓰러진 취객을 일으켜 세우거나 남의 싸움에 관여하는 것을 꺼려하지 않았다. 텔레비전을 보다가 저것 봐라, 저렇게 어렵게 사는 사람도 있다 말하던 사람도 형수였다. 난치병 환자와 그 가족들의 생활고를 소개하고 기부금을 모으던 프로그램이었는데 그런 것으로부터 우리는 아직 괜찮다는 것을 발견하고 안도하던 사람이었다.

불이 난 것은 그해 가장 추웠던 날로 기억된다. 언제 그랬는지 남자는 그 방에 안감이 없는 가벼운 이불 한 채와 휴대용 버너를 가지고 들어갔다. 아무도 몰래 그것으로 겨울을 버티려고 했던 것 같다. 한밤중에 문을 따고 들어가 추위만 피하고 얌전히 나가려고 했을지도 모른다. 그러다 불 앞에서 잠이 들었나. 난방으로는 부족한 불이었으므로 이불 위로 옮겨붙었을 때는 남자는 따뜻하다 생각했을까. 도무지 탈 만한 것들이 마땅치 않아 보이던 곳이었는데도 불은 크게 번졌다. 벽지를 태우고 문을 태우고 그 방에 잠든 남자를 태운 뒤에도 한참을 꺼지지 않았다.

그곳에서는 여전히 탄 냄새가 난다. 장마에 물이 차는 날이면 더 짙고 확실한 무언가가 지하층 전체를 떠돌아다니는 것 같다. 기분 탓이라고 생각한다. 아주 오래전의 일이었고 이후 몇 세대가 그 집을 거쳐가는 동안 아무도 그런 말을 하지는 않았으니까. 지하방을 보러 오는 사람들 대부분은 장판을 들춰보고 창을 열어 일조량을 가늠할 뿐이었다. 수도를 틀어 수압을 확인한다거나 변기에 물을 내려보는 사람은 조금 더 세심한 편이겠으나 여전히 그 냄새에는 둔감했다. 바깥쪽으로 열리는 문의 중요성 같은 것도 알지 못했다. 그런 사람들이었다. 열악한 것 중에서 덜 열악한 것을 고른다는 것은 능력보다는 운의 문제였다. 노력해서 얻어질 만한 것이 아니라 재수가 좋거나 나쁠 따름이었다.

형수는 그 일에 대해 어쩔 수 없었다고 말했다. 방세가 밀렸으니 어쩔 수 없는 거 아니냐. 그것은 여전히 틀리지 않은 말이라고 생각한다. 오히려 그러지 않았을 경우에 생기는 공정함과 형평성이 더 문제라고 생각한다. 무엇보다도 그 남자가 거기에서 죽을 거라는 걸 누구도 알지 못했다.

몰랐다, 알았다면 그러지 않았을 것이다.

그것은 우리 가족을 위해서 할 수 있었던 가장 적절한 변론이었지 싶다.

그리고 나는 그 일에 대해 아주 잊고 살다가 어떤 장면들 속에서 섬뜩해지는데 이를테면 지하철을 탔다가 노약자석에 앉은 젊은 여자에게 폭언하는 노인을 보면서, 친절하지 않다고 뺨을 맞았다는 마트 직원의 일화 같은 것을 들으면서 그게 그렇게 나쁜 일인가 나쁘긴 나쁜데 진짜 나쁜 일이라면 누가 그 노인에게 욕을 할 수 있는 권한을 주었는가 친절하지 않은 것과 뺨을 때리는 것

중 뭐가 더 나쁜 쪽일까 생각하는 중에 그 남자를 자꾸 떠올리게 되는 것이다.

누가 더 나빴던 것일까.

4

불이 나던 날 무슨 꿈을 꾸었는지 떠올린 것은 나중의 일이었다.

털이 붉은 토끼 꿈이었는데 이 집 계단 어딘가에 앉아서 밝고 선명한 빛깔의 그 토끼가 몸을 부풀리고 있었다. 언제까지 커지나 싶게 자꾸 부풀더니 종국에는 어마어마해졌다. 커지는 동안 붉고 진한 색은 점점 연해지고 털 사이로 팽팽해진 피부가 얇고 투명해졌다. 몸은 커지고 다리는 길어지지 않은 토끼가 뒤뚱거렸나 버둥거렸나 그랬고 투명해진 속으로 출렁거리는 내장도 보이고 얼굴이 넓적해서 토끼처럼 귀가 길어도 토끼 같지 않은 것이 괴상하고 불편했다.

완전히 잊어버렸던 것이 아니다. 풍선 부는 것만 봐도 투명하고 거대한 토끼가 떠올랐는데 그런 꿈을 꾸었다, 라는 것만 기억하고 있었을 뿐 어떤 연관성을 고려하지는 못했던 것 같다.

그것 때문이었나. 데굴데굴 계단을 타고 지하 쪽으로 굴러가던 게 다 그런 이유에서였나. 그렇게 생각한 것도 꿈에 다시 그것을 보게 된 후의 일이었다.

형이 죽었다. 형이 죽은 것은 예상치 못한 사고 때문이었다. 목격자가 있어서 자세한 정황을 들을 수 있었는데 승합차가 횡단보도를 건너던 형을 치었다고 했다. 공중으로 떠올랐고, 반대 차선에서 달려오던 오토바이가 바닥에 떨어진 형을 밟고 미끄러졌다고도 했다. 오토바이 운전자는 중퇴에 빠졌으나 형은 그곳에서 즉사했다. 나중에 나는 사고 현장을 찾았다가 아스팔트 위로 무언가 고였다 마른 자국을 보았다. 그 자리쯤에 붉은 토끼가 머물러 있었다.

꿈에 토끼를 보았다. 털이 붉어서 기억에 오래 남았다. 그랬는데도 왜 여태껏 모르고 있었나. 아버지가 죽던 날에도 지하방의 그 남자가 불에 타 죽을 때도 모르고 있었다. 꿈에 붉은 토끼를 보았으니 차 조심해라 형, 왜 그렇게 말해주지 못했나.

괜히 그런 꿈을 꾸었던 탓에 이런 일이 생겼나 싶어서 장례를 치르고 한참 뒤에도 잠들지 못했다. 누구에게 말할 수 있는 문제도 아닌 데다가 진짜 나 때문이라고 하면 어떡해, 그런 걱정으로 잠들지 못했다. 정확히는 꿈을 꾸지 않으려고 애썼다. 할 수 있다면 그렇게 해야 하는 게 옳을 것 같았다. 할 수 있을 만큼 낮에는 부산스럽게 움직여 잠을 피하고 밤에는 나가 돌아다녔다. 목적지 없이 걷다 보니까 멀리까지 가는 경우가 많았다. 먼 곳이라지만 결국엔 걸어서 갈 수 있을 정도의 거리였다. 골목이 많은 곳으로, 상가와 주택이 복잡한 곳으로 골라 다녔다. 골목은 어디에든 있었고 어디로든 빠져나갈 수 있었다. 한번은 아주 모르는 곳에서 길을 헤맸는데 이 골목을 지나 슈퍼 같은 게 있겠다, 생각하고 가까이 가면 정말 슈퍼가 나왔다. 미용실이나 철물점 같은 것도 마찬가지였는데 이렇게 당연한 것들이 당연하게 있는데도 왜 나만 이러나, 왜 나만 이상하게 되었나 하는 생각 때문에 억울했다. 억울한 기분으로 울면서 집이라 생각되는 방향으로 오래 걸었다. 집에 돌아오면 형수가 울고 있었다. 너까지 이러면 어떡하니. 나를 붙잡고 울었다. 그런 형수를 제대로 보기 어려웠다.

또 한번은 자정이 넘은 밤에 집 가까운 곳에서 중년의 여자를 본 적이 있었다. 멀리 가는 차림은 아니었는데 화장이 진하고 마른 체형의 그 여자가 말을 걸어왔다. 초행이라고 했고 가든마트가 어디냐고 물었다. 오다가다 보았던 상호였는데 확실하지 않아서 모른다, 대답하고 말았다. 그러면 나는 어떡해요. 여자는 당황해했다. 나는 여기가 처음이고 가든마트 앞에서 만나기로 했는데. 그 사람이 거기서 기다리고 있다고 했는데. 나는 지금 아무것도 없어요. 게다가 여기엔 당신 말고 아무도 없잖아요.

지나치다, 라고 생각했다. 어딘가 부담스럽고 술 냄새도 나는 게 정숙하지 못한 여자라 여겼다. 어디로 가느냐고 나는 물었다. 그러니까 가든마트에서 다음에는 어디로 가려고 했냐고요. 그걸 알아야 방향이라도 잡아줄 거 아니에요. 내가 화를 내고 있었던가. 그렇지 않았다면 그렇게 큰 목소리로 말할 필요가 있었나. 가든마트 거기서 그 사람이 기다리고 있어요. 우리가 만나기로 한 게 거기예요.

여자가 찾던 곳은 멀지 않은 곳에 있었다. 나는 그 앞을 지나다가 그곳이 아주 오래전부터 거기에 있었고 내게는 아주 익숙한 장소였는데 왜 그 순간에 그것을 기억하지 못했는지 이상하다 생각했다. 돌아보았을 때 여자는 보이지 않았다. 아마 그럴 만큼의 여유도 당시 내게는 없었던 거라고 생각한다.

형수도 나와 다르지 않아서 멍하게 지내는 날이 많았다. 하루는 저녁에 바닥 걸레질을 하다가 냉장고에 대고 말했다.

"밤에 고양이를 봤는데 우리 집 앞으로 골목이 길잖아. 골목 안에 어떻게 이걸 다 주차했나 싶을 정도로 차들이 많아서 그런 데 아래 보면 고양이들이 많이 숨어 있잖아. 어두운 곳을 가만히 쳐다보면 그게 다 고양이야. 주변보다 더 어둡다 싶으면 다 그래. 밤에 그런 곳에서 고양이를 봤는데 그날은 이상하게, 그게 숨지도, 도망가지도 않는 거야. 그러니까 그게 고양이 같지 않더라. 왜 그런 거 있잖아. 골목에 버려진 가구 같은 거 보면 그게 가구 같지 않고 무섭잖아. 그날도 그게 가만 앉아서 도망가지 않고 길 가운데서 나를 빤히 쳐다보는 게 고양이 같지 않고 무섭더라. 그래서…… 그것 때문에 그런 게 아닌가 싶은 거지. 재수 없게 그날 그런 걸 봐서 그랬나."

그러고는 닦던 걸레에다가 코를 풀고 얼굴을 훔치더니 서럽게 울기 시작했다. 그때 나는 밤에 보는 고양이를 생각하고, 그런 것을 마주한 형수를 생각하고, 우리가 사는 곳이 그렇구나, 골목이 많고 버려진 게 많은 동네에서 사는구나, 하고 생각했다. 그런 생각을 하다 보니 쓸쓸하고 슬픈 기분이 들어서 우리가 누구보다 가까워진 기분이었다. 그리고 그것으로 형수와 나는 각자 자기 몫의 무언가를 나누어 가질 수 있게 된 것 같았다.

"저기 형 가네요."

소파에 앉아 거실의 큰 창을 가리키며 내가 말했다. 밖은 어둡고 어두워서 아무것도 보이지 않았는데도 그런 곳이라면 형이 정말 있어도 보이지 않을 것 같아서 나는 그렇게 말했다.

"형수, 저기 형 가요."

사고 이후 형수와 나는 서로에게 많이 의지했었다. 무언가를 하려고 애쓰기보다는 무언가를 하지 않는 쪽으로 견뎌왔다. 형수는 어느 순간부터 내 앞에서 울지 않았고, 불 꺼진 방 안에서 울음소리가 새어 나와도 나는 모르는 척해주었다. 되도록 형의 이야기를 하지 않았고 일부러 형의 물건을 모아 버리지 않았으며 우리가 그때 그랬다 기억하냐 묻거나 회상하지 않았다.

다음 해에 형수는 재혼했다. 그것으로 나에게 크게 미안해하였으나 우리 중 이 집에서 나가야 하는 사람이 있다면, 그것은 당연히 형수여야 한다고 나는 믿고 있었다.

5

혼자 쓰기에는 넓은 집에서 살고 있다.

건조한 날에는 거실에 빨래를 널어둔다. 실내에 세탁물을 말리는 것이 건강에 좋지 않다는 기사를 본 적이 있는데 그게 곰팡이 때문인지 세제 때문인지 잘 기억나진 않지만 아무튼 호흡기에 안 좋은 것만은 확실해, 그런 생각을 하다가도 형수가 그랬던 것처럼 거실에 넌다.

이 집의 대부분의 것들은 되도록 형이 살던 때와 다르지 않게 손대지 않고 그대로 두는 편이다. 그랬는데도 누렇게 벽지가 변색되고 욕실의 타일은 온전하지 못하다. 형이 쓰다가 형수의 물건을 들여놓았던 방에는 이제 아무것도 없다. 나는 여전히 내 방에서 지낸다. 그 방 벽에 귀를 대고 있으면 수도관이나 보일러 돌아가는 소리가 들린다. 그것을 맨 처음 알려준 것이 형이었나. 그리고 나는 형의 옷을 입고 저녁을 먹는다. 뜨거운 밥에 오징어젓을 비벼 먹다가 이것이 원래 나의 식성었던가 형이나 형수 생각으로 명치가 무거워진 적도 있었으나 그런대로 잘 산다. 여전히 아래층에 세를 놓고 그것으로 먹고산다. 꿈에 붉은 토끼를 보게 될 것이 불안하다.

형이 사고를 당한 뒤에도 두어 번 꿈에 그것을 보았는데 전처럼 무서운 일이 일어난 것은 아니었으나 사나흘쯤 지나서야 확실하게 안심할 수 있었다. 그 사나흘간은 되도록 외출하지도 않고 집에만 있었다. 아버지가 그랬던 것처럼 무료하고 지루한 시간 대부분을 텔레비전을 틀어놓고 사건 사고를 챙겨 보며 견뎠다. 누군가 다치거나 죽거나 충돌하거나 무너졌다.

그게 아니라면 내가 무사하다는 것을 무엇으로 확인할 수 있을까. 그런 일들은 언제고 어디서나 일어날 수 있는 일인데 그게 내가 될까봐 두려웠다. 그랬으나 그 시간들을 모두 기다리면 여전히 나는 무사하고 아무 일 없이 지나간 것에 안심하게 되는 것이다.

그런 날들 중 하루였을 것이다. 뺑소니 사건의 목격자라고 했고 목소리가 변조된 채로 방송되었다. 도로가 넓고 주변이 농지인 근처에 컨테이너가 한 채 있었는데 그런 곳에서 무화과나 복숭아를 파는 남자였다. 사고 지점은 멀지 않은 곳에 있었다. 인터뷰 말미에 왜 곧바로 신고하지 않았냐는 질문을 받은 그 남자는 망설이지 않았다.

"돌아올 것 같았어요. 내가 여기서 지켜보고 있고 그 사람도 나를 봤을 텐데 어떻게 그냥 도망갈 거라고 생각했겠습니까."

그것으로 화면이 전환되어 사망자의 이력과 사건 경위들이 다시 요약되었다. 그리고 그때의 나는 저 남자가 너무 무책임한 거 아닌가, 생각했던 것 같다.

그러면 나는 어땠나.

이 집과 가까운 곳에 주말마다 양파나 포도 달이는 냄새를 풍기는 건강원이 있다. 건강원을 마주 보고 가든마트가 있는데 그 앞을 지나다가 나는 전에 그곳을 물어보던 여자를 생각하고는 한다. 항상 그런 것은 아니었으나 한번 떠오르면 오랫동안 머물렀다. 나는 그날 그 여자가 내가 가는 곳까지 따라올 것 같아 불안했다. 무언가 계속 부탁할 것 같아 부담스러웠다. 멀어지고 돌아보았을 때 여자는 더 이상 자리에 없었다. 가든마트는 내가 가는 방향 쪽에 있었고 왜 그걸 기억하지 못했나 싶게 오래전부터 잘 알던 곳이었다. 거기에는 아무도 기다리고 있지 않았다.

틀린 것을 알려주기보다는 모른다고 말하는 편이 낫다고 생각했다. 왜 알고 있다고 의심하지 않았을까. 아니라면 단순히 그 상황에서 빠져나오고 싶었던 것일 수도 있겠다. 그리고 왜 그때는 그게 기억나지 않았는지 되짚어보다가 알았다면 그 여자와 함께 같은 방향으로 걸어갔을까. 왜 나는 곧장 집으로 가지 않고 다른 먼 길로 간 걸까. 돌아볼 때마다 여자는 없었는데 그것을 자꾸 확인하고 싶었던 이유는 다 무엇인가, 어느 순간이 지나면 생각하지 않았다.

그 개와 같은 말

1

세주는 중학교에서 국어를 가르치고 있는데 아직은 기간제일 뿐이라고 했다. 운이 좋으면, 하고 단서가 붙기는 했으나 제법 구체적인 미래를 계획하고 있었다. 그때 우리는 처음 만난 사람들 치고는 말이 많았는데 나중에 생각해보면 왜 그런 이야기를 했나 싶을 정도로 이상했다. 서툴렀다고 해야 하나, 성급했다고 해야 하나. 그런데도 어느 한쪽으로 치우치지 않고 공평하게 말하고 듣고 묻고 대답했던 것 같다.

그 주 금요일에 다시 만나 대학로에서 연극을 보고 근처에서 저녁을 먹은 뒤, 삼청동으로 넘어가 차를 마셨다. 마감 시간이 지났다는 말을 두 번 듣고 일어났는데 광화문 쪽으로 걷다가 다시 안국역으로 되돌아오면서 다음 주에는 무엇을 할지 어디서 만날지 별자리는 무엇이고 제일 친한 친구의 성이 한국에서 흔한 성은 아니네요, 같은 대화를 더 나눴다.

그 후 한 달쯤 지나 우리는 멀지 않은 곳을 여행했다.

거기서 나는 연경에 대한 이야기도 들려주었다. 모두 한 것은 아니고 해도 괜찮은 것들로만 골라 했는데 그때 내가 하지 않은 말들은 대강 이런 종류의 것들이었다. 처음 만났을 때 연경은 대구가 고향이라고 했다. 얼마 지나지 않아서 영천이라고 고쳐 알려주었는데 그런 뒤에도 나는 여러 번 대구라고 하는 것을 들었다. 억양이 남아서 출신에 관한 질문을 자주 듣는 편이었고 그때마다 연경은 그렇게 대답했다. 별것 아닌 거라 여기면서도 괜히 기분이 상했다.

나는 연경이 통일전망대에 가고 싶어 했다는 것도 말하지 않았다. 거기까지는 너무 멀고 차가 없으면 어렵다고 미룬 뒤 가지 않았었다. 평소 '파주'라는 말을 하거나 들을 때, 나는 무의식적으로 통일전망대를 떠올렸는데, 그게 연경으로까지 이어지지는 않고 다만 자연스러운 연상법 중 하나라고만 여겼다. 나중에 어떤 자리에서 "아니지, 전망대는 강원도에 있는 거 아닌가?" 묻는 사람이 있었는데 거기 누구도 그곳에 진짜 가본 사람은 없는 데다가 몇은 그 말에 편을 들어주기도 했었다.

또 내가 말하지 않은 것은 젖은 수건을 의자에 아무렇게나 걸쳐두거나 건조대에서 양말을 골라 신는 연경의 습관 같은 거였다. 설거지를 하고 나면 찌꺼기가 남거나 세제가 씻기지 않는 경우도 많았다. 한번은 기름이 묻지 않은 그릇은 굳이 세제를 쓰지 않아도 된다고 고집을 피우길래 한 소리 했다. "개 같은 소리 좀 작작해. 개 같은 소리 좀." 떠올린 것은 아무 곳에나 메모해두어서, 헤어진 지 한참 뒤에도 카버나 레비나스를 펼쳤다가 연경의 문장들을 읽을 수 있었다. '좆같은 소리야, 다 좆같은 소리.'

만나는 동안만큼은 연경을 특별한 사람이라고 생각했다. 함께 공연을 보거나, 도서를 추천받을 때, 개인 블로그에 업데이트된 글을 읽으면서 나와는 다른 종류의 사람일 거라고 생각했다. 연경은 대학에 입학하고 한 해 뒤에 서아프리카로 여행한 적이 있는데 이후로 초콜릿을 먹지 않는다고 했다. 군사정권이라든지, 농장의 노동환경, 착취, 아동인권 같은 단어들을 사용하는 데 거리낌이 없었다. 그런데도 어떻게 그런 생각을 갖게 되었는지 모를 일이지만 계기라고 할 만한 일은 있었다. 헤어질 때쯤 우리는 충무로에서 재개봉하는 「일 포스티노」를 보았고 연경은 그곳에서 소리 내어 우는 유일한 관객이었다. 그때 나는 연경이 일부러 그러는 거라고 느꼈다. 어딘가 애쓰고 있어서 그런 거라고 의심했는데, 아마 그것이 우리에게 아주 중요한 문제가 되었던 것 같다.

그러나 나는 세주에게 이런 말들을 전혀 하지 않았다.

2

우리는 서해안으로 이어지는 국도를 따라가다가 마음에 드는 곳 아무 데나 정차하고 자연군락을 이룬 나무나 풀숲을 구경하며 좋다, 네 좋네요, 감탄하고는 다시 차를 몰아 서쪽으로 이동하고 있었다. 가을이었던가, 찬 기운이 없진 않았으나 볕이 좋았다. 풍경들이 선명했다고 말할 수 있는 날이었다. 어떤 구간에서는 마른 건초 더미를 쌓아둔 들판만 오래 보였는데 세주가 차창을 열고 아, 좋다 정말 좋아, 자주 말해서 나도 좋았다.

특별히 목적지가 따로 있는 것은 아니었으나 이대로 가면 바다와 만날 것이고, 그러면 더 갈 수 없는 서쪽에 도착할 수 있었다. 그 서쪽 끝에서 가장 어울리는 음식을 먹고 돌아올 예정이었다. 여행을 약속한 날부터 나는 무엇을 먹을지, 세주는 무엇을 좋아할지 고민했었다. 아무래도 구이나 조림보다는 싱싱한 활어 쪽이 나을 거라 생각했는데 정작 식당 앞에 도착해서야 세주가 그런 것을 먹지 못한다는 걸 알았다. 목 안이 간지러워진다고 했다. 찜이나 탕은 괜찮으냐고 물었는데 정도의 차이가 있을 뿐, 그것도 힘들다고 말했다. "미안해서 어떡하죠" 하는 세주의 말에 내가 더 미안해졌다. 작은 어촌 마을이어서 민박집이 더러 보일 뿐 주변으로 다른 음식점이 드물었다. 드물게 보이는 것도 하나같이 생선 요리를 전문으로 하는 곳이었다. 결국 오던 길에 도로 한켠에서 청과물을 파는 트럭이 있던 게 기억나 거기에서 바나나와 오렌지를 사 왔다.

세주와 나는 두꺼운 껍질을 까먹으며 바다를 구경했다. 깊고 아득한 것을 기대했으나 물이 빠져나간 자리가 넓었다. 축축하고 질퍽한 흙이 멀리까지 뻗어 있었는데 군데군데 출항하지 않은 배들이 보였다. 그 배라는 것도 유원지나 호수에서 볼 수 있는 수준이어서 혹시 세주가 실망하지 않았을까 염려되었으나, 짜고 비린 바람이 불어올 때마다 여전히 "좋다, 오기 잘한 것 같아요" 말해주어서 안심했다.

포구까지 걸으면서 보이는 것을 보고 들리는 것을 들었다. 마른 해초, 그물 조각, 원색의 낮은 지붕들, 벌레들이 많았고 주변에 개간한 밭의 규모가 제법 되었다. 개들이 짖었던가. 어쩌면 보지 못했으나 보았다고 믿는 것들도 있었을지 모르겠다. '황폐했다'라고 말하기에는 아쉽고 좋은 곳이었는데 어딘가 쓸쓸한 기운이 있었다. 마치 혼자 있는 노인 같았다. 그곳에서 진짜 그렇게 생각했던 게 맞는지, 잘 모르겠으나 나중에 공원이나 식당에 혼자 있는 노인들을 보면서 나는 자주 그 바닷가를 떠올렸다.

세주는 걷거나 멈추며, 멈출 때는 한 번씩 돌아보면서 "여기 좀 보세요. 이런 게 다 있어요"라고 말했고, 그러면 "저도 이런 건 처음 보네요" 하며 따라 놀라워했다. 그러나 우리가 간 곳은 작은 어촌 마을이었고 관광을 할 만한 곳도 못 되어서 금세 익숙해져버렸다. 그런 장소를 떠올리면 쉽게 떠오르는 풍경, 그게 다였다. 그래서 우리는 우리의 이야기도 많이 했다. 그게 어떤 맥락에서 순차적으로 이어진 것은 아니고 오래 사이를 두었다가, 혹은 흐름상 분명 어색한데도 감정적으로는 자연스러운, 그런 대화들을 나눴다. 어떻게 살아왔는지, 어떤 식으로 멀어지는 것과 멀어졌는지, 그래서 지금은 어떻게 되었나요, 묻고 대답하고 걸었다.

"오래전에 중동에서 온 친구가 있었는데, 본명을 한글로 전부 표기하면 스무 글자가 넘어서 한 번도 본명을 모두 부르진 못했어요. 그 샤리프라는 친구가 한국으로 유학 와 나랑 가깝게 지내서 노래방도 가고 내년이면 한국 떠난다, 방학에 우리 집 놀러 와라, 같은 걸로 강의 시간마다 잡담했어요. 하루는 자기 나라 욕이라며 몇 가지 알려줬는데 샤리프가 정색하면서 그러는 거예요. 너, 우리말 잘해. 기분 존나 나빠."

세주는 그게 무슨 욕이었느냐, 원래도 욕을 잘하는 사람이었던 것 아니냐, 하고 웃다가 한동안 또 기분 좋게 걷기만 했다. 그리고 나는 혼자 샤리프를 생각했다. 왜 갑자기 샤리프를 떠올렸는지는 모르지만, 아무튼 샤리프였다. 자기네 나라에서 가장 인기 있는 곡이라며 들려주었던 노래는 음질이 나빴다. 그때 무슨 생각이 들었냐면, 그래 너의 나라는 중동 어디쯤이라고 했는데 중동은 경제 수준은 높지만 어쩐지 못사는 나라 이름 같아, 나도 모르게 이런 생각을 하고 있어서 얼굴이 붉어졌나, 들키면 안 되는데, 걱정했었다. 추석쯤에는 명절에 남의 집에 가는 것은 예의가 아니냐, 물었던 적이 있었다. 나는 그것이 어떤 의미인 줄 알고 있으면서도 아니다, 그것은 경우에 따라 다르다, 라고만 대답하고 초대하지 않았다. 그런 생각을 하면서 샤리프, 하고 혼자 조용히 불러보았다. 낯선 발음이었다. 샤리프, 우리는 참 친했었는데.

포구 쪽은 좁고 허술했다. 인근에 창고 같은 건물이 있어서 어획물을 모아두거나 하는 곳이라 생각했다. 비린내가 심했다. 바닥에 말라붙은 생선 뼈를 쉽게 볼 수 있었다. 세주는 바다로 길게 돌출되어 이어진 포장길을 따라 걷다가 그 길이 끝나는 가장자리에 걸터앉았다. 그러고는 공중에 떠 있는 다리를 허우적대며 말했다.

"저번 주에 우리 햄버거 가게 갔었잖아요?"

"배고파요?"

"아니, 거기 지난주에 갔었잖아요."

구조가 복잡했던 건물이었다. 세주는 그 전날 오래 통화가 되지 않다가 저녁쯤에 바빴다, 라거나 할 일이 많아 정신이 없다, 하는 식의 말만 하고 전화를 끊어버렸다. 다음 날에도 약속 시간에 늦은 데다가 기운이 없어 보이고 말수도 적어서 세주는 정말 바쁘구나, 생각했었다. 뭐라도 좋은 것을 먹여 기운을 북돋우고 싶었으나 식욕도 없다 하고 내가 데려가고 싶은 곳까지는 너무 멀어서 가까운 패스트푸드점으로 들어갔다.

1층에서 주문을 하고 비교적 넓고 한산한 2층에 자리를 잡았다. 3층과 4층으로 프랜차이즈 커피 전문점이 입점해 있는 건물이었다. 화장실에 다녀오겠다고 말하고 일어섰는데 어딘지 몰라 헤맸다. 결국 1층까지 다시 내려가 점원에게 물었더니 내가 왔던

2층 쪽을 도로 가리키며 바깥쪽으로 나가는 출입문이 있다고 안내해주었다. 세주가 앉아 있는 곳과 반대편에 유리문이 하나 있었는데 그 문 가까이에 이르러서야 나는 '남자 화장실은 3층, 여자 화장실은 1층에 있습니다'라고 적혀 있는 것을 보았다. 그런 이유로 나는 세주를 꽤 오래 혼자 두었다. 세주는 괜찮다, 라고 말했으나 그게 딱히 나를 위해 하는 말 같지는 않았다.

세주는 감자튀김 한 조각을 케첩에 찍어 여러 번 나누어 먹었다. 그 자리에 앉아 있는 유일한 이유라도 되는 것처럼 먹기만 했다. 그러니까 그날의 세주는 완벽하게 세주의 영역 안으로 들어가버려서, 물어도 대답이 없거나 어? 뭐라고요? 되물어 같은 말을 두 번씩 하게 했다. 세주의 '괜찮다' '별일 아니다' '신경 쓰게 해서 미안하다'와 같은 말들은 배려라고 할 수 있을 만한 것이지만 다른 의미에서는 세주가 나와 무관한 사람이라는 것을 뜻하기도 했다. 말하자면 내가 느꼈던 불안함이란 이런 종류였다. 나의 어떤 말로든 세주를 웃게 하지 못하지만, 그렇다고 울리는 것도 불가능할 것이라는 불안.

"그날, 거기서 이상한 걸 봤어요."

세주는 그날 내 뒤편에 앉은 여자를 보았다고 했다. 테이블 서너 개 정도의 거리를 두고 앉아 있었는데 늙었다고 말하기에는 부족한 데가 있고, 전체적으로 어두운 계통의 옷으로 차려입었으나 고상하지 않았다, 라고 표현했다. 여자 앞에는 치우지 않은 햄버

거 포장지와 음료잔이 여러 개 있어서 그게 여자의 것일 수도 있고, 아닐 수도 있었겠으나 세주는 남들이 먹고 간 자리에 여자가 앉아 있었다, 라고 확신했다. 그리고 나는 거기에 누가 있었더라, 떠올렸는데 그 중년의 여자를 본 기억은 없고, 그래 어린 남녀가 앉아 있었지, 고등학생이었을 거야, 그렇게 진하게 화장을 하는 건 고등학생뿐이니까, 둘이 나란히 나를 바라보고 앉아 있다가 여자애가 남자애 무릎에 앉아서 볼을 비비고, 입에도 비비고 그랬는데, 그런 것들이 보기 불편한 것도 있었지만 혹시 눈이라도 마주치면 어떡해, 참 난처했었지, 라고 회상했다. 앉은 자리에서 시선이 자꾸 그 어린 연인들 쪽으로 향해서 일부러 다른 곳을 보고, 아니면 아무것도 안 보다가 세주를 보는 척 힐끔거리며 아, 또 저러네, 생각했었다. 세주는 그때까지도 감자튀김만 먹고 있는 줄 알았는데 사실은 내 뒤에 있는 여자를 보고 있었구나. 나처럼 힐끔거렸을까? 난처한 것을 볼 때처럼 그렇게?

"그 여자가 거기 혼자 앉아서 떡볶이를 먹고 있었어요. 가방 안에 비닐 같은 게 있었는데 이쑤시개로 그걸 찍어 먹고 있는 거예요. 두리번거리는 것도 같고, 당당한 것 같기도 하고. 아무튼 거기에서 그런 걸 먹는데 참 이상하다, 이상한 기분이네, 괜히 우울해지더라고요."

세주는 또 두려운 기색도 없이 "칼을 꺼냈어요"라고도 했다. 가방 안에 있는 비닐을 꺼내 한쪽에 정리한 뒤 과도를 꺼내더니, 그것으로 사과 한 알을 모두 베어 먹었다, 라고 말했다. "이렇게, 이렇게"라고 말하며 혹은 딱, 딱, 하는 소리를 내기도 하면서 허공에 두 손을 움직여 그 여자가 테이블 위에서 사과를 어떻게 썰었는지 설명했다.

나는 그쪽으로 돌아보지 않아서 그 여자를 보지 못했었다. 아니라면 보았으나 세주처럼 우울해지지 않아서 잊어버렸는지 모르겠다. 다만 그것을 보고 있던 세주가 어떠했는지는 기억한다. 쓸쓸하고 모르는 사람처럼 멀어 보였다. 그래서 그랬구나. 패스트푸드점에서 나와 무료로 입장이 가능한 전시장에 들렀다가 이후로 성곽 주변을 따라 거니는 동안 세주는 내내 그것을 신경 쓰고 있던 모양이었다. 그날은 좀 그렇더라, 세주 씨는 참 예민해, 라고 말하면서도 실은 그날의 세주를 보면서 내가 어떠했는지, 생각했다. 나도 참 예민한 편이구나, 하고.

세주는 웃었고, 정말 웃었나? 그렇게 쓸쓸하게 웃는 것도 웃는 게 맞는 걸까? 진짜 웃었는지도 모른다. 세주 씨는 참 예민해, 내가 그렇게 말해서 그 말에 웃었을지도 모른다. 아니라고 하더라도 적어도 아주 멀리 지나가버린 것에 대해 이야기하듯 한 주 전의 일들을, 그 기분들을 세주는 이야기했다.

"미혼모라든가, 장애인 같은 말들이 나는 무서워요. 그런 것들은 언제고 일어날 수 있는 일들인데 그게 내가 될까봐 무서운 거지. 그 여자가 거기서 그런 걸 먹는데 나는 또 그 생각이 들었어요. 저 여자는 남들 눈에 자기가 그렇게 무서운 사람으로 보인다는 것을 알고 있을까. 언젠가 버스에서 기사와 다른 운전자가 싸우는 것을 보았는데 그 사람이 기사에게 평생 버스나 운전해라, 라고 말하는 거예요. 나는 그 말이 너무 슬퍼서 이봐요, 어떻게 그런 말을 할 수가 있어요, 화를 내고 싶었지만 못했어요. 그 버스 기사도 슬펐을 거야. 이제껏 버스를 모는 일이 불행한 일에 속한다고 생각해본 적이 없는 사람이라면 더더구나 그랬을 거고. 어쩌면 정말 평생 버스 모는 것 외에 다른 생각을 해본 적이 없는 사람일 수도 있는데 그래서 그것 외에 다른 대안이 없는 사람이라면 어떡하겠어요. 얼마 전에는 고작 중학교 2학년밖에 안 된 녀석이 그러더라고요. 주의가 산만하고 수업에 방해가 되길래 단순히 경고 차원에서, 자꾸 이러면 부모님 모시고 오라고 한다, 겁을 주려고 했던 건데, 그 녀석이 조금도 기죽지 않고 생글생글한 얼굴로, 선생님은 계약직이잖아요, 하는 거예요. 제법 좋은 아이라고 생각했어요. 성적도 좋고 가정교육을 잘 받고 자라 예의가 바르다고 생각했는데 그런 아이 입에서 나온 선생님과 계약직이라는 단어가 나는 너무 멀게 느껴지는 거예요. 선생이라는 것이 생선처럼 비리고 값싼 말처럼 느껴졌어요. 그리고 이제껏 그 아이가 나를 어떻게 보고 있었나 생각하니 무섭더라고요. 정말 비참하고 무서운 기분이 들었어요."

세주는 이런 이야기들을 차분하고 조리 있게 말했다. 여전히 다리는 허공 위에서 흔들리는데 담담하고 평온한 말투라 더 슬퍼 보였다. 그때 나는 '괜찮다, 세주 씨는 잘할 거야, 힘을 내라' 같은 말을 할 수도 있었을 텐데 그러지 않았다. 우리는 들어왔을 때처럼 보이는 것을 보며, 들리는 것을 들으며 포구를 빠져나갔다. 똑같은 풍경이 반대로 흘러가는 것뿐이었으나 무언가 많이 달라진 기분이었다.

아마 연경에 대한 이야기가 나온 것은 그때쯤이었을 것이다. 우리는 한참을 말없이 걷기만 했는데 문득 세주가 "전에 만나던 분은 어떤 사람이었어요?"라고 물어서 "글쎄요, 세주 씨는 어땠는데요" 되묻다가 다시 말이 없어져서 "그냥 그런 사람이었어요. 어려서 만나서 아무것도 몰랐지, 뭐"라고만 대답했다.

"그냥 그런 사람이 어떤 사람인데요?"

"글쎄 뭐랄까, 다들 비슷한 연애를 하잖아요. 그런데도 우리는 아주 특별하다, 특별해서 괜찮다, 믿으면서 무모해지는. 우리도 아마 그랬을 거예요. 지금 생각해보면 그냥 그런 연애였어요."

연경과 헤어진 후 얼마간은 연경에 대한 생각만으로도 화가 날 때가 있었다. 함부로 남의 인생을 망치는 사람이라고, 어디서 죽어버렸으면 좋겠다고 주정했었다. 그러나 지금의 연경에 대해서라면 나와 아주 먼 사람이 되었다는 것과 그래서 우리는 서로 무관하다는 것이 전부다. 잘 살았으면 좋겠다, 그냥 나는 모르게 잘 살았으면 한다, 뭐 그런 기분이랄까. 내가 떠올리는 모든 연경은 과거의 연경이고, 확정적이며 이미 지나간 일이 되었다는 것이다.

그런데 그런 것과 상관없이, 연경과는 독립적으로 기억하는 연경의 이야기가 하나 있다. 간혹 나는 그 이야기를 내가 겪은 것처럼 남들에게 하기도 하는데 그때마다 연경이 어떤 사람이었다, 라는 것을 떠올리는 게 아니라, 그 말을 들었던 주변의 상황이라든지, 그때의 감정 같은 것들을 느끼곤 한다. 세주에게 물었다.

"2000년 1월 1일에 어디 있었어요?"

"밀레니엄? 아마 집에 있었거나, 그러지 않았을까요?" 추측할 뿐 확실한 대답은 아니었다.

3

연경은 나보다 세 살 어렸고 서로 다른 대학을 다니다가 같은 아르바이트를 하며 만났다. 편의점이었는데 급여가 적었지만 하는 일도 적어서 오래 일했다. 나는 연경과 교대하여 늦은 저녁부터 이른 새벽까지 책을 읽거나 들어오는 물품을 정리하고, 대부분 술에 취한 사람들을 상대로 숙취제나 담배, 야식이 될 만한 것들을 팔았다. 우리는 서로의 교대 시간에 먼저 오거나 늦게 퇴근하며 데이트했다. 어떤 날은 연경과 함께 편의점에서 날을 샜는데 아마 그런 날 중에 하루였을 것이다.

연경의 고향은 영천이었다. 그리고 대입 시험을 치르고 서울 소재의 대학에 합격한 그해 연말에는 종로에 있었다고 했다. 밀레니엄을 앞두고 있어서 엄청나게 많은 사람들이 거기 있었다던 연경의 말을 나는 기억하고 있다. 사람들은 어디선가 계속 몰려들었고 더 들어설 자리가 없다고 확신이 들었을 때에도 선 자리가 분명히 좁아졌다고 했다.

"정작 종 치는 건 보지도 못했어. 몸을 틀어 움직일 수도 없을 만큼 사람들이 빼곡했거든."

연경은 종각역으로 통하는 지하도에서 신문지를 덮고 앉아 첫 차를 기다렸다. 거기에는 많은 사람들이 그렇게 신문지와 종이 박스를 구해 자리를 잡았는데 누구도 홈리스처럼 보이지 않았다, 모두가 돌아갈 곳이 있었고 진짜 홈리스는 어디에도 보이지 않았기 때문이었다, 있었다면 그럴 수 없었을 거다, 라고 연경은 나에게 말했다. 있었다면 진짜 홈리스처럼 홈리스들이랑 몸을 붙이고 누워 있을 수는 없었을 거라고, 옆에 있는 사람은 진짜 홈리스도 아니고 다시 볼 사람들도 아니었기 때문에 불쾌할 것도, 부끄러울 것도 없었다고.

"그런데 서울에 올라온 뒤에 나는 이 이야기를 자주 했는데 그날 거기에 있었던 사람은 아무도 만나지 못했어. 월드컵 때 시청에 있었다는 사람들은 그렇게 많잖아. 그런데도 내가 알고 있는 그날, 그곳에 있었던 사람들은 왜 아무도 없는 걸까? 1월 1일에 다들 어디에 있었겠어? 다른 날도 아니고 밀레니엄이었잖아. 거기에 가보니까 알겠더라. 그날 거기에 있고 싶은 사람들이 그렇게나 많았다는 걸 말이야. 내가 본 것은 굉장히 많은 사람들이었거든. 그곳에서 누군가 넘어지면, 원하지 않아도 사람들에 떠밀려 넘어진 사람을 밟고 그랬어. 주차된 자동차 위로 올라가는 사람들도 있고 그래서 지붕이 내려앉았어. 입간판이 넘어지고 넘어진 애인을 일으켜 세우지 못하고 떠밀려서 멀어지는 애인이 있었어. 욕을 하고 멱살을 잡고 개새끼야, 내 여자 밟지 마라, 그런데도 왜 계속 밟느냐고 후려치고, 후려친 손이 다른 사람을 때려도 그래도 어쩔 수 없었거든. 밟는 사람도 원해서 그렇게 된 게 아니니까. 그렇게 많은 사람들이 있는데 어떻게 하겠어. 누군가는 죽었을지도 모른다고 생각했어. 저렇게 밟고 밟히면 한 명쯤은 죽을 수 있을 거라고. 노인이나 여자나 외국인이나 술에 취한 사람, 아무튼 한 명쯤은. 그런데 그런 기사는 없더라. 가판대에서 그날 신문을 모조리 샀는데 없었어. 기념하고 싶었거든. 2000년 1월 1일이라면 누구나 기억하고, 기념할 만한 날이라고 생각했으니까. 그런데 광화문에서 종로까지 가득했던 그 많은 사람들 중에 나는 아직 단 한 사람도 만나지 못했어. 왜 내가 아는 사람들 중에는 나 혼자만 거기에 갔었던 걸까? 그런데 진짜 엄청나게 많은 사람들이 거기에 있었거든."

우리는 유통기한을 넘겨 재고 처리된 도시락을 먹고 있었다. 제육볶음과 3천6백 원짜리 고급 도시락이 남아서 운이 좋다고 생각했는데 그런 말을 듣고 있자니 하나도 맛이 없었다. 그리고 잠시 뒤, 나는 연경에게 어려서 키우던 개 이야기를 해주었다. 겨울에 그 개가 죽었는데 아버지가 멀지 않은 하천으로 들고 가 던져버리더라고.

누가 어떤 의도로 그런 말을 했었느냐고 묻는다면 거기에 대해 뭐라 정확한 대답을 할 수는 없을 것이다. 그러니까, 그래서로 이어지는 구차하고 불필요한 말들을 하다가 뭐, 그런 거 있지 않느냐, 사람들은 누구나 그런 말을 하지 않나? 중언부언하다 말 것이다. 그러나 그 순간만큼은 연경이 온전히 나의 말을 이해하고 있다는 느낌이었다.

4

우리가 개를 키우기 시작한 것은 이사를 하고 얼마 지나지 않아서였다.

마당이 있는 대신 외풍이 심한 집이었는데, "어떠냐, 너도 마음에 들지?" 묻는 아버지의 등을 어머니가 세게 때렸던 게 기억난다. 마당이라고 불렀으나 공터에 가까웠다. 그렇다고 함부로 공터라고 부른다면 그보다 더 후지고 황폐한 어떤 단어로 말해야 할 것 같은 공간이었다. 그런 곳으로 이사했다. 단층으로 길었는데 지붕 하나에 부엌이 하나, 방이 두 개였다. 더 넓은 쪽을 내가 썼으나 이것저것 짐을 부려두어서 작은방보다 훨씬 좁아졌었다. 내 방에서 문을 열면 왼쪽으로 부엌과 부모의 방이 이어져 있었다. 바깥에서 보던 것과 달리 서로 다른 건축물에 지붕을 함께 올린 구조라 본래 골목이 되었을 자투리 공간에 수도시설과 개수대를 들여놓은 모양새였다. 큰 대야에 물을 받아 머리를 감고 발을 씻었다. 양치를 하거나 세수를 할 때는 개수대를 이용했다. 냉장고는 따로 둘 데가 없어서 며칠 지붕 아래 세워두었다가 내 방에 들이기로 했다. 그 외에 별채가 하나 있어서 세를 주었고 별채를 마주 보는 곳에 화장실과 창고로 나뉜 건물이 있었다. 창고는 화장실과 비슷한 크기였는데 고장 난 가전제품, 헌책, 빈 병이나 그릇 같은, 살다 보면 생기는 자질구레한 것들이 쌓여 있었다. 거미줄과 다족 벌레도 많았다. 화장실은 그보다 훨씬 끔찍했다.

집의 내부는 구조적으로는 단순하나 전에 살던 세간이 많아서 복잡했다. 상자에 담은 것들은 외관상 구별할 수 없어서 계절 옷을 찾거나 그때그때 필요한 물건들이 보이지 않을 때마다 헤집어서 귀퉁이가 다 헐었었다. 한번은 잠결에 지붕이 무너지는 꿈을 꾸었는데 아침에 일어나보니 구석에 쌓아두었던 상자들이 쏟아져 있었다. 하교하고 돌아올 때까지 아무도 치우지 않아서 며칠 그대로 방치해두었다. 얼마 지나지 않아서 그것들도 그런대로 자리를 잡아 어수선한 게 그 집과 어울리게 되었다.

마당은 넓었다. 정확히는 집터를 두르고 있는 담장의 안쪽이 넓었다. 흙바닥이라 비가 오면 웅덩이가 여럿 생기고 질척였다. 담장 너머에는 차 한 대와 사람 한 명이 동시에 다닐 만큼의 너비로 길이 나 있었고 나머지는 경사였다. 경사 아래로는 하천이었고 하천을 가로질러 철교가 하나 있어서 기차가 지나다녔다. 철교 아래에는 더러운 개들이 자주 무리 지어 있었다. 다른 쪽 담장 너머로는 방직공장이 있었는데 그곳 사람들이 철교를 향해 먹을 만한 것을 던져주는 것을 자주 보았다. 어머니도 소쿠리에 과일 껍질이나 생선 뼈를 담아 하천에 버리고 오라고 시켰었는데 그때마다 나는 그것들을 한꺼번에 쏟아버리지 않고 일부러 여러 차례 나누어 버렸다. 경사면 아래로 그 개들이 아주 가깝게 다가오지 않게 주의하면서.

방직공장은 이사한 집과 비슷한 구조였다. 단층으로 길고 종일 재봉틀 돌아가는 소리가 들렸다. 고양이들이 담이나 지붕을 타고 두 집을 오가는 일이 많았다. 휴일이나 아직 해가 남은 평일에는 그것들에게 작대기질을 하거나 잔돌을 던지며 놀았다. 그러다 크고 둔한 놈 하나를 맞힌 적이 있었는데 그놈이 담장 아래로 물컹한 무언가를 떨어뜨리고 도망친 후로 근처에도 가지 않았다. 방직공장 쪽 담장 바로 곁에 오래된 나무가 한 그루 있어서 무화과나 살구처럼 무어라도 열리는 게 있으면 좋겠다, 생각했으나 여러 계절 동안 잎만 무성하게 피었다 지고 말았다. 그 주변으로 우거진 잡풀은 싱싱하고 질겼다. 담을 타고 길게 자란 것도 있었고 주로 응달진 곳에 넓게 퍼져 있었다. 발목 정도거나 그보다 더 높았는데 그런 곳에서 쥐가 생기는 것 같았다. 그것 때문에 고양이들이 담장을 넘어 기웃대는 것 같았다. 그 생각만 하면 아무것도 할 수 없었다. 아버지에게도 그렇게 말했다. 저녁을 먹다가, 젓가락으로 계란 프라이를 집다가, 노른자가 터져서 싫은 소리를 들은 후였다.

“화장실 바닥에 쥐들이 너무 돌아다녀서 도무지 똥을 못 싸겠어요."

나는 그런 식으로 억울한 감정을 표출하고는 했다. 아버지는 분명 내 말을 들었을 텐데도 못 들은 척했고, 어머니는 접시에 남은 노른자를 숟가락으로 긁어 먹다가 서럽게 울기 시작했다.

그나마 그 집이 마음에 들었던 것은 큰 도로와 인접해 있다는 것인데 주택가와 거리가 멀고 이웃이라고 할 만한 집도 없어서 우리 집의 사정을 들킬 만한 염려가 없었다. 통학을 하는 데만도 한 시간이 걸렸다. 모두 그런 집에 어울릴 만한 것들이었다. 그런 마당과 그런 화장실이 어울리는 곳이었다. 담장 안팎으로 재봉틀 소리, 철교를 지나가는 기차 소리, 하천의 냄새 같은 것들이 그곳의 공기와 바람과 계절 같은 것에 단단하게 멈춰 있었다. 그런 집에 들인 개였다.

헌 이불을 겹쳐 바닥에 깔아놓는 것만으로 창고 전체가 개집으로 쓰였다. 아직 어려서 체구가 작고 활동량이 많지 않아 더 좁은 곳으로도 충분했을 텐데 아버지는 그런 곳에 개를 들여놓았다. 화장실이 바로 옆이라 오래 있으면 눈이 시리고 머리가 아픈 공간이었다. 그 개를 떠올리면 그곳의 냄새가 선명했다.

살아 있는 그 개에 대한 기억은 그것이 거의 전부이다. 겨울에 와서, 그 겨울이 채 지나기도 전에 죽어버렸기 때문이다. 그러니까 나는 그해 겨울은 지독히 추워서 아버지가 동파된 수도관을 두 번이나 수리하고, 문이나 창마다 비닐을 덧대었던 것을 기억한다.

하지만 그 개가 털이 짧고 밝은 황톳빛으로 주둥이가 길었던 것이 맞는지, 그때 우리가 무어라 이름 붙여 불렀는지는 잘 모르겠다. 어쩌면 내가 그 개를 생각할 때마다 떠올리는 이미지들이란 철교 아래 모여 살던 것들 중 하나였을지도 모른다. 키웠던 개보다 주인 없는 그 개들에 대한 기억이 더 뚜렷하다는 것은 단순히 더 오래 두고 지켜보았기 때문이었을까. 아니면 그곳에 더 어울리는 장면이었기 때문이었을까. 털이 길고 나쁜 냄새가 나던 개들이었다. 비에 젖었다가 덜 마른 옷에서 나는 그런 냄새. 그러나 실제로 내가 가까이에서 그 개들을 본 적이 있었던가, 생각해보면 확실하지 않다. 하천의 냄새였는지도 모른다. 그 개가 겨울을 견디지 못하고 동사하자 아버지는 하천을 향해 던져버렸다. 그리고 나는 철교 아래로 개들 무리가 무언가 뜯어 먹는 것을 볼 때마다 내내 마음에 걸렸다.

우리 가족이 함께 살았던 집은 그곳이 마지막이었다. 이후에 나는 어머니와 함께 남해안 근처에 있는 외가에서 지냈다. 아버지와는 연락하지 않았다. 간혹 전화로 다투는 어머니의 목소리를 들을 때마다 나는 그 집에 혼자 남아 있을 아버지를 생각했다.

그곳에 다시 가본 것은 대학을 입학한 해의 늦여름쯤이었다. 그러나 한참을 헤매다가 결국 살던 집은 찾지 못했다. 이쯤 어딘가가 맞을 텐데 두리번거리다가 하천 주변으로 새로 들어선 산책로만 오래 걸었다. 야생초를 한 줌씩 꺾어가며 별생각 없이 걸으면 자꾸 혼자만 반대로 걷고 있었다. 방향을 바꿔 다시 걷다 보면 자전거가 나를 마주 보고 달려왔다. 스케이트보드를 타는 사람들이 군데군데 보여서 취미 하나쯤 갖는 것도 나쁘지 않겠다, 생각했다. 벤치마다 누군가 누워 있어서 농구대 아래에 쭈그려 앉아 배드민턴 치는 모녀를 구경했다. 그러다 보니 금세 저녁이었다. 방직공장도 없었고, 철교도 없었다. 나쁜 냄새도 나지 않았다. 조깅을 하고 자전거나 인라인스케이트를 타는 사람들이 많았다. 그런 장면이 어울리는 곳이었다.

5

"편의점 파라솔 아래에 앉아 그 사람과 그런 이야기를 했어요" 라고 포구 쪽을 바라보며 세주에게 말했다. 물이 차고 있었다. 세주는 내 등을 쓸어주었다. 그러고는 "좋은 사람이네" 할 뿐 더 말이 없었다.

나는 올해 초 세주와 헤어졌다. 3년 만이었다. 그러나 헤어질 수도 있겠다, 생각한 것은 그보다 먼저였다. 입구에 '가정식 백반 아침 합니다'라고 적힌 식당에서였는데 점심이라기에는 늦었고, 저녁이라기에는 일렀으므로 자리가 한산했다. 그즈음 세주는 임용고시에서 또 한 번 실패했고 다니던 학교와도 재계약하지 못했다. 운이 나빴다고 위로했으나 줄곧 시무룩해하고 있었다. 집에서 조금 떨어진 곳에 독서실을 잡아 주말도 없이 매일 나가는 세주를 위해 나는 시간이 될 때마다 들러 같이 밥을 먹거나 하고 돌아왔다.

식당에는 보는 사람도 없이 텔레비전이 틀어져 있었다. 세주와 등진 자리였고, 선반이 높아서 나는 고개를 들어 올려다봐야 했다. 「인간극장」 같은 프로그램이었는데 식사가 차려지는 동안 멍하니 그걸 쳐다보고 있었다. 은퇴한 여배우의 이야기였다. 카메라는 주방에서 설거지를 하고, 차를 우리고, 돋보기를 쓰고 성경을 읽는 여자를 따라다녔다. 밤이 되자 편의점이 나왔고 거기에서 여자는 물건을 정리했다. 곧바로 젊은 시절의 영화가 자료화면으로 이어졌다. 내레이션은 여배우가 두 번 이혼하였고, 지금은 궁핍한 생활을 하고 있다고 전했다. 직접적으로 그런 말을 한 것은 아니었으나 전남편, 경제적, 자살 같은 단어가 여러 번 나왔다. 프로그램 말미에 여배우는 동물원에 가게 되는데, 그것을 보고 있자니 나는 왠지 기분이 나빠졌다. 저 여자는 자기가 지금 어떻게 보인다고 생각하는 걸까? 옆집에 사는 사람들도 자기가 가난하다고 생각할까? 아니라면 얼마나 불쾌하겠어. 나는 세주에게 저길 보라고, 너는 어떻게 생각하느냐고, 텔레비전을 가리키며 물었다. 세주는 숟가락을 입에 물고 몸을 돌렸다가 그보다는 자신의 사정에 대해서, 불안하고 암담한 미래에 대해 이야기하면서 화를 냈다.

그로부터 몇 달이 지난 뒤 나는 세주와 크게 싸우게 된다. 하루가 지나기 전에 화해하고 일주일이 되기 전에 같은 이유로 언성을 높인 뒤 연락하지 않았다. 지금에 와서야 드는 생각이지만, 우리는 그렇게 되지 않을 수 있었다. 그럼에도 그렇게 될 수밖에 없는 상황을 원했던 게 아닐까, 생각한다. 아니라면 나는 어떤 말로든 세주를 위로했어야 했는데 그때마다 내가 떠올린 것은 겨울에 죽은 그 개뿐이었다.

거기에 있어

1

가능한 먼 곳으로 가기로 했다.

무영의 제안에 마음이 크게 동한 것도 아니면서 은우는 고개를 여러 번 끄덕였다. 그래, 우리에게도 그런 게 좀 필요했지. 잘 생각했어. 나야 아무 데라도 괜찮아. 가자, 어디든. 그렇게 말은 해두었지만 적어도 두어 달은 족히 걸리지 않겠나 싶었다. 알아보고 계산하고 고민하고 갈까 가지 말까 그러다 귀찮아져서라도 다음에는 꼭 가자, 적당한 핑곗거리가 생길지도 모른다고 믿었다. 그러니까 무영이 이렇게까지 빨리 결정하리라고는 전혀 예상하지 못했다. 반나절 만에 옷 꾸러미를 챙기는 무영의 등을 보며 은우는 자신도 모르게 벌컥 화가 치밀었다. 사무실에 미리 말은 해두어야 할 것 아니냐, 모레가 공납금 내는 날이다 저렇게 꽉 찬 냉장고를 두고 어딜 가겠다는 거야, 한번 봐라, 그동안 다 상해서 처리하는 데만도 수월찮게 손이 들 거다, 그걸 다 언제 할 참이야, 잠깐만, 잠깐만 기다려보라니까. 무슨 말을 해도 묵묵부답인 무영이 가방 속에 수건 세 장, 포장된 새 양말 일곱 켤레, 칫솔과 치약, 여름 티셔츠와 입기 편한 바지 세 벌씩, 쓸모가 모호한 잡동사니, 거기에 오리털 파카까지 담았다. 가방의 부피로 보건대 무영은 확고했고 그것을 뒤엎기에는 은우의 변명이 구차했다.

운전석에 앉아 은우는 아무것도 하지 않았다. 무영이 트렁크에 짐을 하나씩 실을 때마다 차체가 기우뚱 흔들렸다. 미등을 켠 자동차들이 골목 안으로 차곡차곡 들어섰다. 돌아가는 게 목적이라면 모를까 어디론가 새로 출발하기에는 너무 늦은 시각이었다. 아니 그보다도 무영의 마음을 돌리기에 이미 늦은 것 같다고 은우는 체념했다. 고쳐먹어야 할 마음이 있다면 자신의 몫일 거라고 스스로를 반성했다. 사이드미러에 왼손 가득 무언가를 들고 오는 무영이 비쳤다. 못 이기는 척, 차에서 내린 은우가 묵직한 짐을 건네받았다. 그녀가 웃자 무영의 오른쪽 의수가 허공에서 가볍게 흔들렸다.

2

한 해 전, 신혼여행을 떠난 그들에게 사고가 있었다. 한적한 산간도로였고 야생동물의 출몰을 알리는 표지판이 구간마다 세워진 곳이었다. 주의 문구보다는 사슴과로 보이는 음영된 동물 그림에 은우는 더 눈길이 갔다. 바닥을 박차는 그것의 역동적인 자세 때문에 어딘가 이국적인 분위기를 풍겼다. 나선의 도로를 한 바퀴 돌았다고 생각될 때마다 표지판은 다시 나타났다. 특별히 야생적이라고 부를 만한 어떤 것도 보이지 않았다. 실재하지도 않은 것을 이용해 두려워지게 만드는, 일종의 경고 같은 것일 수도 있었다. 그런데도 은우는 무서웠다. 무영이 지금보다 더 속도를 높인다면 차체가 도로 밖으로 튕겨 나갈 것 같았기 때문이었다. 경사면을 따라 울창한 숲이 펼쳐져 있었다. 무영의 무릎에 은우는 왼손바닥을 올렸다. 경고가 아니라 위로의 차원이었다. 이제 다 지나갔어. 손바닥이 무릎 위에서 부드럽게 움직이자 딱딱하게 움츠렸던 무영의 근육들이 조금씩 힘을 풀었다. 대신 은우의 작고 하얀 손을 움켜쥐었다. 이만하길 다행이야. 괜찮아, 우린 이제 무사하잖아. 은우는 그렇게 말하며 불룩해지는 무영의 어금니를 바라보았다. 운전대를 소리 나게 내려치는 무영의 묵직한 팔을 붙잡았다. 운이 좋았던 거야. 붙잡은 손아귀에 힘을 주며 되도록 침착하게 무영을 달랬다. 폭우가 쏟아졌던 전날과는 다르게 전면 유리로 들이치는 햇빛 때문에 눈이 부셨다. 꺾어지는 각도가 급해서 뒤에 뭐가 나올지 알 수 없었다. 토사가 흘러내려 곳곳이 장애물이었다. 주의해야 할 것이 너무 많은 도로였다. 그럼에도 무영은 속도를 줄이기는커녕 내리막길에 가속을 붙여 달렸다. 마침내 낙석을 밟은 바퀴가 심하게 요동을 쳤다.

정신을 먼저 차린 것은 은우였다. 싱싱한 향나무 기둥에 코를 박고 퍼진 차 안이었다. 운전석과 조수석을 경계 지으며 굵은 나뭇가지가 앞뒤로 관통하고 있었다. 은우는 자신의 바로 코앞까지 뻗친 잔가지를 훑어내며 무영을 불렀다. 대답 없는 무영 대신 통증이 밀려왔다. 통증이 지난 자리마다 익숙한 감각들이 차례대로 돌아왔다. 차량 어딘가에서 불안한 소리가 들려왔다. 다리를 들어 올릴 수는 없었으나 발가락은 꿈틀거릴 수 있었다. 고개가 돌아가지 않았다. 표피가 딱딱한 벌레가 은우의 얼룩진 목덜미를 타고 턱을 향해 기어올랐다. 허벅지를 타고 뜨겁게 무언가 흘러가는 것이 느껴졌다. 다시 무영을 불렀다. 간신히 팔을 움직여 닿는 대로 더듬고 흔들었다. 무영인 줄 알고 붙잡았는데 향나무 가지였다. 꺾어내려고 힘을 쓰는데 공중으로 가볍게 딸려 올라왔다. 진짜 무영의 팔이었다.

수술은 성공적이었다. 적어도 의사의 말로는 그랬다. 출혈이 많아 자칫 위험할 뻔했다. 떨어져 나간 팔을 복구하는 것은 처음부터 불가능하다고 못 박아둔 수술이었다. 차선책으로서 최선이었다.

은우는 자신의 온전한 희생으로 무영이 회복되길 바랐다. 당신은 잘해낼 거야. 내가 있잖아. 그것은 스스로에게 용기를 북돋아 주는 말이기도 했다. 이 사람에게는 내가 필요하다. 상대적으로 별다른 외상이나 후유증이 없었던 탓에 가진, 미안함일 수도 있었다. 무리하다 싶을 만큼 은우는 간호에 열심이었다. 의무감 같은 불순한 감정이 들 때마다 자신을 더욱 혹사시켰고 이것은 온전히 우리의 문제이며 마땅히 지켜져야 할 도리라고 마음 깊숙이 새김질했다. 그럼에도 돌본다는 행동이 주는 우월감은 어쩔 수 없었다. 은우는 되도록 무영에게 그것을 들키지 않도록 노력했다. 배려와 동정을 구분했다. 무영 스스로 할 수 있는 일은 그대로 두었다. 왼손으로 집는 서툰 젓가락질을 보고도, 먼저 부탁하기 전까지 일부러 모른 척했다.

무영은 빠르게 회복했다. 본래의 쾌활함을 되찾는 데는 더 많은 시간이 걸릴 테지만 은우는 무영의 낙천적인 성격을 믿었다. 퇴원을 서두른 것은 무영의 결정이었다. 한 달 더 입원하라는 의사의 형식적인 만류와 경고는 무시할 만한 정도였다. 석 달이 넘는 병원생활이었다. 지칠 만한 시간이었으므로 이제는 집으로 돌아갈 때도 되지 않았냐고, 은우도 동의했다.

무영은 집의 모든 세간을 낯설어 했다. 애당초 돌아간다는 말이 어색한 신혼집이었다. 함께 고르고 배치한 가구들을 무영은 마뜩찮은 표정으로 바라보았다. 식탁의 문양을 지적했고 침대의 규격을 마음에 들어 하지 않았다. 심지어 순전히 그의 고집으로 구입한 응접용 삼발이 탁자를 처음 보는 물건인 양 굴었다. 은우는 무영의 머리 어딘가가 잘못된 거라고 생각했다. 심각한 정도는 아닐 테지만 사소한 기억 몇 가지를 잃어버린 거라고 진단 내렸다. 무영은 이제 막 이사 갈 집을 알아보는 사람처럼 거실과 부엌, 보일러실 겸 다용도실, 베란다, 서재, 욕실, 안방을 차례대로 돌아다녔다. 조도가 다른 공간에서 무영은 그때마다 다른 빛깔로 비쳤다. 그중에서도 유독 밝은 색깔의 의수는 누가 보더라도 가짜처럼 보였다. 은우는 그때 억누를 수 없이 뜨거운 무언가가 목 안에서 불쑥 차오르는 것을 느꼈다. 참을 수 없어서 무영의 넓은 등을 바투 끌어안았다.

걱정 마. 우리는 잘될 거니까.

3

은우가 새로운 직장을 얻는 데에는 별다른 어려움이 없었다. 검증된 포트폴리오였고 알음알음 추천을 받아 지원한 곳이었다. 대형 업체들이 주도하는 광고업계에서 규모에 비해 보수나 성장가능성에 대한 평판이 긍정적인 곳이기도 했다.

원하는 것을 얻기 위해서 당신은 무엇을 할 수 있습니까?

대체로 평이한 면접 끝에 받은 마지막 질문이었다.

예정된 합격이었던 터라 미리 축하라도 해둘 겸, 무영은 결혼 전에 두어 번 갔었던 프렌치 식 레스토랑으로 은우를 불러냈다. 면접을 막 마치고 나온 은우는 들뜬 모습이었다. 크림 소스를 부은 홍합살을 발라 무영의 접시 쪽으로 옮겨 담으며 당신이라면 뭐라고 대답할 거야? 은우가 물었다.

스푼을 의수에 고정시킨 무영은 서툴게 면을 말아 올리는 중이었다. 느리고 침착한 동작이었다. 자연스럽게 보이려는 행동일수록 어색함을 금방 들키는 법이라고 은우는 생각했다. 그때 무영이 대학교 때 사진 동아리 활동을 잠시 한 적이 있었다고 말했다. 거기서 알던 선배의 카메라를 가지고 싶었어.

그래서? 은우는 자기 쪽으로만 수북이 쌓인 홍합 껍질을 정리했다.

아무도 없을 때 부숴버렸지. 아침저녁으로 선배 자취방 앞에 들러서 확인했어. 결국엔 일주일 만에 쓰레기 더미에서 그걸 찾았어.

은우는 다문 홍합 사이로 비집어 넣던 포크를 내려놓고 소리 나게 웃었다. 주변의 시선이 몰려서 입을 틀어막고 계속 웃었다.

역시, 당신다워.

오랜만이었다. 무영다운 무영을 보는 것이 은우에겐 무엇보다 반가웠다. 완전한 것은 아니었으나 조금씩 제자리를 찾는 것 같았다.

무영이 원하는 대로 은우는 돌아오는 주말에 도배를 하기로 했다. 은우와는 달리 무영이 다시 여행사에서 일을 시작하기에는 어려움이 많았다. 어느 날엔가는 예정보다 통지가 늦어져 자신보다 더 초조한 기색이 역력한 은우를 향해, 딱히 쓸모가 없더라도 없는 것보단 있는 편이 나은 것 아니냐고 무영이 의수를 흔들며, 웃는 낯으로 말했다. 은우가 알고 있는 대로라면 이후로 무영은 구직을 하려 들지 않았다. 대신 드물게 들어오는 번역 일에만 매진했다. 대부분은 한두 주 내로 끝낼 만한 일들이었으나 무영은 부러 마감일을 간신히 맞춰 넘기곤 했다.

무영이 도배를 제안한 것은 번역 의뢰마저 끊긴 채 한 달을 보낸 뒤였다. 벽지는 멀쩡했다. 점성 없이 허물어지는 곳도, 눈에 띄는 얼룩도 없었다. 그럼에도 은우는 흔쾌히 받아들였다. 무엇보다 그들에겐 새로운 환경이 필요했기 때문이었다. 정확히는 잊어버리기 위해 무슨 일이라도 할 필요가 있었던 것이다.

만약 새로운 프로젝트가 그 주에 갑작스럽게 잡히지 않았더라면, 해서 야근도 부족해 주말을 반납하고 출근하는 일이 없었더라면, 은우는 분명 무영을 도왔을 것이다. 그보다 먼저 무영과의 약속을 잊지 않았을 것이다. 너무 바빴고 돌아와 쓰러지듯 잠드는 날의 연속이었다.

어두운 거실에는 현관 센서등으로 일그러진 그림자가 길게 늘어져 있었다. 잠들었을 무영을 깨우지 않으려 은우는 곧장 욕실로 들어가 씻은 뒤, 벌거벗은 몸 그대로 익숙한 동선을 따라 침대에 누웠다. 뒤척거리는 기척이 느껴졌다. 이어 길고 튼튼한 팔뚝이 은우의 목 아래로 파고들었다. 나 때문에 깬 거야? 은우는 무영의 몸에 바짝 다가가 끌어안았다. 옅은 땀 냄새가 맡아졌다. 뭉툭하게 아문 무영의 다른 팔을 쓰다듬으며 몸 닿는 아무 곳에나 이마를 부벼댔다.

가려워서 잘 수가 없어.

언뜻 은우는 그렇게 들었던 것 같았다. 그러나 너무 지친 하루였으므로 기다렸던 안락함으로 빠져드는 데는 조금의 망설임도 없었다. 별다른 대꾸도 없이 은우는 금세 낮은 코골이를 시작했다.

안방이 어딘가 바뀌었다는 것을 알게 된 것은 분주하게 출근 준비를 하느라 미처 챙기지 못한 휴대전화를 찾으러 다시 집으로 돌아왔을 때였다. 어떻게 된 거야? 벽지는 어제까지의 타이드 민트가 아닌 하얀 바탕에 베이비 핑크 도트 무늬였다.

은우는 그제야 무영과의 약속이 떠올랐지만 별다른 말이 없길래 난 다음에 할 줄 알았지, 묘하게 무영의 탓으로 돌리며 변명했다.

프로젝트는 성공적이었다. 광고주로서도 업체로서도 만족스러운 결과였다. 특별히 자신의 주도로 이루어진 성과물이 아니었음에도 은우는 이만하면 성공적인 재기라고 자족했다. 보상받는 기분이었다. 대상을 알 수 없는 누군가를 향해 원망하던 시절이 농담처럼 기억되었다. 격려와 축하가 한창이던 술자리를 은우는 일찌감치 나서려 했다. 대부분이 말렸고 과장되게 아쉬운 기색을 내비쳤다. 무영이 보고 싶었다. 돌아가는 길에 대형마트에 들러 간단한 식자재와 참외를 골랐다. 제철이 아닌 과일은 터무니없이 비쌌으나 은우는 개의치 않았다. 입안 가득 과육을 우물거릴 무영의 식탐을 생각하면 기분 좋은 낭비였다.

모든 것이 무영 덕분이었다. 무영이 아니었더라면 벌써 포기했을 법한 일들을 은우는 견뎌왔다. 하루가 다르게 본래의 모습을 되찾아가는 그를 지켜보며 온전히 자신의 일에만 몰두할 수 있었다. 무영은 무엇이든 하려고 했다. 홀로 남은 집에서 청소를 하고 냉장고와 서랍을 정리했다. 비둘기색 스카프 못 봤어? 은우가 물으면 단번에 수납장 속에서 그것을 찾아 건네주었다. 어떤 날은 화분이 옮겨져 있었고 다른 날은 옷장 안의 배열이 달라져 있었다. 베고 누운 무영의 팔이 날이 갈수록 굵고 단단해져가는 것이 느껴졌다. 은우는 그런 무영이 고마웠다. 살아주어서 고마웠다. 살려고 해서 더 고마웠다. 뒤척이는 무영을 끌어안으며 진심으로 그렇게 말하고 싶었다. 은우 쪽으로 돌아누운 무영이 먼저 말을 꺼냈다.

여보, 가려워서 도무지 잘 수가 없어.

은우는 무영의 불면증이 조금 걱정되었다. 원인은 알 수 없었다. 손등 위로 무언가 기어 다니는 것 같다고 했다. 그러나 무영이 내민 것은 맨들맨들한 팔꿈치만 남은 둥근 오른팔이었다. 어떻게 없는 것이 자꾸 가려운 걸까? 고민은 되었지만 대수롭지 않게 넘겼다. 이마저도 시간이 지나면 조금씩 괜찮아질 거라 믿었다.

무영을 놀래려는 심산으로 은우는 초인종 대신 열쇠로 풀어 문을 열었다. 현관 앞에서 달라진 선반의 위치가 가장 먼저 눈에 들어왔다. 신발장의 가지런함이 은우를 더욱 흐뭇하게 만들었다. 불 꺼진 거실은 아늑해 보였다. 유일하게 빛이 새어 나오는 곳은 서재뿐이었다. 은우는 부스럭거리는 봉투를 내려놓을 생각도 없이 잰걸음으로 빛을 향했다. 그러고는 서재의 문을 급하게 열어 젖혔다. 순간적으로 무영이 너무 크게 놀랄지도 모른다고 생각했으나 몸은 그보다 먼저 문턱을 넘고 있었다.

은우의 염려대로 갑작스러운 그녀의 등장은 무영을 크게 놀라게 한 눈치였다. 불 꺼진 캄캄한 배경의 은우를 부릅뜬 눈이 찌를 듯 쏘아보고 있었다. 그러나 그보다 더 놀란 것은 은우였다. 무영의 짧은 오른팔이 삼발 탁자 위에 올려져 있었다. 참외가 바닥을 굴렀다. 무영의 왼손엔 식칼이 들려져 있었다. 건강한 요리를 위한 가장 빠른 선택. 은우가 처음으로 기획을 담당했던 조리기구 회사의 제품이었다. 은우는 녹슬지 않는 강철, 런던 세계 박람회에서 금메달 획득, 완벽한 은도금을 바라보았다. 위태롭게 흔들리는 무영의 손아귀에서 그것이 어디로 향할 것인지 예측하려 했다.

이놈의, 이놈의 손이, 나를 자꾸 죽이려고 하잖아.

4

교통사고가 있기 하루 전날 그들은 친지들과 지인 몇을 초대한 조촐한 결혼식을 끝내고 신혼여행을 떠났다.

무영이 선택한 곳은 신혼여행지치고는 소박한 장소였다. 도심에서 제법 멀리 벗어난 한갓진 산골이었다. 피서객들이 붐빌 혹서기 한철을 제외하곤 도무지 찾을 엄두가 나지 않을 곳이었다. 가이드를 해온 무영에게 '여행'이라는 단어는 언제나 노동과 관련된 말이었다. 그에게는 온전한 쉼, 그 자체가 필요했다. 은우는 무영의 마음을 이해하면서도 한편으로는 서운한 감정을 숨기지 않았다.

우리에겐 뭔가 특별한 게 필요했어.

충분히 특별해, 누가 이런 데로 신혼여행을 오겠어? 은우의 불만 섞인 투정을 무영은 요령껏 피해나갔다.

좀처럼 그칠 것 같지 않은 비였다. 우중의 숲은 거대한 웅덩이처럼 보였다. 무엇이든 집어 삼켜버릴 것 같은 거대한 입. 바라보는 것만으로도 한기가 느껴졌다. 해가 짧은 벽지인 데다 비까지 내려 제 시각보다 사위가 어두웠다. 은우를 달래 무영은 산길을 따라 차를 몰았다. 이런 무모함 때문이었다. 그녀로서는 결코 선택할 수 없을 모험을 무영은 거리낌 없이 행동으로 옮겼다. 무영과의 결혼은 어쩌면 해방감과 일탈에 대한 동경 때문이었는지도 몰랐다.

빗길에 미끄러운 바퀴는 핸들을 조금만 틀어도 중앙차선을 넘나들었다. 난간 아래로 나무 군락이 새카맸다. 아니, 헤드라이트가 비추는 전방 외에는 모든 것이 한 면의 어둠이었다. 은우는 무영의 옆모습을 바라보았다. 잃을 것을 걱정하는 쪽은 언제나 은우였다. 그것이 괜한 기우였다고 안심시키는 것은 무영의 몫이었다. 이대로도 괜찮다, 무영을 만나며 은우는 문득문득 자신이 이전보다 긍정적인 사람이 되었음을 상기하곤 했다. 아무도 없는 곳에서 지금처럼 둘만 남게 될 날들을 상상했다. 행복했고 그것만으로 충분했다. 운전대를 잡은 무영의 손을 끌어와 잡았다. 그의 어깨에 머리를 기댔다. 무영이 다급하게 차를 세운 것은 그때였다.

자루였다. 화물칸에 가득 실었던 것을 누군가 떨어뜨리고 간 것이었다. 그게 아니라면 토사에 쓸려 내려온 나무 기둥이거나 낙석이었다. 원래 있던 지형지물일지도 몰랐다. 제발, 산짐승일 거라고 믿고 싶었다.

무언가 분명 부딪쳤고 곧바로 은우가 글러브 박스에 머리를 찧었음에도 무영은 아무 말도 하지 않았다. 차량의 미세한 소음만이 실내를 메우고 있었다. 은우는 무영 쪽을 돌아보았다. 좀 전과는 전혀 다른 사람의 얼굴로 무영이 일그러지고 있었다. 머리가 지끈거렸다. 후진 기어를 밀어 넣고 무영은 천천히 차를 움직였다. 쓰러진 사람의 형체가 보닛 아래로 드러났다. 가만두면 쓸려 내려가 버릴 것같이 비가 내렸다. 은우는 벌린 입을 다물지 못했고 무영은 떨리는 손등을 숨기지 못했다. 그러나 누군가 은우 편의 차창을 두드렸을 때 힘껏 소리를 지른 것은 은우 혼자였다.

젊은 사내는 쓰러진 몸을 홀로 일으켜 세웠다. 크고 튼튼한 골격이었다. 조금 다리를 절 뿐 별다른 외상은 없어 보였다. 죄송합니다. 우선 병원으로 가시고 보험회사와 연락을 해서 보상 처리를…… 명함을 꺼내 드는 무영의 손을 물린 것은 노인 쪽이었다. 부자지간으로 보기엔 한쪽이 지나치게 늙고 왜소해 보였다.

괜찮소, 괜찮아. 뭐, 크게 다친 것도 아니고. 차 지나다니라고 난 길에 이 녀석이 불쑥 뛰어들었으니. 뭐 해, 이놈아. 어서 일어나 가지 않고.

젊은 쪽은 머리를 긁적거리며 어딘가 모자라게 웃고 있었다. 은우는 그들이 나타난 쪽을 바라보았다. 경사가 완만한 산비탈이었지만 길이라고 하기엔 험한 수풀이었다. 토사가 빗물에 쓸려 쏟아지고 있었다.

그런데 그쪽이야말로 괜찮은 거요?

노인이 은우의 이마를 가리키며 물어왔을 때서야 무영은 그녀의 상처를 발견할 수 있었다.

그들을 태우기로 한 것은 은우였다. 그래도 가시는 길까지는 저희가 모셔다 드릴게요. 모를 일이었다. 이만하면 다행이라고 여기면서도 혹시 나중에 뺑소니 신고라도 당한다면 복잡해질 문제라는, 판단이었다. 그들은 마다하지 않고 뒷좌석에 몸을 실었다. 시트가 빗물에 흠뻑 젖었다며 노인이 미안해했다.

차로 10여 분을 오르자 갈림길이 나왔다. 우측으로 다시 10여 분, 비포장 길을 따라 내려갔다. 곧이어 노인이 말한 축사가 보였다. 왼편으로 별반 달라 보이지 않는 창고처럼 생긴 건물이 세워져 있었다. 차에서 먼저 내린 젊은 사내는 다리를 절며 창고에 걸린 자물쇠를 풀었다. 잠깐 들렀다 가시구랴. 주춤대는 은우의 어깨를 쓰다듬으며 아, 그럴까요? 무영이 대답했다.

창고의 내부는 밖에서 보기와는 다르게 제법 구색을 갖춘 모양새였다. 본래의 구조를 개조해 수도관과 하수설비를 놓고 욕실에 부엌까지 들인 듯했다. 대강 훑어보더라도 대여섯 개의 방들로 나뉘어 있었다. 다만 일반적인 집과 다를 게 있다면 천장이 지나치게 높다는 점이었다. 먼저 들어간 사내는 어디로 들어갔는지 보이지 않았다. 노인이 응접 테이블과 소파가 놓인 중앙으로 그들을 안내했다.

이렇게 산다우. 바닥에 어수선하게 널린 푸성귀가 눅눅한 빛으로 시들고 있었다. 노인이 그것을 한곳으로 밀어놓았다.

아, 뭐 다들 그렇죠. 듣기에 따라 기분이 상할 법한 말이었다. 눈치를 보는 은우와는 달리 무영과 노인은 개의치 않아 보였다. 되레 속없는 노인의 웃음이 아까 본 젊은 사내의 것과 몹시 닮았다는 인상이었다. 무영은 줄곧 높은 천장을 둘러보며 이것저것 묻기 시작했다.

직접 지으신 겁니까?

전에 살던 사람들이 있었지. 부엌으로 들어간 노인의 목소리였다. 식기가 서로 부딪치며 달그락거리는 소리도 들렸다. 수돗물 쏟아지는 소리. 가스레인지에 불을 올리는 소리. 서랍이 열리고 닫히는 소리. 빗방울이 두텁게 지붕을 두드리는 소리. 무언가 끓는 소리. 노인이 경박한 걸음으로 그들에게로 돌아오는 소리들. 천장이 높아 작은 소음까지 잘 울렸다.

도회지 분들이신 것 같은데 이런 촌에는 무슨 일로. 노인이 찻잔을 내려놓으며 물었다.

은우는 고개를 조금 끄덕이며 잔을 받았다. 씻기지 않은 얼룩이 손잡이 반대쪽 표면에 남아 있었다. 은우는 그것을 입에 대지도 않은 채 왼손으로 오목하게 받쳐만 들었다.

작은 사업을 하나 하고 있습니다. 근처에 좋은 땅이 하나 나왔다길래 둘러보고 오던 참입니다. 겸사겸사 시골 구경도 좀 하고. 날이 좀 좋아야지요.

은우는 호탕하게 웃는 무영의 웃음소리에 놀랐다. 표정 하나 바뀌지 않고 늘어놓는 그의 거짓말에 하마터면 함께 웃어버릴 뻔했다. 노인은 입가에 주름을 잡힌 채 예의 그 모자란 듯한 웃음만 띠고 있었다. 이거, 손님 대접이 마땅치 않아 어쩐답니까. 잠깐만 기다려들 보시구랴.

왜 그래? 노인이 물러난 자리에서 은우가 조그맣게 속삭였다.

뭐 어때, 또 볼 사람도 아닌데.

그래도.

은우는 걱정이었다. 마음을 바꿔 보상이라도 요구할지 모를 일이었다. 다행히 경미한 사고였다. 그러나 다시 떠올리는 것만으로도 가슴이 떨렸다. 무영이 떠올랐다. 지금과는 확연히 다른 낯선 얼굴이었다.

뒤쪽에서 방문이 열리는 소리가 들리고 젊은 사내가 걸어 나왔다. 욕실이었는지 수건을 목에 두르고 팬티만 입은 채였다. 은우는 돌아본 고개를 황급히 되돌렸다. 노인이 무언가를 접시에 담아 오는 것이 보였다. 이거라도 좀 들어보시우. 은우는 그것이 튀겨 놓은 곤충 같다고 생각했다. 새카맣게 말라 쪼그라든 곶감이었다. 그때 은우의 귓불을 스치며 긴 팔이 뻗쳐 와 곶감 한 움큼을 집어 갔다. 언제 다가왔는지 머리카락에서 물을 뚝뚝 흘리는 사내가 은우 바로 뒤에까지 다가와 있었다. 민망함과 불쾌감 때문에 은우는 당장이라도 자리를 벗어나고 싶었다. 노인은 사내에게 이렇다 할 질책도 없이 줄곧 웃는 낯이었다. 무영의 무릎을 은우가 가볍게 두드렸다.

시간이 벌써. 저희는 그럼 이만 일어나…… 무영이 말을 채 마치기도 전에 은우가 먼저 엉거주춤 엉덩이를 떼며 일어서려고 하자 사내가 말을 붙였다.

아저씨, 그냥 도망치려고 했지?

우물거리는 입안에는 침으로 진득한 곶감이 가득했다. 흐물거리며 웃는 통에 내용물이 입가로 흘러내렸다. 은우는 민망함도 무릅쓰고 사내를 바라보았다.

아까. 아저씨 도망가려고 했잖아.

무, 무슨. 그런 말씀을. 무영은 당혹스러움을 감추지 못했다. 표정이 점점 일그러지기 시작했다. 사고가 있었던 그때의 그 얼굴로 돌아가고 있었다.

잘못을 했으면 벌을 받아야지. 찌꺼기가 들러붙은 씨를 사내는 접시에 그대로 뱉어냈다. 은우를 사이에 두고 테이블까지 몸을 기울였으므로 그때마다 그의 맨살이 은우의 어깨나 팔뚝에 스쳤다.

보상은 해드린다고 했잖습니까? 이제 와서 이러시면, 아니 어르신.

무영이 돌아본 곳에서 노인은 줄곧 웃는 낯으로 그들을 지켜보고 있었다. 내친김에 새카만 잇몸까지 내보이며 껄껄대는 꼴이었다. 들고 있던 찻잔을 내던지고 싶은 것을 은우는 간신히 참아냈다.

일어나, 가자. 은우가 소리쳤다.

또. 또. 이것 봐. 또 도망가려고 하잖아. 잘못을 했으면 벌을 받아야지.

은우의 어깨가 무겁게 가라앉았다. 사내의 악력 때문에 뼛속까지 욱신거렸다. 자리를 박차고 일어서려는 무영의 얼굴에 사내의 남은 주먹 하나가 날아들었다. 바닥을 구르는 무영의 얼굴에서 맑은 핏물이 물큰물큰 쏟아졌다. 이제는 아예 고개를 꺾어가며 웃는 노인의 웃음소리가 높은 천장에 부딪혀 창고 안을 울렸다.

말해봐. 그랬지? 그냥 도망가려고 했지? 솔직하게 말해보라니까.

사내는 절룩거리던 다리를 휘둘러가며 무영의 몸을 두들겼다. 더불어 마디가 굵은 손가락은 이제 어깨가 아니라 은우의 목을 움켜쥐었다. 정신이 아뜩해졌다. 무영의 신음 소리와 노인의 칼칼한 웃음소리가 함께 울리며 뭉개졌다. 빗방울이 지붕을 다급하게 두드리고 있었다.

5

누군가 자신의 목을 조르는 꿈을 꾸어서 은우는 소스라치게 놀랐다. 언제 잠들었는지 알 수 없을 정도로 선잠이었다. 어둠 속에서 그림자가 무거웠다. 그러나 실제로 무거운 것은 무영의 팔이라는 것을 은우는 곧 깨달았다.

안방을 빠져나와 서재로 들어간 그녀는 불 밝힌 풍경들이 모두 낯설었다. 무영의 강박적인 증세는 날이 갈수록 정도를 더해갔다. 옮길 수 있는 물건들은 모두 옮기려고 했다. 벽에 걸린 액자와 전신 거울과 시계의 위치가 옮겨졌다. 냉장고와 식탁이 서로 자리를 바꿨다. 제자리가 맞지 않는 그릇들이 비스듬했고, 장롱의 문이 잘 닫히지 않았다. 은우는 밑을 살폈다. 조절발로 받쳐놓은 겹종이가 무심하게 삐쭉 튀어나와 있었다. 옮길 수 없는 것들은 적어도 옮기려던 흔적을 남겨놓았다.

이런 일들이 어떻게 가능한 걸까? 한 손으로, 정말? 무영은 이런 게 무슨 필요가 있다고 생각하는 걸까? 진심으로 그렇게 믿는 걸까? 있지도 않은 손이 자신을 죽일 수 있다고? 은우에게도 증세라고 할 만한 버릇이 생겼다. 끊임없이 질문을 만들어놓고 답은 하지 않았다. 그래도 나에게는 그이가 필요해. 정말? 혼자 하는 생각임에도 어떨 때는 흠칫 주위를 두리번거렸다.

책상 위에는 무영이 펼쳐놓은 영문 원서 한 권과 그의 필체가 어지럽게 메모되어 있었다. 그리고 말끔하게 정리된 인쇄용지 한 부. 영문과 국문이 문단마다 번갈아가며 이어졌다. 자신 모르게 얻은 무영의 일감이라고 은우는 추측했다. 그것을 모두 읽는 데는 그리 오래 걸리지 않았다. 단편 분량의 소설이었다. 별다른 감흥 없이 진부한 내용이었고 매끄러운 번역이었다. 그러나 한 문장이 어딘가 걸렸다.

'그녀는 자신의 몰락을 홀로 견디는 일이 가장 두려웠다.'

은우는 문장의 원문을 찾아보았다.

그리고 '그녀는 혼자 되는 가을을 보내는 일이 가장 두려웠다' 라고 용지 위에 고쳐 적었다.

안방으로 돌아가는 은우는 오랜만에 느껴보는 이 기분을 조금이라도 더 오래 즐기고 싶었다. 만족감이 그녀의 입가로 번져갔다. 무영을 위해 무언가를 하고 있다는 바로 그 점 때문이었다.

은우는 지금까지 잘 버텨왔다고 자신했다. 비대해지는 어깨를 보며, 굵고 딱딱한 왼손을 잡으며, 무영을 위한 일이라면 이쯤 견딜 수 있다고 재차 확인하고는 했다. 두꺼운 무영의 팔뚝을 벤 채 모처럼 편히 잠든 그를 바라보았다. 오르내리는 흉곽의 주기가 일정했다. 괜찮다. 문득 그렇게 소리 내어 말하는 은우였다. 이만하면 괜찮다. 잃을 것을 걱정하는 쪽은 언제나 그녀였다. 달라진 게 없었다. 여전히 그녀를 안심시키는 건 무영의 몫이었으니까.

다음 날, 출근하려는 은우를 붙잡고 무영은 여행을 제안했다. 가능한 한 먼 곳으로 가고 싶다는 그의 말에 은우는 반색하며 고개를 크게 끄덕여주었다. 사무실에 앉아 간밤 자신이 한 일을 떠올리며 뿌듯해했다. 밀린 업무를 서둘러 처리하면서 잠깐 잊고 지내기도 하였으나, 지금쯤 원고를 확인했을 무영을 상상하며 집으로 돌아가는 길을 서둘렀다.

6

은우는 유원지 입구로 차를 몰았다. 바리케이드에 막혀 더 진입할 수 없는 곳까지 들어간 후에야 시동을 껐다. 집까지는 그리 멀지 않았다. 서두른다면 고작 한 시간 거리였다. 지금이라도 무영이 원한다면 은우는 언제든 돌아갈 수 있었다. 차창 밖으로 고개를 돌린 채 무영은 아무 말이 없었다. 외곽으로 빠지는 전용도로를 두고 복잡한 시내로만 다녔음에도 무영은 이렇다 할 제지나 결정을 하지 않았다. 목적 없는 배회였다.

새벽이 되자 찬 공기는 무게를 가지고 덤벼들었다. 가벼운 것들은 가라앉지 못하고, 흔들리거나 떠다녔다. 은우의 시선도 정박할 곳을 찾지 못한 채 부산스럽게 움직였다. 유원지의 인공호수 주변으로 드물게 사람들이 나타났다 사라졌다. 그들이 돌아갈 곳은 가까운 근처일 거라고 은우는 생각했다. 더불어 빈집을 떠올렸다. 은우와 무영이 없는 집, 이제 대부분의 것들이 자리를 바꾸어버린, 그래서 낯선 집. 은우는 돌아가고 싶었다. 그럼에도 기다릴 수밖에 없었다. 무영이 자신과 같은 마음이 되기까지.

도대체 넌 뭘 하고 있었던 거야, 이 지경이 될 때까지. 무영이 여전히 차창에 시선을 고정한 채 중얼거렸다.

넌 늘 그런 식이지. 그때도 그랬어.

뭐라고?

넌 늘 네 생각만 하잖아. 뭐라도 했었어야 해. 돌아보는 무영의 시선이 자신을 향하는 것인지, 아니면 더 먼 뒤편인지 은우는 확신할 수 없었다.

그게 무슨 말이야? 다시 한 번 말해봐.

배려라고 생각했다. 무영을 위해서라면 기꺼이 어떤 고생도 감내할 수 있다고 다짐했었다. 불쌍한 당신에게 나마저 없으면 안 되는 거 아니냐고, 그래서 빌어먹을 그 진절머리 나는 노릇까지 참아준 것 아니냐고, 은우는 분명 그렇게 믿어왔었다.

묻잖아, 무슨 말이냐고. 자신의 목소리가 이미 제어할 수 없는 지경에 이르렀다는 것을, 은우는 깨달았다.

그때도, 넌 그때도 그랬잖아. 무영이 차 문을 열자 냉기가 급하게 들이쳤다.

넌 뭐라도 했었어야 돼. 적어도 나한테 미안해지지 않으려면.

은우는 차 밖으로 몸이 빠져나가는 무영의 뒤통수를 힘껏 갈기고 싶었다. 할 수 있다면 죽이고 싶었다. 몇 번을 말해. 아무 일도 없었다고. 아무 일도 없었어. 아무 일도. 문이 닫히자 차 안에 갇힌 은우의 목소리가 맥없이 스러졌다.

모든 게 그날의 일들로부터 시작된 것이다. 이렇게 미루고 나면 원망할 수 있었다. 뚜렷한 대상이 있었고, 어쩔 수 없는 일이라고 체념할 수 있었다. 누가 불행의 원인을 스스로 짊어지고 싶어 하겠는가. 그럴 바에야 희생당한, 무능한 존재로 남는 편이 나았다.

사내의 무자비한 발길질에 무영은 사냥당한 짐승처럼 거실 구석에 몸을 축 늘어뜨렸다. 목덜미를 붙잡힌 채 끌려가는 은우를 잡아보려고 했으나 사내의 정강이가 무영의 늑골을 걷어찼다. 신음하는 소리가 들렸다. 가장 구석진 방으로 사내는 은우를 밀어 넣었다. 뉘우칠 기회를 주는 거야. 사내가 문을 닫으며 예의 그 기분 나쁜 웃음을 띠고 있었다. 캄캄해서 무엇도 보이지 않았다.

다음 날, 정신을 먼저 차린 것은 무영이었다. 은우는 흔들리는 자신의 몸을 느끼며 깨어났다. 낯선 방 안이었다. 아니 방이라고 부를 만한 넓이였다. 내벽이 그대로 드러난 잿빛 사방 외엔 아무것도 없었다. 은우와 은우를 억세게 붙잡아 흔드는 무영뿐이었다. 노인과 사내는 보이지 않았다. 그 새끼가, 너한테 뭘 한 거야? 어깨를 붙잡은 손이 무엇을 잡고 있는지 모르는 듯 더 강하게 힘을 들였다.

뭘 한 거야? 말해봐. 말해보라고. 왜 그냥 가만있었어?

아무 일도 없었다. 은우는 그렇게 말했다. 도대체 무엇을 상상하는 거냐고. 노려보는 무영의 얼굴이 낯설었다. 어딘가 낯익은 데가 있기도 했다. 그러나 늘 보아온 무영의 것은 아니었다.

난 괜찮아. 이제 그만 돌아가자.

전날과 다르게 햇빛이 질척한 흙바닥을 내리치고 있었다. 모두가 무사했다. 더 큰일을 당하지 않은 것만으로도 다행이었다고 생각하며 은우는 부신 눈을 가렸다. 운전석에 오른 무영이 거칠게 핸들을 틀었다.

사고가 있었다. 무영을 그렇게 만들어버린 것은 과연 어느 쪽의 사고 때문이었을까? 은우는 자신도 모르는 사이 난잡한 질문들 속으로 빠져들었다. 사내를 만나지 않았더라면 무영의 오른팔은 온전했을까? 우리의 불행이 모두 그들 때문이었을까? 그게 아니었더라도 내가 아직 무영을 버텨낼 수 있었을까? 그곳에는 정말 출몰하는 야생동물이 있기나 하는 것일까? 그러니까, 그게 뭐였을까?

병실에 누운 무영을 볼 때마다 무영이 이대로 사라져버릴지도 모른다는 두려움이 은우를 불안하게 만들었었다. 몇 차례 경찰 조사를 받는 동안에도 무영은 좀처럼 깨어나지 못했다.

차도 그대로였고 잃어버린 소지품이나 그 밖에 별다른 도난품은 없었다는 거죠?

네? 경찰의 태도에 은우는 불쾌한 기색을 숨기지 않았다. 도대체 무슨 말이 하고 싶은 건가? 사고를 당한 것은 우리였는데.

피해자 쪽에서 보상도 요구하지 않았다는 게 좀 이상해서. 폭우가 내리는데 굳이 별 이유 없이 거길 간 것도 그렇고. 혹시 말입니다. 다른 의도로 거길 가신 건 아닙니까? 그곳은 폐쇄된 축사였고 근래 아무도 거주하지 않는 곳이라고 경찰은 덧붙였다.

잃어버린 것이 있었다. 분명 그날 이후로 은우는 무언가 잃어버렸다. 그러나 그것이 무엇인지 은우는 알지 못했다.

어느덧 호숫가의 인적은 바람에 쓸려 간 듯 모두 사라져버렸다. 어둠 속에서 유일하게 더 어두운 무영의 형체만 서 있을 뿐이었다. 은우는 묻고 싶었다. 당신이 오역한 문장을 고쳐놓은 것을 보았느냐고. 아직 무영은 그것을 모르는 것 같았다. 늦은 가을이었다. 은우는 혼자 남는 일이 가장 두려웠다.

외

이전에도 그이는 종종 목격되는 사람이었습니다. 횡단보도 반대쪽에서 건너오기도 하고 마트에서 무언가를 신중히 고르는 중이라고도 했습니다. 평소 독서라고는 모르던 사람이었는데 서점에서 보았다는 말을 들은 적도 있어요. 언젠가는 전화로 또 누가 그래요, 산책길을 따라 갈대밭이 좋았다고요. 석양이 굉장했는데 한 번쯤 다시 가볼 생각이라고, 자연습지가 잘 보존된 곳이라 철새들이 많았다는 거예요. 그리고 거기서 내 남편을 보았다고 했습니다. 도로 한켠에 컨테이너가 있었고 복숭아나 무화과를 담은 바구니도 있었는데 그걸 우리 남편이 팔고 있었다는 겁니다. 그날 저녁 퇴근해서 돌아온 남편에게도 그 이야기를 들려줬습니다. 재밌는 일이라고만 생각했거든요. 어딘가 이렇게 생긴 남자가 또 있다는 게 신기하잖아요. 아마 그때는 남편도 나와 다르지 않았다고 믿어요. 그러니까 차린 것도 없는 저녁상에서 밥을 두 공기나 해치우고 그대로 소파에서 잠들어버렸던 거겠죠. 설거지를 할 때까지만 하더라도 텔레비전을 보면서 깔깔대고 있었는데 언제 그랬는지 모르게 곯아떨어졌습니다. 그리고 나는 조만간 우리도 그곳에 가보면 좋겠다고 생각했습니다. 그 갈대밭에요. 남편과 떼 지어 나는 철새들을 구경하고 싶었거든요. 우리가 마지막으로 어딜 갔던 게 언제였는지도 가물가물했습니다. 서운하긴 하지만 그렇다고 투정을 부리고 싶은 마음은 없었습니다. 대신 자는 남편 등을 소리 나게 때리며 괜히 싫은 소리를 했어요. 왜 또 이런 데서 자는 거냐고.

"식후에 바로 눕지 좀 마. 제발 씻고 자라니까."

그러니까 그때까지만 하더라도 그곳에서 과일을 팔던, 내 남편을 닮은 그 남자는 우리에게 아무런 해가 되지 않았습니다.

하루는 남편이 평소보다 늦은 적이 있었습니다. 무슨 술을 그렇게 마셨냐고 잔소리를 하는데도 기분이 좋아 보였습니다. 아무렇게나 벗어놓은 신발을 정리하고 바닥에 떨어진 서류 가방을 주워 드는데 불쑥 화가 났습니다. 왜 이런 것도 제대로 버리지 못하나. 지퍼 부분이 해져서 잠기지가 않았는데 그것 하나 남편은 쉽게 허락하지 않았습니다. 쓸 만한 걸 왜 버리려고 하느냐, 고쳐 쓰면 되지 않느냐, 그러다가 자기도 버릴 거냐고, 나중에 늙고 병들면 어떡할 거냐는 논리로 사람을 답답하게 만들었습니다. 그날 아침 출근길에 내놓으라고 건넨 재활용 더미에는 그 가방도 분명 있었거든요. 그랬는데도 이 인간은 그걸 도로 챙겨 왔던 겁니다. 나는 분을 참지 못하고 현관 쪽을 향해 가방을 집어 던졌습니다. 사람들이 뭐라고 하겠어요. 이런 걸 보면 나를 어떻게 생각하겠냐고요. 요란한 소리를 내며 부딪치는데도 남편은 거실 바닥에 누워 깨지 않았습니다.

처음 만났을 때부터 어딘가 투박한 사람이긴 했습니다. 검소하긴 했지만 딱히 무슨 목표나 계획이 있어서가 아니었습니다. 아주 순진한 건 아닌데 정은 많다고 해야 할까. 막 연애를 시작할 즈음, 그리스 요리를 전문으로 하는 식당에 간 적이 있었습니다. 거기서 그이가 그러는 거예요. 이런 건 처음 먹어본다고, 자기가 아는 사람들 중에서도 아마 자기가 처음일 거라고. 자라온 환경이 나랑 많이 달랐습니다. 지방의 국립대학을 졸업하고 서울에서 자리를 잡는 동안 집안에서 원조를 하나도 받지 못했다고 들었습니다. 어렸을 때부터 이모님 손에서 길러졌거든요. 그 집에 외사촌이 셋이라고 했습니다. 딸 둘에 아들 하나. 연애 기간 내내 그렇게만 알고 있어서 두 분 다 돌아가신 줄로만 알았는데 결혼식을 올리고 얼마 뒤 그이의 아버지를 소개받았습니다. 급하게 불려 나간 저녁 자리였고 그때까지 아무 말도 해주지 않아서 꽤나 놀랐습니다. 하마터면 당신에게도 부모님이 있었느냐고, 그 사람 아버님 앞에서 물을 뻔했거든요.

아버님은 왜소한 체격에 많이 그을린 얼굴이었습니다. 주름이 많아서 남편과는 또 다른 생김새였는데 서글서글해 보이는 눈매만은 비슷하더군요. 그런데도 입고 있는 양복은 구김 없이 새것이었습니다. 나는 아버님 옆에 있는 종이가방 쪽에 자꾸 눈길이 갔습니다. 어떤 것이 담겨 있을지 대강 짐작이 갔어요. 지금 입고 계신 건 어딘가 몸에 맞지 않아 보였는데 무엇보다 거기 앉은 우리 모습이 그랬습니다. 몹시 불편한 자리였어요. 가족 단위로 오는 손님들이 많은 한정식집이었으나 우리가 앉은 쪽만은 눈에 띄게 어색해 보였습니다. 남편이나 아버님 모두 조용했습니다. 그런 상황이다 보니 돌아오는 대답도 없는데 쓸데없이 나만 자꾸 말하게 됐어요. 그나마 기억나는 거라곤 이런 겁니다. 어렸을 때 이 사람은 어땠냐고 물었더니 그러시더라고요. 유치가 막 돋기 시작할 무렵이었는데 당신 엄지발가락을 꽉 물고 놓지 않았다고요.

"기억나니?"

모처럼 아버님이 먼저 말을 거는데도 남편은 고개만 가만 저을 뿐 아무 대답도 하지 않았습니다. 물론 기억날 나이 대가 아니었겠지만 자기 앞접시만 내려다보는 남편이 매정해 보였습니다. 아버님이 서운해하실 거라고 생각하니까 내가 다 민망했어요. 아버님을 본 건 그 자리가 마지막이었습니다. 며칠 주무시고 내려가시는 게 어떻겠냐고 붙잡았지만 그대로 터미널로 향했습니다.

그날 집으로 돌아오는 길에 나는 아무것도 묻지 않았습니다. 그이가 먼저 무슨 말이든 하겠거니 기다려주었습니다. 어떻게 연락이 닿았는지, 그동안 왜 서로 떨어져 살아야 했는지, 들어야 할 게 많다고 생각했습니다. 그런데도 남편은 별다른 말을 하지 않다가 잠자리에 누웠을 때에야 그 집에 개가 많다고만 하더군요. 몸집이 큰 개가 여러 마리였는데 아버님이 그중 하나를 우리에서 골라 꺼내더라고. 그러고는 장갑을 둥글게 말아서 던지니까 금세 물고 돌아왔다는 거예요. 그 집에서 한참 동안 그것만 구경했다고 했습니다.

"오랜만에 만나서 고작 그런 걸 보여주고 싶어 하더라. 그걸 자랑스러워하는 거지."

남편은 또 한동안 아무 말이 없었습니다. 불 꺼진 방 안에서 나는 남편이 하는 말을 떠올렸습니다. 그렇게 큰 개들이 함부로 뛰어다녀도 괜찮을 만한 황량한 장소를요. 주변의 공기가 조금씩 젖어서 무거워졌을 즈음 다시 입을 뗐습니다.

"그런데 아버지한테는 그럴 수 있다는 생각이 드는 거야. 겨우 그것밖에 없어서 그런 게 아닐까. 아버지한테는 정말 그런 게 자랑이 될 수도 있겠구나."

그 뒤로 아버님을 다시 만난 적은 없습니다. 명절에도 이모님 댁을 찾아뵀을 뿐 아버님과 관련된 이야기는 일절 하지 않았어요. 특별히 남편에게 무슨 소리를 들은 건 아니었지만 어쩐지 그래야 할 것 같았거든요. 그날의 일들은 남편을 위해서라도 모른 척해 주는 게 좋겠다, 뭐 그런 생각을요. 그리고 나는 남편이 무언가를 잘 버리지 못하는 것도 그런 것 때문이라고 생각해요. 아마, 그렇게 살아왔기 때문이 아닐까. 부모님 없이 외사촌들과 함께 자라면서 소유욕이 심해졌다고요. 일종의 집착 같은 거 말이에요. 그런데 지금은 그럴 필요가 없잖아요. 남편이 근무하는 무역회사는 규모가 그리 크진 않지만 나름대로 업계에서 입지가 좋았습니다. 특별한 사유가 없는 한 올해 내 진급이 예정되어 있기도 했고요. 원하는 걸 모두 가지기는 어렵겠지만 그중에서 몇 가지는 선별해서 가질 수 있었어요. 그러니까 불행한 시절은 지나갔고, 아주 넉넉하진 않지만 누군가는 부러워할 만한 가정이잖아요. 무엇보다 아무도 당신 몫의 무언가를 빼앗지 않을 거라고 말해주고 싶었어요. 그러나 그런 말들을 직접적으로 할 수는 없었습니다. 어딘가 남편의 자존심을 건들 수도 있는 말이니까요.

다음 날은 토요일이었고 느지막이 해장이 될 만한 아침 식사를 준비했습니다. 남편에게는 말하지 않았지만 오후에는 백화점에 들를 계획이었어요. 간밤에 화가 나서 던져버린 그 서류 가방은 현관 앞에 버려야 할 것들과 함께 두었습니다. 아직 그걸 보지 못했는지 생선을 넣고 끓인 국물이 시원하다고 흡족해했습니다. 그러고는 내게 물었습니다.

"어젯밤에 뭘 봤는 줄 알아?"

남편에게는 버릇 같은 게 있었는데 국이나 찌개를 떠먹을 때 숟가락을 이상하게 쥐었습니다. 심하게 소리를 낸다거나 특별히 식사 예절에 어긋난 것 같진 않은데 그게 내 눈에는 매번 낯설게 보였습니다. 사람이 좀 가벼워 보인다고 할까요. 그날도 남편은 주먹 쥔 손에 숟가락을 가로로 눕혀 잡고는 국 한 그릇을 모두 비웠어요. 그러면서 집으로 돌아오는 길에 남편을 꼭 닮은 사람을 보았다고 했습니다.

"그래서, 뭐? 뭘 어떻게 했는데? 이름이라도 물어봤어?"

내 목소리 어딘가에 날이 선 기색이 묻어 있어서 나도 깜짝 놀랐습니다. 자꾸 남편이 쥔 숟가락에 신경이 쓰였습니다. 그러나 다행스럽게도 남편은 그런 기미를 전혀 눈치채지 못한 것 같았어요.

잠깐 술이나 깰 생각으로 편의점 야외 테이블에 앉아 있었다고 했습니다. 숙취제와 물 한 병을 사 들고 나와서는 깜빡 잠이 들었던 거예요. 그런 남편을 누군가 흔들어 깨웠다고 했습니다. 위험하게 왜 길에서 그러느냐, 누가 해코지라도 하면 어쩌려고 사람이 왜 이렇게 겁이 없어? 나는 남편을 걱정했습니다.

"그 사람이 길을 묻는 거야. 거길 가려면 어디로 가야 하냐, 지금 여기가 어디냐 하면서 통화 중이던 전화를 끊지도 않고 계속 나한테 그걸 물어. 바빠 보이더라. 급하게 가야 하는데 한참을 헤맸다고, 그러면서 주변을 두리번거리는 거야. 가야 할 방향을 알려주니까 고맙다고 하는데, 내가 아니라 자기가 가야 하는 쪽을 향해서 꾸벅 고개를 숙이더라니까. 지금 누구랑 대화를 하는지도 모르고 무척 바빠 보였어. 어딜 그렇게 꼭 가야만 했을까. 그 늦은 시간에 뭘 하려고 그렇게 바빴을까. 그런데 진짜 나랑 꼭 닮은 사람이었어."

전날 남편이 많이 취했기 때문이라고 나는 생각했습니다. 술김에 사람을 잘못 본 거라고, 정말 똑같이 생긴 사람이 눈앞에 있었다고 하더라도 그걸 알아보지 못할 만큼 어제의 남편은 꽤 취해 보였거든요. 남편은 그 사람이 멀어지는 내내 지켜보았다고 했습니다.

"살면서 내 뒤통수를 볼 일은 없잖아. 자기 뒷모습이 어떻게 생긴지 사람들은 잘 모르잖아. 그 사람이 저만큼 멀어지는데 내가 저렇게 걷겠구나, 누가 나를 뒤에서 보면 저런 모습이겠네 싶은 거지. 기분이 진짜 이상하더라니까."

나는 그때 남편이 틀렸다고 지적해야 했습니다. 숟가락 좀 그렇지 잡지 않을 수 없겠냐고 타박할 게 아니라 당신이 너무 취해서 그런 거라고 말해야 했어요. 그래서 잘못 본 거라고. 그러나 당시에는 하나도 중요한 문제가 아니었습니다. 보다 급한 문제들이 산재해 있다고만 믿었습니다. 그러니까 고작 숟가락을 바르게 쥐고 새 가방을 사는 일 따위가 우리에게 가장 중요한 일처럼 보였습니다.

누군가 남편을 다른 사람으로 오해한 일도 있었습니다. 약속이 있어서 시내로 혼자 외출한 날이었는데 예상보다 일찍 헤어져야 했거든요. 그이에게 어디냐고 전화했더니 퇴근길이라고 했습니다. 다행히 아직 식전이라고 해서 모처럼 데이트라도 즐길 생각으로 불러냈는데 남편이 도착하려면 제법 시간이 걸릴 테고 기다리는 동안 남성복 매장을 구경하기로 했어요. 남색 셔츠와 면바지 몇 벌이 눈에 들어왔습니다. 실제보다는 절반쯤 낮은 가격으로 남편에게 말할 생각이었습니다. 필요도 없이 뭘 자꾸 사는 거냐고 조금 투덜거리긴 하겠지만 막상 입어보면 또 좋아할 것 같았습니다. 매장 밖으로 나왔을 때는 벌써 어둑해져 있었고 평일 저녁 시간인데도 상가마다 사람들로 북적였습니다. 그곳 어딘가에서 남편과 시원한 맥주도 한잔할 계획이었습니다.

근처에 거의 도착했다는 전화를 받은 후, 남편이 나를 잘 발견할 수 있을 만한 곳에 서 있었습니다. 다른 사람들도 그랬던 것 같아요. 지하 주차장으로 이어지는 건물 입구였는데 그곳에 나처럼 혼자서 기다리는 사람들이 몇 있었습니다. 그리고 멀지 않은 곳에서 달려오는 남편이 보였습니다. 자상한 사람이었어요. 굳이 그러지 않아도 되는데 서두르는 모습이 더 그래 보였죠. 양손에 든 쇼핑백이 아니었다면 나도 손을 흔들어 반갑게 맞아주었을 거예요. 사람들 틈에서 나를 바로 찾지 못하고 두리번거리는 그이를 일부러 가만 지켜보고 있는데 기분이 좋더라고요. 그러자 내 옆에 서 있던 젊은 여자가 먼저 남편을 알은체하는 게 아니겠어요. 나를 대신해 손을 흔들며 남편 쪽으로 다가갔습니다. 옅게 술 냄새가 나기도 하고 어딘가 신경질적으로요.

"왜 이제 오세요?"

그러더니 손에 들고 있는 차 키를 남편 쪽으로 건네는 겁니다.

"누구야? 당신, 아는 사람이야?"

뒤에서 불쑥 나타난 나를 보더니 여자는 적잖게 당황해했습니다. 죄송하다고 말하는 모습이 정말 미안해하는 것 같았습니다.

계획한 저녁 식사도 하지 못하고 그날은 그냥 집으로 돌아가기로 했습니다. 엉망이었어요. 가는 동안 우리는 조금 다투었는데 사실 남편을 탓할 일은 아니었죠. 그런데도 그 자리에서 어리둥절한 표정으로 그냥 가만히 서 있기만 하는 그이에게 나는 화가 났습니다.

"이것 좀 입지 말라고 내가 몇 번을 말해. 버려 좀, 버리라고."

꼭 복장 때문은 아니었을 거예요. 그냥 상황이 그렇게 됐을 뿐인데 괜히 남편의 낡은 양복에 대고 화풀이를 하게 되더라고요. 이런 것 하나 왜 제대로 못 버리는데? 저 여자가 그렇게 보는데 당신은 아무렇지도 않아? 기분 나쁘지도 않냐고? 왜 그렇게 당하고만 있어? 화를 내라고, 사람을 왜 함부로 그렇게 보느냐고 화를 내. 그런데도 남편은 별것 아닌 일에 왜 이렇게 흥분을 하느냐며 나를 탓했습니다. 대리 기사가 뭐 어떻냐고 오히려 나를 달래는 거예요.

"미안하다잖아. 거기에 대고 내가 뭐라 그럴 거야."

정말 하나도 몰라요. 무시당하는 것 같잖아요. 그 여자가 내 남편을요, 가벼운 사람으로 보는 것 같잖아요.

집에 돌아오는 동안 나는 금세 후회했습니다. 남편의 잘못도 아닌 일에 괜히 내가 너무 몰아붙였다는 생각이 들었습니다. 평소라면 우리의 싸움은 오래가지 않았을 거예요. 서먹한 분위기를 참지 못하고 어떻게든 그이가 내 기분을 먼저 풀어주려 했겠지요. 그러나 그날은 남편도 많이 서운했던 것 같았습니다. 거실 소파에 가만히 앉아서 그러는 거예요. 고등학생 때까지는 의사가 되고 싶었다고요. 아니면 법조인이나 세무사처럼 남들이 보기에도 성공한 사람이 되어 있을 줄 알았다고. 대학에서 만난 친구에게도 그렇게 말한 적이 있다고 하는데 다들 그렇잖아요. 무언가 대단한 미래가 있을 것 같잖아요. 그런데 상대 쪽에서는 트럭을 몰고 싶어 하더라고 했습니다. 트럭 뒤에는 선반을 달아 헌책을 사고팔기를 원했으며 그것으로 경비를 마련한 뒤에 여행을 하면 좋지 않겠냐고 남편에게 되물었다고요. 또 복권을 한 번도 사본 적이 없는데 만약 산다고 하더라도 2등이면 좋겠다고도 했어요. 그쪽이 보다 현실적이고 그것만으로 충분하다면서요. 그 순간 남편은 어딘가 부끄러워졌다고 했습니다. 그 친구가 바라는 것들은 남편이 한 번도 원해본 적이 없는 것들이었으나 원한다면 어렵지 않게 이룰 수 있을 만한 것들이었습니다. 자기와는 아주 다른 사람 같기도 한 반면에 그 친구가 꿈꾸는 미래는 소박했고 당시의 남편으로부터도 멀지 않았습니다. 그런데도 기분이 나빴다는 거예요. 그러니까 부모님 모두 공무원인 그 친구가 절대 그런 일을 하지 않을 것처럼 자기도 그런 사람이 될 수 없다는 게 너무 명확해 보였다고요. 그리고 나는 그때 남편이 무얼 말하고 싶어 하는지 알 것 같았습니다. 그때는 그런 말을 하는 남편을 이해할 수 있었거든요.

기다리는 동안 사두었던 옷가지를 꺼내 그이에게 보여주었습니다. 내 나름대로의 사과 방식이었죠. 밑단이 조금 길었지만 새 바지는 잘 어울렸습니다. 그 위에 받쳐 입은 셔츠도 마음에 들었는데 매무새를 가다듬으며 남편이 그러는 거예요. 누군가는 자기를 그렇게 볼 수도 있는 거 아니냐고요.

"그 여자에게 당신이 화가 나듯이 누군가는 나로 오해받으면 기분이 나쁠 수 있겠다는 생각이 드는 거지."

"당신이 왜."

말은 그렇게 했지만 지금 무슨 생각을 하고 있는지 알 것 같았어요. 남편을 보았다는 사람들이 종종 있었습니다. 그이를 닮은 사람들은 대개가 그래요. 우리보다 나을 것도 부러워할 만한 것도 없는 곳에서 나타나거든요. 그런 생각을 하고 보니 새 옷을 입은 모습도 전혀 근사해 보이지 않았습니다. 하지만 이 경우는 그게 아니잖아요. 그 여자가 그냥 너무 무례했던 거잖아요.

"여보, 그런 건 미안한 일이 아니잖아. 나는 그냥 나대로 사는 건데 그걸로 미안해할 필요는 없잖아."

쓸데없는 소리는 제발 그만두라고 나는 결국 다시 짜증을 내버렸습니다.

사고가 난 것은 그로부터 얼마 지나지 않은 뒤의 일이었습니다. 우리 부부에게도 익숙한 길이었어요. 집에서 멀지 않았고 종종 산책을 나가는 천변 쪽이었습니다. 가로등이 있긴 했지만 밤에는 전체적으로 어두운 곳이었습니다. 그곳으로 이어지는 인적 드문 도로였는데 뺑소니 사고라고 했습니다. 며칠 전부터 그 길 어딘가에 목격자를 찾는다는 현수막이 걸려 있어서 남편에게 조심하라는 말을 했던 게 기억나요. 우리도 언제든 당할 수 있는 사고였거든요. 아무런 보상도 받지 못하고 피해자가 될 수 있잖아요. 그때의 남편은 정말 모르는 표정이었습니다. 자기가 본 게 무엇이었는지 하나도 몰랐을 거예요. 그러니까 내 말에 맞장구를 쳤던 거겠죠. 그럴 수 있다고, 언제든 부당한 일을 당하는 쪽이 우리가 될 수 있다고 믿었어요. 그러나 샤워를 하겠다고 욕실로 들어간 남편이 잠시 뒤 다 젖은 몸으로 뛰쳐나왔습니다. 그러고는 아무래도 자기가 그때 거기 있었던 것 같다는 거예요.

파출소에서 진술을 하는 남편은 어딘가 긴장되어 보였습니다. 당시의 상황을 남편이 모두 목격한 것은 아니었습니다. 자정 무렵, 야근을 마치고 돌아오는 퇴근길이었는데 가드레일 건너편 도로 한가운데 트럭이 멈춰 서 있었고 운전자로 보이는 남자가 차량 아래를 살피는 중이라고 했어요. 그러나 너무 어두웠고 곧 그 자리를 벗어났기 때문에 운전자의 정확한 인상착의나 번호판까지는 기억하지 못한다고 했습니다. 담당 경찰관은 고개를 끄덕이거나 중간중간 무언가를 수첩에 적었습니다. "잠시만요, 방금 트럭이라고 했습니까?" 남편의 말을 끊기도 하고 화물칸에 뭐가 실려 있었느냐, 조수석에 동승자는 없었느냐 묻기도 했어요. 그때마다 남편은 마땅한 대답을 하지 못했습니다. 자꾸 모르겠다고만 하는 거예요.

"뭘 제대로 보긴 한 거야?"

옆에서 내가 소곤거리는 목소리로 질책했습니다. 어디서나 볼 수 있는 차종에, 흔한 중년 남성에 대한 묘사뿐이었습니다. 증거랄까, 도움이 될 만한 게 없었죠. 쓰러진 사람을 본 것도 아니더라고요. 어쩌면 남편이 착각하고 있는 걸지도 모른다는 생각이 들었습니다. 괜한 일에 끼어들어서 무고한 사람을 지목하게 될까봐 덜컥 겁이 났어요. 그 경찰관이 당시 남편의 동선을 확인하고, 평소에도 자주 그곳으로 다니냐고 물을 때도 그랬습니다. 어쩐지 지금까지 남편의 말을 의심하고 있었다는 생각이 드는 거예요. 내가 듣기에도 그이의 목소리는 어딘가 어색했습니다. 그러니까 보상금을 노리고 허위 증언을 하는 사람으로 우리를 볼까봐 두려웠습니다. 게다가 방금 수첩에 적은 건 또 무슨 내용이었을까. 사람을 빤히 보는데 이유 없이 몸이 움찔거렸습니다.

"그런데 왜 곧바로 신고하지 않았습니까?"

그 경찰관 말에 의하면 남편은 유일한 목격자였습니다. 사고를 당한 뒤에도 오래 방치되어 있었다고도 했는데 발견되었을 땐 이미 사망한 상태였다고요. 순간 나는 남편 쪽을 돌아봤습니다. 그이도 많이 놀란 표정이었습니다. 그런데 무엇보다 내 귀에는 그 말투가 몹시 거슬리는 거예요. 어딘가 남편을 탓하고 있는 것 같달까, 그이가 달아난 뺑소니범은 아니잖아요. 마치 그게 다 내 남편 때문이라는 듯이 말하고 있잖아요. 그게 아주 무례하게 느껴졌습니다. 아마 남편도 그렇게 생각했던 것 같아요. 단순한 사고쯤으로 여겼다는 남편의 대답이 구차하게 들렸거든요. 운행 중에 고장이 났다거나 어딘가에 부딪힌 것도 같긴 한데 그게 사람일 줄은 정말 몰랐다며 우물거리는 남편을 나는 공연히 지적하고 싶었습니다. 고개 좀 들어. 무슨 잘못이라도 있는 사람처럼 그러지 말라고.

"그 사람이 나를 봤어요."

그이의 목소리가 조금 떨렸습니다.

"내가 지켜보고 있는 걸 그 사람도 봤거든요. 그런데 어떻게 그냥 도망갈 거라고 생각했겠습니까? 거기에 사람이 죽어 있다고 어떻게 생각했겠어요?"

집으로 돌아가는 내내 남편은 초조해했습니다. 그럴수록 나는 자꾸 말이 많아져서 이것저것 묻는데도 무슨 생각을 하는지 아무 대답이 없었습니다. 지금 생각해봐도 남편의 행동은 지나치게 예민했던 데가 있었어요. 그 경찰의 태도에 분명 불쾌한 구석이 있긴 했지만 남편이 염려하는 정도는 아니었거든요. 좀 더 일찍 발견됐다면 그 사람은 괜찮았을까요. 그래서 응급치료를 받았더라면 아주 심각한 상태까지는 빠지지 않았을지도 몰라요. 하지만 그렇다고 그게 다 남편 잘못은 아니잖아요.

사고가 난 장소는 우리 부부에게도 익숙한 곳이었고 가볍게 조깅을 한다거나 자전거를 몰고 나가기에 좋았습니다. 엘리베이터를 기다리는데 남편이 내 손을 꼭 쥐었습니다. 나도 함께 힘을 주어 잡았어요. 아무래도 그 현수막 때문이라고 생각했습니다. 돌아오는 길에 그 앞을 지나쳤는데 분명 남편도 그때를 놓치지 않았을 거예요. 목격자를 찾는다는 그 문구가 내 눈에도 이전과는 전혀 다른 의미로 읽혔습니다. 누군가 다급하게 내 남편을 찾고 있던 거라고요. 그 순간, 남편이 많이 힘들 거라는 생각이 들었습니다. 사람이 죽었잖아요. 그게 다 자기 잘못이라고 믿는 것 같았어요. 위로가 필요해 보였습니다.

"당신 때문이 아니잖아. 여보, 그건 당신 잘못이 아니야."

"무슨 소리야?"

그러나 돌아오는 반응이 이상했어요.

"무슨 말이 하고 싶어서 그래? 왜 그런 식으로 말하냐고. 내가 뭘 잘못하지 않았는데?"

부릅뜬 눈으로 어금니를 꽉 문 채 나를 노려보는 거예요. 그이가 무섭게 보인 건 그때가 처음이었습니다.

그날 이후, 남편은 전혀 다른 사람 같았습니다. 평범한 초인종 소리에도 눈에 띄게 불안해했습니다. 함부로 문을 열어주지 말라고 화를 냈어요. 그냥 택배 기사일 뿐이잖아요. 그런데도 낯선 사람들이 찾아와 자기를 비난할 거라고, 어느 날엔 아파트 입구에서부터 누군가 쫓아왔다고도 했습니다. 돌아보면 아무도 없었는데 그게 유가족일 수 있다는 거예요. 그것으로 무언가를 잃게 될까봐 남편은 두려워했습니다.

그이에게 말하지 않았지만 얼마 전 누군가 찾아온 적이 있었습니다. 현관문 앞에 서 있던 여자는 몹시 피곤해 보였습니다. 푸석한 얼굴 때문에 나이에 비해 생기가 없어 보인달까, 눈에 띄게 어두운 표정으로 사고를 당한 사람이 자기의 남편이라고 했습니다.

금세 쓰러질 것 같은 여자를 나는 우선 거실로 들였습니다. 갑작스러운 방문에 고작 물 한 잔을 대접해야 했습니다. 그게 좀 신경 쓰였으나 여자의 태도가 과했어요. 그런 것에도 지나치게 고마워했습니다. 어딘가 부담스러웠는데 초라한 행색 때문이기도 했지만 불행한 일을 당한 그 가족에게 어떤 위로의 말을 해야 좋을지 몰랐습니다.

"불쑥 찾아와서 죄송해요."

그러고는 컵 속에 무언가 다른 게 들어 있기라도 한 듯 여자는 가만 들여다보기만 했습니다. 오목하게 받치고 있던 손이 미세하게 떨리고 있었는데 그것조차 무거워 보였습니다. 그만큼 절박한 거라고 생각했어요. 거기에 대고 더 이상 우리가 도울 일은 없다, 귀찮게 굴지 말고 그만 나가달라고 할 만큼 나는 매정한 사람이 못 됩니다. 그런 냉대라면 이미 너무 많이 당했을지도 몰라요. 여자에게는 작은 호의와 배려가 필요해 보였습니다. 마실 것을 더 권하는 내게 여자는 사양하며 대답했습니다.

"생각보다 넓네요."

그러고는 조심스럽게 집 안을 둘러보았어요.

"저희도 이 아파트에 분양 신청을 했었거든요. 평수에 비해 넓어 보여요."

나를 의식해서였는지 부끄러운 듯 다시 고개를 숙였다가도 주변을 힐끔거렸습니다. 소파를 부드럽게 쓸어보기도 했어요.

"결국 계약은 못했어요. 갑자기 상황이 안 좋아졌거든요."

안방의 닫힌 문 쪽을 바라보며 여자가 말했습니다.

"남편과 작게 식당을 했었는데 화재였어요."

"저런."

의도하지 않게 큰 목소리가 튀어나왔습니다.

"그냥, 운이 나빴을 뿐이에요."

기운 없이 담담한 반응에 나는 도리어 미안한 기분이 들었습니다. 정확히는 그 여자의 삶이 나와 그렇게 멀어 보이지 않더라고요. 지금까지 내가 불행하게 살아왔다는 말이 아닙니다. 나는 나대로 그냥 살았을 뿐인데 내가 된 거잖아요. 별다른 노력도 없이 저 여자가 되지 않은 거잖아요. 누구에게나 닥칠 수 있는 우연한 사고들이었어요. 무얼 특별히 잘못해서 그렇게 된 게 아니라 다만 운이 나빴을 뿐입니다. 나는 여자의 어깨를 조심스럽게 매만지며 말했습니다.

"너무 피곤해 보여요. 괜찮으니까 거기 좀 누워 있어요."

여자의 몸을 덮어줄 만한 것을 찾으러 나는 안방으로 건너갔습니다. 여자가 피하지 못한 불행을 생각하니 안타까웠습니다. 도움이 되지 못해서 마음이 더 무거워졌습니다. 거실로 다시 돌아왔을 때 소파가 비어 있더군요. 화장실에라도 간 거라 생각했는데 베란다에 나가 있었어요.

"허락도 없이 죄송해요. 이런 곳에서 사는 건 어떤 기분일까, 궁금했어요."

"괜찮아요. 다른 곳도 좀 보겠어요?"

나를 따라 여자는 작은방과 욕실, 주방을 차례대로 둘러보았습니다. 수도를 틀어 손을 적시기도 하고 찬장마다 열어 경첩을 꼼꼼히 확인하는 게 마치 새로 이사 갈 집을 구경하는 사람 같았습니다. 그때 나는 여자의 발을 보았습니다. 맨발이더라고요. 그 까만 발등을 보는데 나도 모르게 울컥했습니다. 그걸 덮어줄 무언가가 필요해 보였어요. 아무것도 없는 빈 식탁 위를 손바닥으로 쓸어내며 내가 말했습니다.

"우리 남편은요, 고아원에서 자랐어요."

크게 다를 것도 없었습니다. 그럼에도 그 여자에게만큼은 어딘가 더 딱한 처지로 비춰지길 바랐습니다. 우리에게도 어려운 시절이 있었고 당신이 생각하는 것만큼 마냥 행복하기만 한 가정은 아니라고요. 여자의 표정이 미세하게 바뀌는 걸 나는 알 수 있었습니다. 그리고 언젠가 들었던 갈대밭 이야기도 들려주었습니다. 철새들이 한꺼번에 날아오르면 정말 장관이라며 보지도 않은 풍경을 묘사했습니다. 나중에라도 꼭 한번 가보라고요.

"근처에서 남편이 과일을 팔았거든요. 컨테이너 한 채를 빌려서 무화과랑 복숭아 같은 거. 거기서 고생을 많이 했어요. 큰 개도 여러 마리 키웠는데 모두 주인한테 버림받은 것들이었어요. 동물을 워낙 좋아하기도 했지만 정이 많은 사람이에요."

그 순간 내가 느낀 감정이 무엇인지 나는 잘 모르겠습니다. 다만 내 말에 작게 고개를 끄덕이는 여자를 보는 게 나는 좋았습니다.

그날 남편이 염려하던 일은 전혀 일어나지 않았습니다. 아무런 위협도 없었고 우리를 비난하지도 않았습니다. 나중에라도 기억나는 게 있다면 연락을 달라는 부탁이 고작이었습니다. 남기고 간 쪽지에는 전화번호가 적혀 있었어요. 여자가 돌아간 뒤, 나는 그 숫자들 위에 여러 번 펜을 덧대어 따라 적어보았습니다. 전체적으로 동그랗고 귀여운 필체였습니다. 그리고 나는 혼자서 이런 생각을 했어요. 실은 남편이 그날의 목격자가 아닐지 모른다고요. 트럭이 아니라 중형급의 검은 외제차일 수도 있고 그걸 남편이 몰았던 거예요. 술에 잔뜩 취한 차 주인이 뒷좌석에서 잠든 사이 그 사고가 난 게 아닐까. 그러니까 정말 자신과 꼭 닮은 사람이 있다는 착각에 빠져 대리 기사인 양 행세하는 남편을 상상했습니다. 자기가 저지른 잘못을 숨길 속셈으로 지금 거짓말을 하고 있다고요. 그런 공상에 빠져 있다 보면 이상하게 안심이 돼요. 뭐랄까, 우리와는 아주 멀어 보이거든요. 내 남편이 그런 사람은 결코 아니잖아요.

어쩌면 내가 남편을 너무 모르는 걸 수도 있습니다. 예상하는 것보다 훨씬 더 아픈 걸 수도 있어요. 심리적인 문제요. 치료가 필요한 수준일지도 몰라요. 더구나 오늘 아침에는 현관 앞에서 나를 빤히 보더라고요. 그러고는 자기를 알아볼 수 있겠냐고 물었습니다. 그이와는 전혀 상관없는 일에 의심을 받을 수 있다고 불안해하면서요.

"왜 자꾸 그런 소리를 해."

"아무도 믿지 않을 거야."

고작 취한 상태로 오다가다 잠깐 마주친 사람이잖아요. 그런데도 그 남자가 자기라는 거예요. 자기를 꼭 닮았다고요. 그 사람이 아주 질이 나쁜 사람일 수도 있는데 누군가는 남편이 저지른 일로 오해할 수도 있다고, 심지어 나조차도 구분하지 못할 거라고 했습니다. 남편의 망상은 내가 생각했던 것보다 심각했어요. 이전에도 그이는 종종 발견되고는 했습니다. 어디서 봤다는 사람들이 많았어요. 실은 그중에 몇은 진짜 내 남편이었을지도 몰라요. 내가 모르는 곳에서 다른 사람인 척 행세를 했던 게 아닐까. 아마 그걸 들켰던 게 아닐까.

"모두 내가 저지른 일이라고 믿을 거야. 당신도 봤어야 해. 정말 나랑 똑같이 생긴 사람이었어."

현관문을 열고 들어와 욕실에 들어가고 식탁에 앉아서 밥을 먹기도 하고 거실을 마음대로 돌아다닌다고 하더라도 그게 자기가 아니라는 걸 어떻게 알 수 있냐는 거예요.

"알 수 있어. 내가 어떻게 당신을 몰라."

무너지는 남편을 보는 일은 힘들었습니다. 금방이라도 울 것 같은 표정이었습니다.

"여보, 나는 당신 같지 않아. 당신처럼 유일한 사람이 아니라고."

종일 식탁에 혼자 앉아 앞으로 우리가 해결해야 될 문제들을 차분하게 떠올렸습니다. 출근을 시킬 게 아니라 병원엘 먼저 데려가야 했던 게 아닐까 후회됐습니다. 돌아오는 대로 남편과 이 문제를 두고 진지하게 상의해볼 생각이에요. 그러다 문득, 남편의 낡은 가방이 떠올랐습니다. 결국 그걸 버렸었나, 기억이 나지 않는 거예요. 나는 서둘러 다용도실을 먼저 뒤져보았습니다. 옷장과 베란다, 신발장 어디에도 보이지 않았습니다. 내 남편은 뭐 하나 함부로 버리는 사람이 못 되거든요. 그런데도 왜 나타나지 않는 걸까요. 정말 자기 손으로 그걸 버린 게 맞는 걸까요. 무엇보다 그이는 나를 쉽게 버리지 않을 거예요. 내가 늙거나 병들어도 떠나지 않을 사람이에요. 남편에게는 이제 나뿐이라는 생각이 들어요. 그게 왜 나를 더 불안하게 만드는 걸까요.

말하는 사람

1

언젠가 문영은 내게 이런 말을 한 적이 있었다.

"나는 가끔 내가 의자가 되었다고 생각해요. 그래서 답답한 거 아닌가, 누가 내 위에 앉아 있어서 어깨가 저리고 가슴이 답답한 게 다 그런 이유에서 그런 게 아닌가 싶어요."

그러면 그것은 어떤 의자냐고 나는 물었었다. 의자에도 종류가 많은데 기왕이면 뚱뚱하고 가죽으로 된 소파 같은 거라면 좋겠다고 농담했다. 문영이 먼저 농담을 걸고 있다고 생각했기 때문이었는데 그 질문에 문영은 심각해져서 자신이 정말 어떤 의자인지, 그때의 기분이 어땠는지를 오래 더듬었다.

그리고 이런 말도 했었다. 어릴 때 물에 빠진 적이 있는데 정확히 언제인지는 모르겠고 아주 어릴 때 저수지에 빠졌었다고.

"그때 같이 갔던 친척들은 명절 때마다 모여서 옛날 얘기 하면서 거기서 너 죽을 뻔했다, 너도 그거 기억하냐, 하고 묻는데 아주 어릴 때였는데도 이상하게 나는 그게 아주 생생해요. 누군가 나를 떠밀었던 것도 같고 그랬는데 물이 하나도 차갑지 않았거든요. 꿈에서 다시 그 장면을 자주 보는 편인데 나는 물속에 있고 아주 편안하고 숨이 모자라지도 않아요. 물론 아니겠지만 그때 내가 저수지에 빠졌을 때만큼은 정말 거기서도 호흡을 하고 있었던 게 아닐까, 하는 생각이 드는 거예요. 그게 아니라면 그 오랜 시간을 어떻게 버틸 수 있었겠어요. 비가 많이 오는 날이거나 물을 받아놓은 욕조 같은 걸 보면 나는 어쩌면 정말 그럴 수 있는 게 아닐까, 그런 능력이 나한테 있을지도 모른다는 의심이 들어요."

우리는 그즈음 자주 가던 카페에 있었을 것이다. 창가 쪽이었을 거고 문영은 바깥을 바라보다가 그게 아주 먼 곳의 이야기라는 듯이, 자신과는 무관한 어떤 것이라는 듯 중얼거렸다.

"그걸 확인하고 싶어지면 어쩌나, 정말 참을 수 없는 날이 오면 진짜 어떡하나…… 그런 걸 생각하다 보면 가끔씩 나도 내가 무서워요."

그 뒤로 문영은 어떻게 되었나. 나는 사람들과 자주 멀어지고 멀어졌다가 아주 멀어지는 경향이 있는데 문영과도 결국 그렇게 되어버렸다. 그런 것들을 생각하면 나는 진심으로 화가 난다. 왜 함부로 나를 멀어지게 두었는지 왜 멀어지기 전에 나랑 싸워주지 않았는지 너도 그래 너도 나 같아 이런 소리도 좀 하고 멀어지더라도 우리 다시는 보지 말자 개같이 끝내고 싶은데 그냥 시간이 지났다가 멀어지고 말았다.

문영에 대해서라면 아주 잊고 살았다. 그랬는데도 지금에 와서 다시 문영을 생각하는 것은 얼마 전 출간된 문영의 책 때문이었다. 그 책 첫 장에는 "K에게……" 라고 적혀 있었는데 내 이름 어디에도 K가 될 만한 것은 없었으나 문영과 내가 나누었던 대화들, 정확히는 문영이 내게 들려주었던 얘기들은 거기에 많았다.

2

문영을 만난 곳은 남해와 가까운 유스호스텔에서였다. 그곳에서 나는 일주일을 머물렀었다. 한옥으로 지어져 밤에 벌레가 많았는데 문이나 창 어디에도 틈이 없어서 안심하고 잠이 들었다가도 아침이 되면 어김없이 벽 가장자리로 수북하게 벌레들이 죽어 있었다. 바다와 가까웠으나 바다가 바로 보이는 곳은 아니었다. 빠른 길로 가면 걸어서 한 시간쯤 걸린다고 해서 가보았는데 그마저도 해변이나 휴양지는 아니고 제철소 인근이었다. 야경이 화려했으나 두 번 가게 되지는 않았다. 나중에 나는 그곳에서 보았던 풍경들을 떠올리고는 했다. 저녁 무렵이라 높은 굴뚝에서 파란 화염이 분수처럼 솟아올랐던 것과 미래의 도시를 연상시키는 반듯하고 기하학적인 조명이 인상 깊었다. 바다를 매립한 자리였으므로 그 뒤로는 모두가 바다였을 텐데도 정작 바다를 보았다는 기억은 없었다.

그곳을 안내해준 사람이 문영이었다. 내가 머물던 그 유스호스텔에서 문영은 수건을 갈아주거나 이용객이 버리고 간 것들을 분리수거하거나 객실을 청소하다가 그 외의 시간은 입구 쪽 안내데스크에 앉아서 해야 할 일이 생길 때까지 대기하고 있었다. 무슨 생각을 하는지 초점 없이 멍하게 있는 문영을 나는 자주 보았는데 이런 일을 하기에는, 하고 생각했었다. 너무 모르는 게 아닐까. 지금 생각해봐도 투숙하는 손님이라면 모를까 문영은 그곳과 잘 어울리지 않았다. 딱히 게으른 것은 아닌데 일하는 범위가 좁다고 해야 할까, 서툴다고 해야 할까, 무슨 일을 하더라도 오래 걸렸다. 여기서 가까운 은행은 얼마나 가까운지, 유명한 절이라고 하던데 그곳까지 가려면 몇 번 버스를 타야 하는지 등을 물으면 난처해했었다. 그랬다가도 잠깐만요, 하고 어디론가 전화해서 이것저것 묻고 받아 적은 뒤 그걸 그대로 다시 내게 읽어주는 식이었다.

한번은 문영이 골똘한 상태로 의자가 고정된 야외 테이블에 앉아서 이어폰으로 무언가를 듣고 있었다. 나는 산책을 나가는 길에 그걸 보았는데 돌아왔을 때에도 여전히 온 정신을 거기에만 쏟고 있었다. 자판기에서 음료를 뽑아 가려는 사이 저기요, 하고 문영이 나를 불러 세웠다.

"이게 어떻게 들리는지 말해줄래요?"

나는 문영이 내민 이어폰 한쪽을 귀에 꽂았다. 저음의 여자 보컬이 기타 반주에 맞춰 부르는 노래였는데 문영은 같은 부분을 여러 번 연속 재생해서 들려주었다.

"너는 저녁에 왔다, 그렇게 들리는데…… 아닌가요?"

문영은 다시 한 번 같은 구간을 재생한 다음에 정말 그렇다고, 그렇게도 들린다고 놀라워했다.

"다른 부분은 아닌데 이 부분만 다르게 들려서요. 원래는 사막에 왔다인데 자꾸 서럽게 왔다로 들리니까 나만 그런가 궁금했어요. 서럽게로 들리니까 멜로디나 전체적인 분위기가 서러워서 좋았는데 저녁에 왔다도 나쁘지 않은 것 같아요."

그런 식으로 말했다. 그런 말을 들었기 때문인지 다시 들었을 때에는 선하게나 천하게, 그것도 아니면 서운하게인 듯, 들을 때마다 다르게 들렸으나 나는 아무 말도 하지 않았다. 대신, 느리고 고조 없는 그 노래를 함께 듣다가 같은 가수의 다른 노래도 더 들었는데 그걸 계기로 우리는 이것저것 묻고 대답하며 다른 이야기도 나눌 수 있었다.

그 무렵 나는 무언가가 되고 싶었다. 정년이 보장되고 공무원이면 좋겠다고 생각했는데 거래처를 관리하고 유사 업체의 현황을 월간 단위로 정리하는 사무직보다는 나을 것 같았다. 하던 일이 특별히 고됐다기보다는 그때의 나는 아마 그냥 다른 것이 되고 싶었던 것 같다. 그곳에 처음 취업이 되었을 때 나는 어머니에게 가장 먼저 전화했었다. 그때 뭐라 했더라. 윗사람들한테 잘해라. 사람은 항상 겸손해야 돼. 자만하지 말아라. 하려는 일에 비해 책임감이 무거워지는 말들이었다.

내 어머니는 그 유스호스텔이 속한 면 단위 행정구역에서 살았다. 재작년 유월에 만으로 쉰둘이 되었고 그로부터 두 달 전에 재혼하였다. 같이 사는 남자의 고향이라고 들었는데 나와는 데면데면하게 지내서 따로 그를 부르는 호칭 없이 존대하며 불편해했다. 볼 때마다 무엇을 가르치려 들어서 더 불편했다. 이것은 고추에 주는 거다. 토마토는 이거고 씨알이 작은 것은 특별히 벌레가 많이 꼬이니까 저기에 있는 걸로 써야 한다. 이건 상추에 좋고 뿌리가 잘 썩지 않는다.

상점은 창고처럼 생겨서 비료나 가축용 사료가 선반마다 가득 쌓여 있었다. 어머니와 남자는 그걸 팔았다. 가게 안쪽에 마루 하나 넓이만큼 난방을 깔고 벽을 세운 뒤 거기서 숙식했다. 판넬식으로 지어진 건물은 해가 떨어지면 외풍이 심했는데 그 뒤쪽으로 언덕을 타고 내려온 바람이 모이는 탓에 더 그랬던 것 같다. 비탈을 따라 얼마쯤 올라가다 보면 낡은 한옥 한 채가 공사 중인 게 보였다. 전화로 어머니는 설 지나고 한두 달이라고 말했던 것 같은데 여름이 가까운 그때에도 여전히 흙벽 한쪽이 허물어진 채로 어수선했다.

"여기에 밭을 만들 거야. 콩도 심고 깻잎도 심고 아들이 옥수수 좋아하니까 다 자라면 보내줄게."

자재가 쌓인 넓은 공간을 가리키며 어머니는 그런 걸 계획했다. 인부는 보이지 않았다. 아직 아무것도 나고 자란 게 없는 황량한 마당이었다. 밑이 깨진 화분들이 여기저기 엎어져 있고 비 오는 날 누가 밟았는지 움푹 팬 모양 그대로 굳게 마른 자리가 많았다. 그리고 나는 어머니를 따라 언덕을 내려오는 길에 뒷목 아래가 까맣게 멍이 든 것을 보았다. 목 주변으로 넓게 늘어난 옷인데도 어디까지 그 멍이 번졌는지 다 보이지 않았다.

창고 같은 가게에서 닭죽을 먹을 때, 어머니는 나를 마주 보는 방향으로 앉아 있었고 남자는 남은 비료 더미를 세고 있었다. 오래 끓인 듯 뼈가 물렁했다. 나는 줄곧 멍이 난 자리를 심상치 않다 생각했는데 흙길이 질퍽해지면 아주 미끄럽다, 구르기만 하고 부러지지 않은 게 어디냐, 둘러대는 어머니의 말을 다 믿지 못했다. 병원에 가보라고 하면 이미 그랬다, 하고 말하는 게 다 거짓말 같았다. 아무리 씹어도 씹히지 않는 것을 뱉어내며 나는 개가 보이지 않는다고 말했다. 그 큰 개가 전에 왔을 때는 저기 저 문 앞에 있었는데 개집만 있고 개는 어디 갔느냐고 물었다.

"어서 먹어라, 죽 다 식는다."

어머니는 묵은 김치를 찢어 그릇에 올려주었다. 지금 우리의 대화를 남자가 듣고 있는지 알고 싶었으나 선반에 가려 보이지 않았다. 보았다면 어머니를 때린 게 정말 남자가 맞다고 나는 확신할 수 있었을까.

그러나 정작 문영에게는 이런 것들 중 상당 부분은 생략한 채, 이렇게 휴가를 한꺼번에 오래 써본 것은 처음이다, 어디든 가려고 했으나 가보고 싶은 곳을 고르느라 시간을 낭비하고 싶지 않았다, 몇 해 전부터 여기 가까운 데 어머니가 살고 있고 집은 공사 중이고 머물 만한 곳이라고는 근처에 이곳밖에 없더라, 이곳은 여기와 어울리지 않는다, 당신도 여기 사람들과는 달라 보인다, 하고 나는 말했었다.

나는 그때 문영이 나를 배려했다고 생각한다. 무엇 때문에 그런 기분이 들었는지 정확히는 모르겠으나 아마도 내가 말한 것보다 더 많은 걸 말해주려고 했기 때문에, 그걸 들킬 만큼 지나치게 애쓰는 게 보였기 때문에 더 그랬던 것 같다.

문영은 이것저것 하는 사람이라고 했는데 들어보면 정말 이것저것 했구나 싶게 자기가 했던 것들에 대해 줄줄 이야기했다. 지금은 여기저기 여행을 다니면서 보고 듣고 경험하는 중이고 그런 것들로 글을 쓰려고 한다, 그러기를 벌써 두 달째고 중간에 경비가 부족할 때마다 근처에서 할 수 있는 단기적인 일을 구하고 이곳처럼 매번 환경이 좋은 것은 아니지만 어쨌든 일은 계속하고 그러다 여력이 되면 다시 떠났다가 도착한 도시나 소읍에서 사진을 찍고 재래시장을 돌아다니다가 지역축제 같은 걸 구경하고 이것저것 생각하고 그걸로 무언가 또 써보려고 부단히 노력한다, 먼

곳에서 가까운 곳으로 돌아오기도 하고 한곳에서 오래 머무르기도 해서 사람들을 많이 만난다, 그게 좋다, 문영은 그렇게 자기를 소개했었다. 그리고 그 여행길에 누구를 만났는지 무얼 보았는지 거기 가봤냐고 묻고 꼭 가보라고, 그 지역에 가면 자연 늪지를 꼭 봐야 한다거나 죽순과 고사리를 볶은 게 맛이 좋더라고도 했다. 그런 말들 속에서 나는 문영의 부모가 관대한 사람이라고 생각했는데 여유로운 가정에서 자랐을 거라고, 그래서 별로 절실한 게 없는 사람인가 보다, 싶었다.

일주일을 머물면서 그곳에서 무얼 보았나. 뭐가 있고 없었나, 생각하면 대개가 모호하다. 낮에는 한 번씩 가게에 들러 어머니가 하는 일을 도왔고 남자와 배달을 다녀오기도 했으나 밤이 되면 다른 가족이 된 것처럼 다른 곳으로 돌아가야 했다. 그랬을 뿐 그곳에서 딱히 무엇이 좋았다거나 아쉬워할 만한 게 없었다. 거기 사람들은 계절마다 나고 자라는 것을 잘 알아서 때가 되면 그걸 데치거나 삶아서 먹을 것 같다는 인상을 주었다. 그곳을 떠올리면 정확히 그곳에 대한 어떤 것이 떠오르는 게 아니라, 삼천포나 익산처럼 쇠락한 기운이 느껴졌다. 망할 것 같은 외관이지만 절대 안 망하는 가게가 한둘쯤 있을 것 같았다. 그랬는데도 나중에 다시 만난 문영은 거기 사람들이 친절했다, 그래서 좋았다, 같은 말들로 그곳을 회상하고는 했다.

3

그로부터 두 달쯤 뒤에 문영으로부터 전화가 왔다. 정말 연락을 해올 거라고 생각하지는 못했는데 막상 전화를 받았을 때, 잘 지냈어요? 하고 묻는 문영의 목소리를 나는 바로 알아들을 수 있었다. 지금은 서울에 있다고 했고 여행에서 돌아온 것은 한 주 전인데 이것저것 정리하느라 연락이 늦어졌다고 했다. 가까운 시일 중, 서로가 편한 날짜를 정해 만나기로 했다. 다시 만난 문영은 머리가 많이 자라 있었는데, 거기서는 내내 묶고 있어서 더 그래 보이는 거라고 문영이 말해서 "맞아 거기서는 문영 씨가 그랬지", 하며 우리가 함께 머물렀던 그곳의 이야기를 나눴다. 우리가 동일하게 보았던 것, 그러나 다르게 느꼈던 것들이 많았다. 더 이야기할 게 없어진 다음에는 문영만 아는 이야기로 이어져서 자리는 길어졌다.

문영은 유스호스텔을 떠난 뒤에 서쪽을 향해 계속 여행했다. 배를 타고 섬으로 들어갔는데 그 섬의 슬로건은 '슬로 시티'였으나 시티라는 말이 어울리지 않을 정도로 시골인 데다가 어촌일 것 같지만 실은 대개가 양파를 재배하는 농가이고 염전이 아주 넓었다고 말해주었다.

"몰랐는데, 염전이 농업인 거 알았어요?"

그렇게 물어서 뭐, 아무래도 그 전田 자가 밭 전 자니까 하고 대답했으나 듣고 보니 조금 애매하긴 했다. 그랬는데도 원래 알았다는 듯이 뭐, 아무래도 그러겠지…… 하는 식으로 대답했다. 혹시라도 문영이 잘못 알고 있는 게 아닐까, 광업이나 어업이라고 하기에도 이상했으나 그런 걸 부르는 무언가 다른 용어가 있는데 그걸 우리 둘 다 모르고 있는 게 아닐까, 나중에라도 그걸 알면 서로 민망하겠다, 생각했다. 이후에 정확히 알아봐야지 싶었으나 다른 이야기를 하다가 얼마 지나지 않아 잊어버렸다.

문영은 그곳에서 엄청나게 많은 양파를 보았다고 했다. 관광지는 아니고 아직 개발되지 않은 어떤 화가의 생가를 보러 가는 길이었는데 수확된 양파가 망에 담겨서 도로를 따라 길게 담으로 쌓였다고, 어디를 가나 돌처럼 굴러다니는 게 양파이고 트럭 한가득 양파들이 실려 나가더라, 그 트럭이란 것도 용달차는 아니고 대형 덤프트럭이었는데 무슨 공사장 자재처럼 그렇게 쌓여서 육지로 나가더라, 했다.

섬에 머무는 며칠 동안 문영은 주로 백반을 시켜 먹었다. 바닷가라 바닷가다운 식단을 기대했으나 식당 자체가 워낙 드물었고, 있다고 하더라도 2인분 이상 주문해야 한다고 주인들이 싫어했다. 미역국에 가지무침 양파절임이거나 미역줄기 멸치볶음 오이냉국이거나 어느 식당의 백반이든 내오는 것은 다 거기서 거기였다. 한번은 중화요리집을 발견해서 좋았다고 했다. 다른 곳에 비해 손님이 많아 북적였는데 그 섬에 들어가 있은 후로 그렇게 많은 사람이 모여 있는 것을 본 게 문영은 처음이었다. 점심쯤이었고 가까운 데 면사무소가 있어서 그랬을 텐데 외국인도 많았다. 관광객은 아니고 일하는 사람들, 파키스탄이나 방글라데시처럼 두상이 우리와 다른 사람들, 눈썹이 진하고 굵은 사람들이었다. 실제로 그런지 물어본 게 아니었으므로 스리랑카나 필리핀일 수도 있는 그 외국인들이 짜장면을 먹고 있었다. 문영은 그게 굉장히 낯설었는데 그렇다고 노골적으로 쳐다볼 수는 없었고 그러면 상대방이 구경한다고 생각할 수도 있을 테니까 그러지 않았다. 묵묵히 자기 몫의 그릇만 보고 자기 것만 먹었다. 단무지와 양파가 수북해서 여기는 질리도록 양파뿐이네, 그런 생각을 하면서 주방 쪽을 보는 척 외국인들을 보았다. 매운맛이 덜하고 식감이 좋다고 들었는데 정말 그랬다.

그걸 보아서 그랬는지 몰라도, 문영이 생각하기에 그 섬의 젊은 사람들은 모두 공무원이거나 외국인인 것 같았다. 둘 다 일하러 오는 사람들이고 돈을 벌기 위해서 그냥 잠깐 머물 뿐이었다. 그러지 않았을까, 오래전에는…… 하고 문영은 생각했는데 오래전에는 노인들만 남아서 양파를 재배하던 날이 있었을 거라고 그런 날에도 양파는 무럭무럭 자랐을 것이고 그걸 사러 트럭들이 배를 타고 넘어왔을 것이고 그걸 팔아 육지에서 유학하는 자식들을 키웠을 것이고 그 자식들이 공무원이 되어 다시 돌아왔을 것이다, 생각하면서 짜장면 한 그릇을 다 비웠다. 여전히 양파는 많고 앞으로도 많을 것이므로 그곳은 염려가 없었다. 양파가 계속 자라는 한 그걸 수확하러 외국인들이, 그 외국인의 자녀들이 올 것이므로 염려가 없었다.

우리는 같은 자리에 앉아서 내내 그런 이야기를 했다. 주로 문영이 말했고 나는 들었다. 거기서 그런 걸 보았고 그런 생각이 들어서 무언가 써보려고 했는데 문영은 잘 되지 않는다고 말했다.

"나가는 배를 기다리는데요. 멀리서 누가 나를 쳐다보고 있는 거예요. 멀리 있어서 잘 보지는 못했지만 남자고 젊고 담배 피우면서 나를 빤히 보는데 무섭기도 하고 그 사람이 나를 보면서 무슨 생각을 했을까, 자기는 여기 일하러 왔는데 거기서 나 같은 사람을 보면 어떤 생각이 드나, 기분이 참 그랬어요."

밝을 때 만났으나 그즈음 밖은 어둑해지고 있었다. 마시던 것은 이미 모두 비운 뒤였고 얼음이 녹으면 녹는 대로 또 다 마셔버려서 더 마실 게 없었다. 문영은 테이블 위에 두 손을 올려두고 있었다. 깍지 끼거나 움켜쥐지 않은 차분한 문영의 손을 바라보며 나는 다행이네, 하고 말했다. 그건 다시 생각해봐도 여전히 이상한 말이었는데 나도 모르게 그 사람들을 그런 식으로 생각하고 있었구나, 무언가 위협이 되는 사람으로 여기고 있었구나, 싶어서 후회했다. 그런 의미가 아니라고 변명하려고 했으나 거기에 대해 문영은 별다른 반응을 보이지 않았다. 듣지 못한 걸 수도 있었다.

"그걸 뭐라고 설명해야 할지 모르겠어요."

다시 그렇게만 말했다.

4

문영과 연락하며 지내는 동안 내가 여기에 있는 사람이라면 문영은 저기 어딘가에 있어서 다른 사람 같다는 기분이 자주 들었다. 문영은 무얼 쓰려고 하는지 무얼 쓰고 싶고 그게 어떤 걸 의미하는지에 대해서라면 잘 이야기하면서도 실제로 어떤 걸 썼는지는 한 번도 내게 보여주지 않았다. 지금에 와서 생각해보면, 그게 나를 무시해서가 아니라 내 얘기도 거기 들어가기 때문에 그랬던 것 같다. 그래서 보여주기 어려웠겠구나. 그러나 당시의 나는 문영이 쓰는 글이라면 문영다운 어떤 것이겠지 추측할 뿐이었다.

문영은 영화를 보거나 책을 읽거나 음악을 들을 때도 거기에서 다른 것을 보았고 시스템이나 대안이라는 말을 자연스럽게 사용했으며 신중하게 생각하다가 아무것도 결론을 내리지 못하는 사람 같았다. 식성은 뚜렷해서 오늘은 우동이 먹고 싶다고 하거나 다음에는 쌀국수를 먹자 했고 신촌에 가면 값이 싸고 양이 많은 인도 음식점이 어디 있다는 것도 잘 알았다. 그런 사람을 어떤 사람이라고 할 수 있을까. 한번은 시청에서 만나 명동 쪽으로 저녁을 먹으러 가는 길에 대한문 앞을 지났다. 거기에는 분향소가 있었고 사진을 전시해놓았고 천막을 세워 농성 중이었다. 노동자였고 유족이었고 해고자였다. 그날 저녁, 우리는 칼국수를 먹었다. 줄이 길어서 순서를 오래 기다려야 했는데 그사이 문영은 오는 길에 보았던 장면들을 떠올리며 그런 일들은 어떤 대비도 할 수 없이 너무 갑작스럽게 오니까 더 무서운 것 같다고 말했다. 그러고는 저녁을 먹는 내내 더 아무 말이 없었다.

명동은 일본인과 중국인과 한국인으로 북적거렸다. 식당에서 나와 그 거리를 걷는 내내 일본어와 중국어와 한국어가 뒤섞여 글로벌했는데 문영의 말은 들리지 않았다. 그때의 문영은 내가 잘 모르는 사람이 되어버린 것 같았는데 그런 사람을 어떤 사람이라고 할 수 있을까. 먹고 싶은 것이 명확한 사람과 그런 것을 고민하는 사람은 어딘가 다른 사람 같았다. 그때 우리가 걷던 방향으로 계속 걸어갔다면 다시 시청이 나올 것이고 도로 건너편에는 대한문이 있을 것이고 더 지나서 더 많은 해고자와 유족과 피해자를 볼 수 있었을 것이다. 그곳까지 갔다면 우리도 일본인이나 중국인이 된 것처럼 낯선 사람이 되었을지 모른다. 그러나 우리는 그러지 않았다.

새로 들어간 가게에서도 문영은 한참 동안 무언가 생각하고 있었다. 그런 모습은 전에도 몇 번 봐왔던 터라 문영에게 묻지 않고 나는 적당한 걸 주문했다. 일본 가정식으로 조미된 음식을 안주 삼아 맥주를 마실 수 있는 곳이었는데 반건조된 생선을 삶은 요리는 겉이 바삭하고 속은 젖어서 식감이 좋았다. 단간장에서 나는 향도 좋았다. 시원한 맥주가 좋았고 그것들을 함께 먹고 마시니까 더 좋았다. 그러나 그걸 상쇄할 만큼 문영만은 어딘가 좋아 보이지 않았으므로 그것 모두가 무미해져버렸다.

더운 것이 식고 차가운 것은 미지근해질 만큼의 시간이 지났을 때에야 문영은 입을 열었다. 그때 나는 건너편에 앉은 남녀의 대화에 신경 쓰고 있었다. "뭐야 왜 아무것도 몰라. 거기서 댐도 보고 전망대도 보고 물이 검어서 무서웠는데 너는 계속 바다라고 우겼었잖아." 여자가 화를 내면 "정말 그랬나?" 남자가 변명했다. "댐을 보긴 봤는데 그게 거기는 아니고 다른 곳 아니었었나." 나는 그 대화가 어떤 식으로 끝나게 될지 몹시 궁금하던 참이었는데 다시 한 번 대한문의 그 풍경을 떠올리며 문영이 말을 걸어왔다.

"그런 사람들을 보면요, 나는 그렇지 않아서 다행이라는 생각을 자꾸 하게 돼요. 그래서 그걸 들킬까봐, 그 사람들이 나를 보고 그런 마음을 읽어버릴까봐 두려워요."

그러고는 그게 어디에서 비롯된 감정인지 문영은 설명하려 했다. 건너편의 여자는 남자에게 동선을 상기시키느라 목소리가 더 커지고 있었다. "아니면 그 집은 기억나? 염소 키우던 그 집에서 무화과 먹었던 건 기억나냐고. 아 진짜, 그걸 왜 몰라. 답답하네, 정말. 사람이 왜 이렇게 답답해?" 그러나 그런 것과 상관없이 나는 문영의 목소리를 더 분명하게 들을 수 있었다. 같은 고등학교를 다니다가 서로 다른 지역의 대학으로 진학한 뒤 보지 못한 친구가 있는데, 생각해보면 전에도 특별히 가깝게 지낸 것은 아니고 어울리던 무리 중에 다른 친구가 더 친했다거나 누가 불러서 나가면 여러 명 중에 그 애도 거기 있었다, 라고 문영은 말했다.

"스무 살이 되던 그해 겨울에 하숙하던 집에서 불이 났다고 들었어요. 누군가 향초를 피워놓고 잠들었는데 정작 불이 난 방에 살던 사람은 빠져나가고 그 애는 그러지 못했어요. 나는 그 애에 대해서라면 아주 잊고 살았는데 그런 소식을 듣고 보니 그렇게 지냈다는 게 너무 미안한 일 같더라구요. 방문 안쪽에 짐을 싸둔 트렁크가 있었다고 했어요. 다음 날이면 집으로 돌아갈 줄 알았던 거지. 그런 일들은 아무도 모르는 거니까……, 그런 사고는 실은 너무 흔하게 일어나는 일인데 정작 자기한테는 아주 멀어 보이잖아요. 장례식에 다녀온 친구들은 가족들이 많이 울더라고 했어요. 우리를 보더니 더 울더라고."

식으면서 살이 단단해진 생선은 맛이 비렸다. 여태껏 손도 대고 있지 않던 문영은 그 비린 음식을 젓가락으로 헤집어놓으며 친구와 관련해서 그냥 잊을 수도 있었던 어떤 기억이 떠올랐다고 했다. 그런 일은 아주 없었다는 듯이 잘 살아왔는데 이상하게 그날 이후로 오래 생각하게 되었다고 문영은 말했다.

"한번은 그 애 집에 갔던 적이 있어요. 부모님이 식당을 한다고 들었는데 새벽까지 영업을 하는 곳이라 금요일 밤이나 주말에도 집이 빈다고, 그러면서 괜찮으면 자기 집에 놀러 오겠냐고 묻는 거예요. 그러겠다고는 했는데 지금도 그게 왜 하필 나였을까, 생각해보면 잘 모르겠어요. 우리는 그렇게 가까운 사이는 아니었거든요."

하얀 건물이라길래 어렵지 않게 찾을 수 있을 거라 문영은 생각했다. 멀리서는 분명 그렇게 보였는데 연한 노랑이랄까 잿빛이랄까 그런 건물도 많아서 문영은 헷갈렸다. 골목이 자주 다른 골목으로 갈라지기도 해서 바로 가고 있는 걸까 불안했다. 어떤 골목 안쪽에는 집들이 단층으로 길게 늘어서 있었다. 지붕이 석면으로 된 얇은 슬레이트였는데 대부분 재봉하는 곳이었다. 바깥에서 보기에 일반 가정집과 구분가지 않았으나 '미싱합니다'라든지 '기술자 상시 구함' '일 배우실 분' 같은 전단지가 벽마다 붙어 있었다. 그 외에 상가라고 할 만한 것은 보이지 않고 지나가는 사람도 없어서 길을 묻기가 마땅치 않았다. 오는 길에 산부인과를 하나 보기는 했는데 외관이 낡아서 낙태나 무면허 같은 단어가 떠올랐다. 입구 주변이 어둡고 좁은 게 다 그런 이유에서였나, 문영은 마음대로 그렇게 생각했을 뿐 들어가 묻지는 않았다. 유료 주차장이 나온다는 이정표를 두고 반대쪽으로 걸었다. 얼마 뒤에 낮은 건물들 너머로 하얀 바깥벽에 '진주빌라'라고 적혀 있는 것이 보였다. 보이는 곳을 향해 걷는데도 막다른 길이 나오거나 주차장으로 이어지던 탓에 이후로도 문영은 오래 헤맸다.

승강기 없이 모두 5층 높이의 진주빌라 입구에는 자전거가 많았다. 거주하는 세대보다 더 많을 것 같았는데 위층으로 오르는 계단 아래, 깊은 공간이 있어서 그곳에 세워져 있었다. 쓰러진 것도 있었고 도색이 벗겨진 자리엔 녹이 두꺼웠다. 안장이나 바퀴가 없는 것도 있고 따로 자물쇠를 채우지 않은 것들이 많아서 버려진 것처럼 보였다. 실내등 없이 내부가 어두웠다. 친구의 집은 계단 대여섯 개만큼 올라선 1층이었고 현관문은 열려 있었다. 잠기지 않았다는 의미에서 열려 있었는데 실제로 닫힌 문을 연 것은 문영이었다. 초인종은 고장이었고 대신 문을 두드려보았으나 아무런 대답이 없었다.

"멀리 간 게 아닐 거라고 생각했어요. 잠깐 자리를 비운 거라고, 약속 시간에 가까워 냉장고를 열었는데 대접할 게 마땅치 않다는 걸 발견했을 수도 있겠다, 생각했거든요."

현관에서 바라보는 방향으로 왼쪽과 정면에 짙은 갈색의 목재 문이 각각 둘씩 있었다. 문영은 집의 구조를 찬찬히 둘러보았다. 오른쪽 벽을 따라 싱크대가 길게 붙어 있었고 마른 그릇들, 빈 개수대, 음식점 전단지가 가득 붙은 냉장고가 그 오른쪽 끝에 있었다. 냉장고를 세워서 일부가 막힌 창은 세로로 좁고 가로로 길었다. 생선을 굽고 냄새를 다 빼지 못한 게 아마 저것 때문이라고 문영은 생각했다. 그밖에 거실 중앙에 빈자리가 넓었다. 아주 넓은 것은 아니고 식탁이라든지 크고 넓은 의자를 두기에 좋을 만큼 넓었다. 거실 한쪽에 접혀 있는 빨래건조대도 보았다. 그 거실 가운데 펼쳐두면 좋을 것 같았다. 그러나 빨래를 말리는 자리로만 쓰기에는 어딘가 비효율적인 공간이라고 문영은 생각했다.

"그날 나는 그 애를 기다리지 않고 그냥 집으로 돌아가버렸어요. 월요일이 지나고 화요일이나 수요일쯤에 그 애 반을 찾아가서 미리 연락하지 못해서 미안하다고, 갑자기 사정이 생겨서 가지 못했다고 둘러대는데 그 애는 나를 빤히 쳐다만 보더라구요. 괜찮다거나, 다음에 다시 오라거나 그런 말 없이 그냥 보고만 있었어요."

건너편에 앉아 내내 다투기만 하던 남녀는 이미 보이지 않았다. 대신 그 자리에는 직장인으로 보이는, 비슷한 연배의 남자 넷이 앉아 있었다. 밤이 깊어질수록 드는 손님이 늘어서 가게 안은 번잡했다. 배경음악으로 틀어놓은 노래는 줄곧 가사가 일본어였으므로 알아들을 수 없었다. 테이블마다 무언가 떠드는 소리, 주문하는 소리가 들렸으나 그 역시 다른 소리들에 뭉개져 알아들을 수 없었다. 그러니까 문영만이 그곳에서 유일하게 한국어로 말하는 사람이라는 듯 나는 그때 오직 문영의 말만 이해할 수 있었다.

"아마 그날, 나를 보았던 게 아닐까 생각해요. 그 빌라를 급하게 빠져나와 골목 밖으로 달려가던 나를 어딘가에서 보았을 거라고요. 그래서 그 애의 무언가를 건드려버렸구나…… 그 집에서 내가 보았던 빈하거나 누추한 사정을 정작 그 애는 모르고 살았던 건데, 이제까지 한 번도 부끄럽거나 숨겨야 될 일이 아니라고 여겼을 텐데, 나 때문에 그걸 알게 되었다고……. 그걸 생각하니까 내가 너무 부끄러워지더라구요."

5

문영과 나는 오래전에 멀어졌다. 한때 누구보다 가까운 사이로 발전했다가 지금은 아주 먼 사람이 되어버렸다. 문영이라면 그 시절의 우리를 어떻게 설명했을까. 거실에서 고양이를 키우고 날이 갈수록 살집이 붙는 문영과 전세금을 걱정하고 저녁 찬거리를 투정하며 주말엔 아이들과 귀찮은 소풍을 가기도 하는 지루한 생활들을 함께 상상하던 시절이 있었다. 문영에 대해 생각할수록 그게 문영은 아니고 문영과 비슷한 어떤 것이 되어버리는 것 같다. 문영은 말하기 어려운 것들을 말하고 싶어 했고 그게 무엇일까, 그것을 어떻게 설명할 수 있을까, 궁금해했다. 그리고 어느 순간에 이르러 나는 그런 문영을 참을 수가 없었는데 너는 왜 그런 것들만 궁금해? 여름에 더운 집과 겨울에 추운 집 중 어느 것이 더 나은지, 돈을 벌려면 어떻게 해야 하는지 왜 그런 건 묻지 않아? 궁금하지 않아도 되니까, 너는 그냥 그런 건 몰라도 되는 사람이니까, 그렇게 살 수밖에 없는 사람들과는 다른 거 아니냐고, 그런데도 왜 너는 남의 불행을 다 이해하는 사람처럼 구나, 왜 그게 네 것인 양 남의 걸 탐내나, 언젠가 내가 문영에게 이런 말을 한 적이 있었나. 했다고 하더라도 그게 온전히 전달되었을까. 그리고 문영의 어디에서 그런 걸 보았나, 생각하는 중에 그날 가게를 나와 명동 어느 곳을 걸으면서 문영이 했던 말을 떠올리게 된다.

"그런데 그걸로 무언가를 써보겠다고 애쓰고 있더라고요, 내가. 이걸 한번 써보면 좋겠다, 그런 생각을 하고 책상에 앉아서 거기에 대해서 자꾸 떠올리고 있었어요. 전에 우리가 무슨 말을 했는지 그 애의 집에서 무얼 보았고 어떤 냄새가 났는지……."

문영은 나중에 그곳을 다시 찾아가게 된다. 실은 그렇게만 쓰고 가지 않았던 건지도 모르겠지만 적어도 문영의 소설 속 주인공은 그랬다.

몇 해 전, 죽은 친구의 집을 다시 찾아간 '그'는 십수 년이 지났으나 여전히 가벼운 지붕 아래 재봉하는 집이 많고 골목은 복잡하고 낡은 산부인과가 영업 중인 그곳에서 길을 헤맨다. 빌라는 전보다 더 낡고 칠이 벗겨져서 잿빛의 상처가 군데군데 드러나 있다. 입구를 반쯤 가로막은 자리에는 전에 없던 야외 평상이 놓여 있다. 넓게 펼쳐 고추나 무청 같은 것들을 말려놓고 중년의 여자가 앉아 있다. 응달진 자리였는데 이상하게도 건물 안쪽에서부터 서늘하게 바람이 불어오는 것 같다고 그는 생각한다. 이제 두 사람이 그 위에 앉아 있다. "지금이 몇 시인지 알려줄 수 있어요?" 그에게 묻고 벌써 그렇게 되었나, 하면서도 여자는 평상을 떠나지 않는다. 그리고 둘은 오래 대화를 나눈다. 여자가 자식을 잃은 그 여자가 맞는지 소설 어디에도 분명하게 드러나 있지 않았으나 그렇게 읽혔다. 그는 여자를 위로하지 않고 여자도 위로받을 만한 어떤 고백도 하지 않았는데도 그랬다.

"이상하게 들리겠지만…… 나는 말이에요. 가끔 내가 이런 게 된 것 같아."

여자는 손바닥으로 평상을 두드린다.

"누가 내 위에 이렇게 버티고 있는 게 아닌가, 어깨가 저리고 가슴이 답답한 게 다 그런 이유에서 그런 게 아닌가 싶은 거지."

그리고 여자는 오랫동안 자신이 정말 무엇이었는지, 그때의 기분이 어땠는지를 설명하려 한다. 그것은 어렵고 헤맬 수밖에 없어서 괜찮아요, 기다릴 수 있어요. 그가 여자를 안심시킨다. 그것 중 어떤 말들은 문영이 진짜 내게 했던 것이기도 한데 소설 속에서는 그때 우리의 맥락과는 다르게 그런 말들이 오고갔다. 그랬는데도 문영의 목소리는 변하지 않고 남아서, 여전히 설명할 수 없는 것들을 설명하려 애쓰고 그것으로부터 또 다른 말들이 생겨나고 그걸 설명하기 위한 새로운 말들이 끝나지 않을 것처럼 계속, 계속 이어지는 그런 이야기였다.

그리고 나는 그걸 읽는 내내 도대체 그게 뭐였는지, 무엇이 그토록 나를 화나게 했는지, 어딘가 불편했는데 그게 무엇인지에 대해서는 여전히 명확하지 않지만 문영이 나쁘다, 라는 생각만큼은 오랫동안 하게 되었다.

근래 들어 문영을 만난 유스호스텔을 자주 생각하게 된다. 여전히 그곳과 멀지 않은 곳에 내 어머니가 살고 있고 창고 같은 가게에서 비료들이 팔려나간다. 지난여름에는 살구와 절인 매실을 병에 담아 보내주었다. 일이 바쁘다는 핑계로 그 뒤에 다시 내려간 적은 없어서 마당에 무엇이 자라고 있는지 나는 알지 못한다. 그랬으므로 그 집에 대해서라면 무너진 벽 한쪽과 황량했던 마당만을 상상할 수 있을 뿐이다.

화목한 가정을 생각하면 나는 슬퍼진다. 왜 우리는 그게 되지 못했을까, 그런 게 과연 있기나 한 걸까. 그날, 나는 가게 입구의 빈 개집을 보면서 남자가 개를 죽인 거라고 생각했다. 아무런 근거가 없는데도 개를 죽이듯 어머니를 때린 게 아닐까 의심했다. 넘어진다고 어떻게 그런 자리에 멍이 들어요? 왜 그렇게 묻지 못했던 걸까. 당신도 보라고, 남자의 멱살을 잡고 어머니에게 함부로 하지 말아라, 화내지 못했다.

얼마 전 남자는 무릎에 물이 찼는데 수술 경과가 좋다고 했다. 어머니는 한 달에 두어 번 전화해서 그간의 사정을 늘어놓는다. 간혹 남자를 흉보기도 하고 끝에 가서는 어김없이 내 걱정을 한다. 그곳에서 어머니는 잘 지내는 것 같다. 그렇게 믿기로 했다. 그게 아니라면 어머니가 너무 불쌍한 사람이 되어버리는 것 아닌가. 그 불행에 내가 일조한 것 같아 참을 수가 없다. 그리고 문영에게는 한 번쯤 이런 얘기를 꺼낼 수도 있었을 텐데 하지 않았다. 그랬다면, 지금쯤 어머니에 대해 다른 말을 할 수 있지 않았을까. 문영이라면 그걸 어떻게 말했을까.

불가능한 세계

1

민재가 가장 이해할 수 없는 부분은 소진의 근거 없는 불안이었다. 나쁜 상황을 가정하고 실제로 그런 일들이 일어날 가능성에 대해 걱정했다. 드라마를 보다가 자주 울었고 오후 다섯 시부터 시작하는 라디오 사연이라든지 기부금을 독려하는 다큐멘터리를 힘들어하면서도 놓치지 않았다. 그때마다 민재는 소진을 달래야 했다.

"또 왜 그러는 거야. 이건 우리 이야기가 아니잖아."

사실을 말하자면 민재의 경우, 오히려 안심이 되었다. 텔레비전을 통해 우리의 삶은 난치병이나 가정의 심각한 불화와는 거리가 멀다는 점을 새삼 깨달을 수 있었기 때문이었다. 그러나 소진은 달랐다.

주말 저녁, 식사를 마친 뒤 과일을 헹구고 있던 소진이 물었다.

"곱셈과 덧셈 중에 어느 쪽이 더 어려운 문제야?"

"그야, 곱셈이지."

무언가 다시 말했는데 물소리 때문에 민재는 듣지 못했다. 수도를 잠근 뒤 재차 물어왔다.

"왜냐고. 왜 그렇게 생각하냐고."

아주 당연하고 기본적인 것조차 소진은 의심했다.

날로 달라지는 소진을 발견할 때마다 민재의 기대감도 함께 커져가고 있었다. 몸집이 조금 불었고 검사 결과는 양호했다. 딸이라면 좋겠다고 민재는 생각했다. 카트에 실어 함께 장을 보는 동안 소진은 조르는 것을 사주지 않을 것이다. 떼를 쓰며 울어댈 때마다 드러나는 좁고 말랑말랑한 목구멍. 새빨갛게 달아오른 볼을 아프지 않게 깨물며 여기, 아빠가 주는 선물이다 생색낼 날들을 떠올렸다. 완구류가 진열된 선반 앞에서 민재가 딸아이의 네 번째 생일 선물을 미리부터 고민하는 동안 소진은 과일 코너에서 무언가를 신중히 고르고 있었다. 그리고 지금 그의 앞으로 골이 선명한 자두들이 바구니에 성기게 담겨 나왔다. 양이 적다기보다는 그릇이 너무 넓었다.

"어때? 너무 신 거 같지 않아? 억지로 먹지는 마."

다음 달이면 그들의 두 번째 결혼기념일이 돌아왔고 올해는 꼭 어디라도 다녀오자고 민재는 약속했었다. 작년에는 지인들 몇을 불러 자축했을 뿐이었다. 그러나 새롭게 더해진 업무량을 고려해 볼 때 이번에도 어려울 게 거의 분명해 보였다. 소진은 서운해할 것이고 그것을 달래는 나름의 요령이 민재에게는 있었다. 태중이라는 사실도 좋은 핑곗거리가 될 수 있었다. 결국엔 소진도 이해해줄 것이었다.

결혼 후 그들이 당면한 과제는 보다 현실적인 종류의 것으로 넘어가고 있었다. 전세 계약 만료일이 다가오고 있었고 접근성과 자금 운용력을 고려해 주변 시세와의 차이를 알아내는 데 소진은 주력했다. 혼수로 구입한 5단 높이 서랍장이 지나치게 비쌌다는 걸 얼마 전에서야 깨닫고 후회하기 시작했다

"괜찮아, 그 정도의 여유는 아직 있어."

민재는 이런 식의 위로를 할 수 있다는 게 좋았다. 근래 들어 새롭게 발견한 이 역할 놀이에 흠뻑 빠져 있었다. 아낀 기색이 역력한 저녁 반찬을 두고 일부러 불평을 늘어놓는다거나 감당할 수 있는 사치를 부려 소진을 놀라게 했다. 기념할 게 아무것도 없는 날에 브로치를 선물한 적도 있었다. "제정신이야?" 그것이 소진이 보인 가장 첫 번째 반응이었다.

전에 없이 큰 싸움이 일어나기 불과 두 시간 전, 민재는 씨에 붙은 과육까지 꼼꼼히 빨아 먹는 소진을 바라보고 있었다. 그러고는

"너무 시지 않아? 억지로 먹으려고 하진 마" 소진의 말을 그대로 돌려주었다.

"아니, 내 입에는 아주 좋아."

겨우 신 자두 몇 알만으로도 만족하는 여자가 자신의 아내라는 게 좋았다.

2

곱셈은 덧셈보다 어려운 문제인가?

소진이 이 질문을 이해하기까지는 제법 긴 설명이 필요했다. 고등학교 입학을 막 앞두고 있을 즈음이었고, 곱셈 복잡도에 대한 이해가 전무한 그녀로서는 대학에서 전산학을 가르치고 있던 아버지의 질문이 의아하게만 들렸다. 무엇을 묻고 있는지, 그 본뜻을 전혀 알아채지 못했던 것이다.

"왜라니요? 그건 너무 당연한 거잖아요."

소진도 처음에는 민재와 비슷한 반응일 수밖에 없었는데 곱셈이 보다 상급의 연산이라는 걸 한 번도 의심해본 적이 없었기 때문이었다. 단순한 수식에 불과해 보이는 어떤 문제들이 컴퓨터조차 계산할 수 없을 만큼 어렵다는 말도 이해하기 어려웠다. 종이 위에 아버지는 몇 개의 점을 흩어 찍었다. 임의의 위치에서 시작하여 모든 점들을 거쳐 다시 처음으로 되돌아오는 경로를 보여주려는 것이었다.

“여기에서 가장 짧은 이동 순서를 구하는 문제야. 그러기 위해서는 먼저, 갈 수 있는 모든 경로를 파악해야만 한단다. 왜냐하면 그중에서 가장 빠른 길을 고르는 게 우리의 최종 목표이니까. 다섯 개라면 겨우 60가지의 동선이 가능하지.”

하나씩 점이 추가되어 찍힐 때마다 아버지의 암산능력은 더욱 놀랍게 발휘되었다. 360, 2520, 2만 160, 18만 1440. 그러나 무엇보다 이 과정에서 경우의 수가 빠르게 증가한다는 것을 아버지는 지적하고 있었다. 이후부터는 따로 세지도 않고 점을 찍는 데에만 집중했다. 스무 개가량이 모이고 나서야 멈추었고 그제야 이들이 가진 거대한 잠재력을 효과적으로 밝힐 수 있었다.

“만약, 이 점들 사이에 가능한 모든 경로를 현대의 컴퓨터로 계산하려 든다면 아마 못해도 수십 년은 더 기다려야 할 거다. 거의 불가능한 일이지.”

“수학적으로는 그렇겠지만” 소진은 언젠가 자신이 읽었던 곤충들의 집단지성에 관한 글을 염두에 두고 있었다. “실제로는 아주 간단한 문제일 수도 있어요.”

아버지만큼은 아니었지만 소진 역시 영특한 데가 있었다. 개미나 꿀벌의 경우, 최단 거리를 추적하는 데 뛰어난 능력을 지녔다는 내용이었는데 상식적으로도 이런 곤충들이 고도의 수리적 계산능력까지 가졌다고 보기는 어려웠기 때문이었다. 그것은 본능이나 직관, 아니면 그보다 더 단순한 무엇과 관련된 것일 수도 있다는 게 소진의 주장이었다.

"다만 그 방법을 모르고 있어서 어려워하고 있는 걸 수도 있잖아요. 알고 나면 아주 간단한 문제인데도 불구하고 말이에요."

전문적이지는 않았지만 이후로 전개되는 그녀의 사유들은 인지과학의 영역까지 넘나들고 있었다. 그리고 이제 창의적이고 적극적인 딸아이가 던진 이 무지한 질문에 대해 전산학 교수로서 아버지가 평가를 내릴 차례였다.

"그렇다면 곤충생물학이야말로 수학의 대표적인 난제를 해결하는 데 아주 큰 기여를 할 수 있겠구나. 그리고 그건 매우 불행한 일이기도 해. 왜냐하면 우리가 안전하다고 생각했던 대부분의 것들이 위협받을 테니까. 우선 내 계좌의 비밀번호부터 누구나 쉽게 해독할 수 있게 될 거다."

얼마 전 친정에 다녀온 뒤로 소진은 아버지가 걱정되었다. 전화도 받으려 들지 않았다. 그곳에 머무는 며칠 동안, 자정이 넘도록 서재의 불은 꺼지지 않았다. 아버지가 지나치게 일에만 몰입하고 있는 것이 소진으로서는 염려되었다. 찾아보지 못한 사이, 눈에 띄게 다른 사람이 되어버린 듯했다. 좀처럼 서재 밖으로 나오려고도 하지 않았다. 아버지는 당신의 가장 화려했던 순간이 지나가버린 것에 대해 실망하고 있는 것 같았다. 은퇴까지 한 마당에 무엇 때문에 저렇게 집착하는 것일까. 그리고 아버지를 위해서라도 소진은 이 문제에 대한 자신의 결단이 필요하다고 생각했다. 말리려

했고 그것으로 큰소리가 오갔던 것이다.

주말 저녁, 소진은 오래전 아버지의 그 질문을 다시 떠올렸고 민재가 보인 황당한 태도를 이해할 수 있었다. 그것은 무지와는 거리가 멀었다. 다만 한 번도 거기에 대해 의문을 품어본 적이 없었기 때문이었다.

"원칙적으로 해결 가능한 알고리즘이지만 실제로는 불가능한 문제들이 있단다. 답을 구할 수 있다는 것은 알고 있지만 그 문제를 풀어내는 데 아주 오랜 시간이 걸릴 테니까. 그런 문제들은 가장 어려운 문제들에 속하지. 반면에 답을 구하기까지 짧은 시간이 걸리는 문제는 쉬운 문제겠지. 이제 내가 처음에 했던 질문을 이해하겠니? 곱셈은 덧셈보다 왜 더 어려운 것일까? 그 이유는 더 오랜 시간이 걸리기 때문이란다."

당시의 소진은 상상 못할 만큼 긴 시간이 걸리는 문제들, 그러니까 분명 가능성은 있지만 그 답을 구하기는 아주 어렵고, 그러므로 거의 불가능에 가까운 문제들이 존재한다는 말이 매력적으로 들렸다. 그런 무모한 주제를 탐구하는 사람이 바로 자신의 아버지라는 사실이 존경스러웠다. 하지만 이후에 소진이 보게 되는 것들은 복잡한 알고리즘 수식들뿐이었고 그것을 이해한다는 것은 **현실적**으로 어려웠다.

서른 무렵을 지나오는 동안 한때 자신이 그런 데에 관심을 가지고 있었다는 것조차 소진은 모두 잊고 살았다. 침범할 수 없는 아버지만의 영역이라는 걸 깨닫기까진 그리 오랜 시간이 걸리지 않았다. 그럼에도 불구하고 그때의 경험이 소진의 어느 부분을 결정하고 있었던 것은 분명해 보인다.

그녀는 민재와 자주 이런 식의 대화를 나누었다.

"선명하진 않은데 이상한 냄새가 나는 거야. 왜 가축병원 같은데 지나면 맡게 되는 그런 거 있잖아."

지하철에서였고 소진은 옆에 앉은 젊은 연인들한테 나는 냄새에 무척 당혹스러웠다. 운동을 좋아하는 남자인가 싶었는데 아무리 사랑에 빠진 여자라고 하지만 그런 것까지 참는 건가, 이해할 수 없었다. 다른 곳으로 옮기고 싶어도 퇴근 시간의 지하철 안은 너무 복잡했다. 그녀가 할 수 있는 일이라곤 고작 그 남자에게 눈치를 주는 것뿐이었다.

"너한테 냄새가 난다, 그걸로 나는 머리가 지끈거린다, 이렇게 눈짓으로. 그런데도 전혀 알아먹지 못하고 오히려 자기 남자에게 관심을 갖는 건 줄 알고 어린 여자애가 나를 경계하는 거야."

그때까지만 하더라도 민재는 그게 가벼운 농담이라고 여겼을 것이다.

"환승역에서 그 사람들이 내릴 때까지 어떻게 버텼는지도 모르겠어."

빈자리를 보고 다른 여고생이 거기에 서둘러 앉을 때 소진은 순간 걱정이 되었다. 냄새가 배지는 않을까. 젖은 털에서 나는 불쾌한 냄새였다. 혹시 지금쯤 그걸 알아챘는지 궁금했으나 이어폰을

끼고 앉은 여고생은 아무런 신경도 쓰지 않았다. 그런데도 소진에게는 그게 조금도 줄어들지 않고 여전했다. 그때서야 이게 혹시 다른 곳에서 나는 게 아닐까 하는 의심이 들기 시작했던 것이다. 덜 마른 빨래에서 나는 냄새가 아닐까, 입고 있는 티셔츠에서 혹시 그런 냄새가 나는 게 아닐까, 내가 그걸 입고 있는 게 아닐까. 거기 앉은 내내 누군가 자신의 냄새를 맡을지도 모른다는 생각에 신경이 곤두섰다. 미안하기도 하고, 전에 앉았던 그 젊은 연인에게는 더 미안하고, 몸을 움츠리고 있다가 내려야 할 역보다 두세 곳 앞인데도 먼저 내려야겠다고 생각하고 소진은 일어났다.

"그리고 문 앞에서 내가 뭘 봤는 줄 알아? 그 냄새의 근원지 말이야. 거기에 행색이 초라한 중년 여자가 서 있는데 나로서는 무척 안심이 되는 장면이었어."

"당신한테 그런 냄새가 날 리 없잖아. 괜한 걱정 좀 하지 마."

"그런데 생각해보면, 사실 그 냄새는 정말 나한테서 나던 걸 수도 있잖아. 아니면 처음부터 그런 냄새는 없었던 것일지도 모른다는 생각이 자꾸 드는 거야. 왜냐하면 내가 그 젊은 남자를 의심하고 나를 의심하던 과정도 사실 아무런 근거가 없잖아. 그 여자를 보고 나서야 나는 확신했던 건데 도대체 그 확신의 근거는 또 뭐겠어? 게다가 왜 다른 사람들은 그렇게 편안해 보였던 걸까, 아무도 맡지 못한 건 아닐까, 아니면 다른 곳이지 않았을까, 아무튼 내가 그런 생각을 하느라 여자를 계속 쳐다봤나봐. 그 여자가 나한테 뭐라고 했는 줄 알아?"

민재는 공연히 해코지나 당하지 않았을까 염려했고 소진이 평소 얼마나 부주의한 사람이었는지에 대해 열거하기 시작했다. 그러나 돌아오는 대답은 전혀 다른 곳에 가 있었다.

"자기는 그런 사람이 아니라는 거야."

여자가 말을 걸어왔을 때 소진은 적지 않게 당황했다.

"지금 이 냄새 때문에 그러시는 거잖아요. 그래서 그렇게 나를 계속 보고 있는 거죠?"

소진은 아니라고, 아는 사람이라고 착각해서 그런 것뿐이라며 급하게 변명했다. 얼굴이 뜨겁게 달아올랐다.

"안 좋은 일이 좀 있었어요. 하지만 이런 일은 자주 겪는 것도 아니고 나는 평소에는 정말 그런 사람이 아니거든요. 오늘은 정말 예외적인 날이에요."

그 말에 뭐라 대답해야 했을까. 소진은 민재에게 그 순간에 겪었던 난처함에 대해, 주변 사람들 모두가 그들의 대화를 엿듣고 어딘가 자신을 비난하고 있다는 생각에 몹시 부끄러웠다고 회상했다. 그리고 여자가 다시 물어왔다고도 했다.

"지금 몇 시쯤 됐냐고. 그렇게 묻더니 미안하대. 고맙다 아니고 미안하다. 하루 종일 이 말이 떠나질 않는 거야. 시간도 모를 만큼 어딜 그렇게 급하게 가고 있던 걸까. 도망치고 있었을지도 몰라. 그냥 나쁜 일을 겪었던 것뿐인데 그런 사람을 내가 미안하게 만든 거잖아. 뭐랄까, 내가 그 사람의 어떤 부분을 들춰버려서 슬프게 만든 게 아닐까, 그 사람은 그때 내가 되고 싶었던 건 아닐까, 이런 생각이 계속 들어."

민재는 아무 까닭 없는 근심에 빠져 있는 소진을 핀잔했다. 터무니없는 생각은 그만두라고 타일렀고 그보다 생산적인 어떤 것에 관심을 갖기를 조언했다. 그러나 소진은 자신의 의심을 조금도 거두려 하지 않았다.

"내가 그 여자였을 수도 있어. 그 일에 휘말린 사람이 당신일 수도 있었다고. 그때도 정말 그렇게 말할 수 있어?"

그들에게 문제가 될 만한 것은 거의 없어 보였다. 당연하고 일상적이며 전혀 도드라진 데가 없는 생활이었다. 이런 식의 사소한 견해 차이조차 어느 가정에서나 겪고 있는 평범한 갈등일 뿐이었다. 다만 그런 것들 가운데 언제든지 다르게 보일 가능성이 남아 있었다. 아무도 없는 거실에서 혼자 자신의 이름을 불러보았을 때 소진은 왜 이제껏 한 번도 그래보지 못했나, 내가 나를 부르는 것뿐인데 무슨 이유로 슬퍼지는가, 전에는 하지 않았던 생각에 빠져버린 적도 있었다.

그리고 자두가 지나치게 시다고 느꼈던 그날 저녁, 소진은 또 한 번 복잡하고 의심이 필요한 문제를 맞이하게 된다. 민재에게는 지극히 마땅하고 기본적인 문제에 속하는 것이기도 했다. 소진의 태도에 민재는 황당해할 것이다. 습관적으로 텔레비전이 켜져 있었고 주말 연속극이 막 끝난 터였다. 지루한 광고들이 이어졌다. 뉴스가 시작되면 앵커는 보육 교사의 폭행으로 인한 아동의 사망 사건을 첫머리에서 비중 있게 다룰 예정이었다. 그리고 그것을 시작으로, 큰 다툼이 벌어지리라는 걸 그들 누구도 예상하지 못했다.

3

마지막 수식이 완성되었을 때 장 교수는 자신의 예감이 틀리지 않았다는 걸 확인할 수 있었다.

더 이상 이해할 수 없는 문제란 존재하지 않아.

그것으로 괴로워졌다. 처음으로 자신의 재능이 원망스러웠다. 그런 상념에 빠져 있을 때 서재의 문이 열렸다. 소진이었다.

"좀 쉬세요."

"제발 날 좀 가만두렴."

"걱정이 돼서 그래요."

"날 환자 취급하는 것 좀 그만둬."

은퇴 후에도 장 교수의 연구 의지는 여전했고 학계에 미칠 영향력마저 아직 충분했다. 그런데도 소진은 그걸 인정하려 들지 않았다. 오랜만에 찾아와서는 마치 요양이 필요한 노인처럼 대하는 소진이 장 교수는 맘에 들지 않았다.

수년 전, 미국 컴퓨터 협회에서 수상한 논문은 주기억장치에 저장할 수 없을 정도로 거대한 데이터에서 특정 정보의 값을 빠르게 찾아내는 방법에 대한 연구 결과였다. 국내 보도자료에서는 무엇보다 장 교수의 논문을 우수하게 평가한 협회의 국제적 위상과 까다로운 논문 승인율에 주목하고 있었다. 소셜네트워크 등의 특성을 파악하는 데 활용될 수 있다는 점은 기사 말미에 짤막하게 소개되었다. 스크랩된 기사는 거실 한켠에 자리를 차지하고 있는 진열장 속 액자에 담겨 있었다. 다른 기념패들 틈에서 소진도 그것을 보았을 것이다. 장 교수는 딸아이가 자신에게 존경심을 가져주기를 기대했다. 그러나 함께 지내는 며칠 동안, 줄곧 온전히 노인처럼 대할 뿐이었다. 존경심이라기보다는 불편한 고객처럼 대했다.

어쩌면 그것은 아주 오래전부터 기획된 일인지도 모른다. 여섯 살 되던 해에는 처음으로 아버지라고 부르기 시작했다. 그런 게 가정교육이라고 믿던 전처와 이혼한 것은 소진이 열일곱 살 때의 일이었다. 아빠라고 불리면서 기대할 수 있던 모든 것을 빼앗아놓고도 하나도 미안해하지 않던 여자였다. 한번은 분홍색 돌고래가 그려진 담요 때문에 한바탕 소동을 벌인 적도 있었다. 저녁 식사까지 거부한 채 소진이 유치원에 그것을 가져가겠다는 요구 조건을 굽히지 않았던 것이다. 고작 네 살짜리의 협박에도 전처는 단호하게 대처했다. 이런 식의 습관이 나중에는 지나친 집착으로 발전할 수 있다는 이유에서였다. 그러나 소진의 고집은 제 엄마의 그것을 그대로 닮아 있었고 대치 상황은 한동안 계속되었다. 결국 그 사건이 어떻게 끝났는지에 대해서는 좀처럼 기억나지 않았다. 그래서 네 돌고래 친구는 어떻게 됐었지? 언젠가 소진에게 물었던 적이 있었다.

"아버지, 제 나이가 몇인데 아직 그런 말을 하세요."

얼굴까지 빨개진 소진이 그렇게 대답했을 때 장 교수는 하마터면 실소를 터뜨릴 뻔했다. 자신의 퇴임식에서도 비슷한 기분을 느꼈었다. 그보다 몇 개월 먼저, 전처가 대장암 진단을 받았다는 연락을 해왔을 때 역시 그랬다. 맞아, 결국 우리도 이렇게 늙어버렸어.

이혼하고 줄곧 전처가 맡아서 키우다가 한번은 소진이 혼자서 찾아온 적이 있었다. 어처구니없게도 그는 바로 알아보지 못했다. 1년 정도를 보지 못했다 하더라도 전혀 딴사람이 되어 있었다. 겨우 고등학생밖에 되지 않은 딸아이는 머리가 노란 데다가 화장이 너무 짙었다. 장 교수는 단박에 상황을 이해할 수 있었다. 전처라면 절대 가만두지 않았을 테니까. 유흥에 필요한 돈을 원했겠지. 제 엄마에겐 돌아가긴 무서우니 나를 찾아온 거라고 생각했다. "돈이 필요해서 찾아온 거라면, 네 엄마 편으로 보내마." 장 교수는 소진을 돌려보냈다. 어떤 부모도 눈에 빤히 보이는 자식의 비행을 가만 지켜보고만 있지는 않을 것이다. 그가 주는 돈으로 또 어떤 불량한 짓을 하고 다닐지가 선명하게 그려지는데, 그럴 수 없었다. 엄하게 대하려고 단단히 마음먹은 행동이었다.

그로부터 얼마 뒤에는 전처에게서 전화가 왔다. 아이가 경찰서에 있다고 했고 "당신 자식이기도 해" 장 교수를 비난했다. 마치 여태껏 그 문제를 방관해왔다는 식으로 말하는 것에 장 교수는 화가 났다. 그게 아니라 나를 소외시킨 건 당신이지 않느냐, 따져 물었어야 했다. 그러나 이런 생각은 나중에서야 들었고 그보다 딸아이를 꺼내 오는 게 먼저였다. 경찰서에서 마주한 소진은 너무 지쳐 보였다. 그때 그 애가 뭐라 했더라.

"용서하지 않을 거예요."

아마 그렇게 말했던 것 같다. 서늘하고 분명한 태도로 장 교수를 원망하고 있었다. 그는 여전히 자신이 그때 무슨 잘못을 했다는 것인지 알지 못했다. 뭘 말하는 건가. 돈을 주지 않았다고? 어느 부모가 그런 상황에서 자식이 원하는 대로 해주었을까. 대관절 내가 용서받아야 할 게 무엇이란 말인가. 뭘 잘못한 줄도 모르는데 어떻게 함부로 용서를 구할 수 있단 말인가.

그때의 야박했던 딸아이는 무럭무럭 자라, 이제는 제 아버지를 무능한 노인 취급하고 있었다.

장 교수는 알고리즘을 응용한 간단한 구동 프로그램을 실행시켜보았다. 아무런 오류가 없었고 그것으로 다시 한 번 자신이 저지른 잘못을 깨달을 수 있었다. 적어도 지금 이 순간만큼은 평범한 노인이 되지 못한 것을 두고 장 교수 스스로도 후회하고 있었다.

그가 새롭게 고안한 알고리즘은 스티븐 쿡에 의해 난제로 확인된 '만족성' 문제를 다항시간 내에 해결 가능한 결정형 문제로 환원시켜놓았다. 더욱이 쿡의 또 다른 증명에 따라, 그 어떤 복잡한 문제라고 하더라도 이 알고리즘은 동일하게 적용될 수 있었다. 합리적인 시간 내에 답을 구할 수 있었고 더 이상 어려운 문제란 없었다. 무엇보다 지금껏 안전하다고 믿어왔던 세상의 모든 보안 프로그램에게 비관적인 일이었다. 애써 감추거나 가려놓은 것들을 단번에 알몸으로 만들 수 있었다. 정확히는 암호화된 어떤 것도 이제 무의미해져버렸다. 그러나 장 교수가 가장 염려하고 있는 것은 그런 종류의 위협이 아니었다. 보다 실존적인 영역에 속하는 것이었고 자기부정에 가까웠다. 지금까지의 삶이 송두리째 사라진 듯한 기분이었다.

"그럼 뭐가 문제인지 말씀이라도 좀 해보세요."

다시 문이 열렸다. 사정이 이러한 데도 소진은 전혀 배려하지 않았다. 아무것도 몰랐다. 지금의 상황이 고작 살면서 누구나 겪게 되는 불운한 정도에 지나지 않는다고 여겼다.

"제가 도움이 될 수도 있잖아요."

"너는 도대체 내가 누구라고 생각하는 거냐?"

"아버지를 무시해서 그러는 게 아니잖아요. 어떤 문제길래, 방밖으로는 좀처럼 나오려고도 하지 않으시냐고요."

4

소진은 아버지를 이해하려고 노력했다.

아버지는 당신의 연구가 실패했다고 낙담하고 있는 것일까? 어쩌면 이 순간 위로가 필요한 걸 수도 있었다. 아주 오래전에 소진이 그랬던 것처럼.

“모든 걸 다 만족할 수는 없어요. 그리고 아버지는 이미 충분히 이루셨고요.”

“내가 마치 마지막 퍼즐 조각을 잃어버리고 당황해하는 어린애라도 된다는 듯이 말하고 있구나. 그건 네가 낳을 자식에게나 해야 될 말이야. 어떤 문제냐고? 그렇게 물었니? 그래, 원한다면 말해주마. 난 방금 모든 난제를 풀 수 있는 다항식 알고리즘이 존재한다는 걸 발견했어. 제발 아니라고 믿고 싶었던 일이 실제로 일어나버린 거라고.”

“누구나 실패할 수 있어요.”

“대체 무슨 소릴 하는 거냐? 실패라고? 오히려 난 아무도 해결하지 못한 문제를 완벽하게 풀어냈어. 이제 알고리즘상으로 어려운 문제라고는 전혀 없는 거야. 알겠니? 내가 그걸 증명했다고. 난 완벽하게 그걸 증명한 거야.”

“그렇다면 뭐가 문제예요?”

“진짜 하나도 알아듣지 못하는구나. 너는 왜 조금도 내 말을 이해하려 들지 않는 거니?”

소진은 입을 다물었다. 아버지도 말하지 않았다. 그럼에도 소진은 아버지가 염려되었다. 그뿐이었다.

“알았어요. 아무튼 몸 생각도 좀 하세요.”

“어떻게 너는 끝까지 내 생각을 존중하지 않은 거지?”

"말씀드렸잖아요. 걱정이 돼서 그렇다고요."

서재 밖으로 빠져나온 소진은 다시 하나의 문제에 빠져들었다. 도대체 아버지는 어떤 사람이었나. 어머니가 돌아가셨을 때만큼은 소진도 서운함을 감추지 않았다.

"적어도 장례식에는 오실 줄 알았어요."

"네 엄마일 뿐이야, 내 아내가 아니고."

그렇게 답하던 사람이었다. 전처의 죽음에 자신의 책임이 없다는 점을 분명히 해두고 있었다. 자기밖에 몰랐다. 당신의 연구만이 중요하고 시급한 대상이라고 믿었다. 그럼에도 그녀의 아버지였다. 내 아버지일 뿐이야, 그렇게 매번 생각을 고쳐먹어야 했다. 무엇보다 후회할 만한 일을 하고 싶지 않았다. 그것으로 무언가 잃게 되는 것이 두려웠다. 이 점을 가장 확실하게 가르쳐준 것은 그녀의 어머니였다.

키우던 고양이가 있었다. 성적이 떨어진 것과 고양이를 기르는 게 무슨 관련이 있다고 어머니는 믿었던 것일까. 성적을 다시 회복했을 때에도 고양이는 돌아오지 않았다. 어머니는 단호했고 확신에 차 있던 사람이었다. 잃어버린 것이 얼마나 가치 있었는지, 후회는 또 얼마나 괴롭고 지속적으로 이루어지는 것인지 몸소 깨닫게 해주었다. 무엇보다 아버지를 선택했을 때 소진이 잃게 될 것들은 어머니와 관련된 모든 것이었다. 어머니 그 자체였다. 당신에게 해가 되었듯 딸에게도 그럴 거라고 확신하고 있었다. 경멸. 그것이 어머니가 아버지를 대하던 가장 일관된 태도였다. 그러나 소진이 자신의 성격을 그대로 빼다 박았다는 점을 지나치게 간과하고 있었다. 단호한 데다가 무모하기까지 했던 소진은 열여덟 살이 되던 해에 그것을 직접 증명해 보였다.

지금 생각해보면 철이 없었다. 스스로를 망치는 여러 방법 가운데 한 가지를 선택하고 실천했던 것뿐이다. 소진이 아버지에게 연락한 것은 가출하고 한 달이 가까웠을 때였다. 어머니에게는 돌아가고 싶지 않았다. 소진은 아버지가 자신을 구해주기를 바랐다. 적어도 자신을 위로해줄 거라고 생각했다. 그러나 어머니처럼 단호했고 확신에 찬 태도로 소진을 돌려보냈다. 그것으로 그녀는 부모 모두에게 버림받았다는 생각에 빠져버렸다. 경찰서에서 소진을 인계해 어머니에게로 직접 되돌려 보낸 것도 아버지였다. 어머니는 오랜만에 재회한 딸에게 아무 말도 하지 않았다.

그날 이후 어머니가 조그만 기척에도 잠을 깬다는 것을 소진은 알고 있었다. 밤늦게 현관에 나가 아직 신발들이 그대로 있는지 직접 눈으로 확인하려 든다는 것도, 그런 뒤에는 한참을 소진의 방 앞에서 서성거리고 있다는 것도 알고 있었다. 그런 날들 중 어느 날, 잠든 소진을 흔들어 깨웠다. 그러고는 아무래도 내가 너를 엉망으로 만든 것 같다고 고백했다.

"그런 거니? 정말 내가 그랬니?"

그때 소진은 뭐라고 대답했었나. 아니에요, 이렇게 쉽게 끝낼 수 있는 문제였던가. 그렇다면 도대체 무엇 때문에 그토록 어머니를 벗어나기 위해 발악했는지 설명이 되지 않았다. 맞아요 당신이 그런 사람이에요, 라고 말하기에는 이미 너무 연약해 보였다. 그게 무엇이었든 아주 나중에 항암 치료를 받는 동안 수척해진 어머니를 간호하며 소진은 충분히 괴로워했다. 어머니의 인생을 망쳐 놓았다는 죄책감 때문이었다. 너무 늦게 용서한 것이 후회되었다. 그리고 지금 이 순간, 소진은 하나뿐인 아버지를 이해해보기 위해 노력하고 있었다. 또다시 그런 후회에 빠지고 싶지는 않았다. 이번에 잃는다면 너무 많은 것을 잃게 되는 것이었다.

5

다음 날 오후 느지막하게 소진을 데리러 갔을 때만 하더라도 민재는 이상한 낌새를 전혀 알아채지 못했다. 장인은 보이지 않았고 소진은 돌아갈 준비가 전혀 되어 있지 않았다.

"얼마나 더 있으려는 거야?"

물어도 대답하지 않았다. 차를 몰아 골목 하나를 겨우 통과했을 때쯤 내내 무거워만 보이던 소진이 말했다.

"아무래도 안 되겠어."

왔던 길을 돌아 다시 장인의 집에 도착하자마자 소진은 식사를 차리기 시작했다. 그러기에는 아직 이른 시간이었는데도 한참 실랑이를 벌인 끝에 서재에서 장인을 끌어내기까지 했다. 소진은 이후 분주하게 움직였고 식탁에 장인과 단둘이 앉아 있는 것이 민재로서는 매우 불편했다. 어떤 식으로든 대화가 필요했으나 최근 새롭게 시작한 연구에 대한 장인의 설명은 알아들을 수 없었다. 그럼에도 이 대화마저 끊기게 된다면 더 어색할 터였다. 마지막 접시를 내려놓고 소진이 자리에 앉았다.

"아버지, 그만하세요. 이 사람 지루하겠어요."

"자네가 대답해보게."

민재는 아니라고 손을 내저었다.

"그러지 말고 이것 좀 드셔보세요."

자신의 말을 끊은 것에 대해 장인은 노골적으로 서운한 기색을 비추고 있었다. 술잔을 채운 뒤 누구에게도 권하지 않고 혼자 마셨다. 이후로 대화를 주도한 것은 소진이었다. 대부분은 사소하고 쓸데없게 들리는 것뿐이었다. 민재는 없고 소진과 그녀의 아버지만 등장하는 이야기들. 어딘가 애쓰는 사람처럼 소진은 말이 많았다. 그리고 무엇보다 이 대화에 장인을 끌어들이고 싶어 했다.

"아버지 그때 기억나세요?"

그렇게 묻고 기다렸다. 아니면 다른 것을 기억해내고 묻고 또 기다렸다. 그러기를 반복한 지 한참 만에 장인은 마침내 고개를 들어 대답했다.

"언제 말이냐, 네가 그 나쁜 녀석들과 어울리던 그때를 말하는 거냐?"

소진은 들고 있던 수저를 떨어뜨렸다. 갑작스러운 공격에 당황했던 것이다.

"여기서 왜 그런 말씀을 하세요?"

그러나 모처럼 시작한 말을 장인은 쉽게 멈추려 들지 않았다. 대화를 원한 것은 소진이었으나 정작 장인은 민재를 향해 말하고 있었다.

"이혼하고 줄곧 이 애 엄마가 맡아서 키웠지. 여섯 살 땐가부터는 나한테 아버지라고 부르기 시작하더군. 아빠가 아니라 아버지, 하고 말이야. 그런 식으로 애를 키웠어. 그런 게 가정교육이라고 믿는 여자였다는 거야. 자네도 겪어보지 않았나? 그런 여자 밑에서 얼마나 휘둘렸는지 이 애가 사춘기 때 방황을 많이 했지. 교도소에도 갔었지?"

"유치장이에요. 곧바로 훈방됐고요." 바로잡는 목소리에서도 그녀의 부끄러움이 충분히 느껴졌다. "그리고 그 얘기는 이제 그만하세요."

민재로서는 전혀 알지 못했던 이야기였다.

"하나 있는 딸이 감옥에 가 있다는 게 믿기지가 않았지. 뭘 그렇게 잘못해서 여기 있나. 그런데 차마 직접 묻진 못하겠더군. 밥은 먹었냐, 춥지는 않냐, 이런 말밖에 생각나지 않더란 말일세. 정신이 너무 없어서 내가 실제로 뭘 물었는지도 모르겠다네." 장인이 소진을 바라보았다. "그랬는데도 이 애가 뭐라고 대답했는 줄 아나?"

"미안해, 너무 취하셨어." 소진은 장인을 피해 민재 쪽을 바라보며 말했다.

"용서할 수 없다고 하더군. 나를 절대 용서하지 않겠다는 거야. 죄를 지은 건 이 애인데, 그래서 감옥에 들어가 있는 것도 이 애인데 나를 보고 그런 소리를 했단 말일세."

"그만하시라고요. 정말 왜 이렇게 고집을 피우는 거예요?"

"왜 그러냐고?" 장인의 태도는 냉랭했다. "너는 이제까지 뭘 들은 거냐? 내가 벌써 몇 번이나 설명하지 않았니? 그런데도 너는 내 말은 하나도 이해하려 들지 않으면서 뭐라고? 오히려 나보고 왜 그러냐고?"

장인은 식탁에서 일어나 다시 자신의 서재로 들어가버렸다. 그러나 이번에는 오래 기다리게 하지 않고 곧바로 돌아왔다. 그의 손에는 단말기 한 대가 들려 있었다.

"자네가 좀 말해보게. 이 아이는 내가 무슨 말을 해도 전혀 알아듣질 못하고 있어."

장인이 민재에게 건네며 실행한 프로그램은 조악한 디자인이었지만 대강의 구동 포맷은 알아볼 수 있었다. 지도의 일종이었다.

"이제 거기에서 내가 원하는 어디로든 최단 거리로 이동할 수 있게 되었네. 아무 곳이나 말해봐. 스무 곳이든 서른 곳이든 수천 수만 가지라도 가능하니까. 단 한 순간에 가장 최적의 이동경로를 알려줄 수 있어. 그러니까 그건 마치," 아무런 완력도 사용하지 않고 민재에게서 단말기를 건네받은 장인은 그대로 바닥에 내동댕이쳤다. "꿀벌이라도 된 듯이 말이야."

"뭐 하는 짓이에요."

소진은 자리에서 벌떡 일어났다.

"나는 지금 이 상황이 아주 심각하다고 경고하고 있어. 학자로서 내게 스스로 사형선고를 내리는 기분이라고. 무슨 말인지 알아듣겠니? 이제 어려운 문제라는 건 없어. 만약 어렵게 느낀다면 다만 그걸 어렵게 설명하고 있는 것일 뿐, 실제로는 아주 간단한 문제라는 거야. 내가 그걸 증명해버린 거라고. 이제껏 내가 연구하고 매달렸던 그 모든 복잡한 것들이 아주 쓸모없는 짓이었다는 걸 말이다."

그때는 분명 장인의 행동이 어딘가 잘못되었다고 민재는 생각했다. 딸에게 너무 함부로 대하는 게 아닌가. 집으로 돌아가는 내내 소진의 입장에서 오로지 소진만을 위한 위로를 해주었다. 그게 불과 몇 주 전의 일이었다.

6

소진의 행동을 도무지 이해할 수 없었다.

문제의 그 뉴스가 보도된 것은 토요일 저녁의 일이었다. 보육교사의 폭행으로 겨우 네 살 아동이 사망했는데 그 부모의 인터뷰에 소진은 또다시 감정이입을 하고 있던 것이었다. 소진은 앞으로 태어날 그들의 자녀에게도 같은 일이 생길 수 있다고 믿었다. 그런 불안으로부터 서둘러 소진을 건져내야 했다.

"모두가 그렇지는 않아. 저런 사람은 아주 드물어."

민재는 소진의 팔을 부드럽게 쓰다듬었고 소진이 그것을 거칠게 뿌리쳤다.

"무슨 소리야, 당신은 지금 저 여자가 일부러 그랬다는 거야? 저 애를 처음부터 죽이려고 작정이라도 했다는 거야, 뭐야? 정말 그렇게 믿는 거냐고. 지금 제정신이야? 이건 그냥 사고일 뿐이잖아. 누구도 원하지 않고 의도라곤 전혀 없던 거라고. 알아? 그게 더 무서운 일이야. 우리는 어떠한 조짐이나 징조조차 발견할 수가 없어. 그래서 아무도 그걸 막을 수가 없는 거라고."

다음 날은 휴일인데도 민재는 평소보다 이른 시간에 깼고 옅은 두통을 느꼈다. 오전 여섯 시가 조금 지난 시간이었다. 소진도 깨어 있었다. 화장대 앞에 앉아 있어서 거울에 비친 소진과 소진의 뒷모습을 동시에 볼 수 있었다. 자신의 행동에 대해서라면 민재는 이미 뉘우치고 있었다. 장인에게 내야 될 화를 자신에게 대신 분풀이했다는 생각도 들었다. 겨우 그 정도였을 뿐인데 너무 배려하지 못했다고 반성했다. 미안했고 소진의 상태가 걱정이었다. 밤새 뒤척이더니 결국 한숨도 자지 못한 것처럼 보였다.

"무서워서 미치겠어."

제발 그만해. 그렇게 말하는 대신 민재는 이불을 걷어내고 소진에게 다가가 어깨를 주물러주었다. 목 아래가 단단하게 뭉쳐 있었다. 되도록 부드럽게 마사지했다.

"아닐 거라고 말해줘. 그렇지? 우리한테 그런 일이 일어날 리가 없어."

돌아버리겠네, 진짜. 이번에는 정말 입 밖으로 내뱉을 뻔했다.

"그래, 아니야. 그런 일은 쉽게 일어나지 않아. 게다가 그게 우리일 확률은 더더욱 없고."

민재가 가장 이해할 수 없는 것은 소진의 근거 없는 불안이었다. 소진은 태어날 아이가 기형일 확률에 대해서 의심했다. 검사 결과, 이상 증세는 전혀 발견되지 않았다. 아니면, 후천적인 장애를 얻을 수 있는 가능성은? 금세 다른 가정을 만들어냈다. 나쁜 일에 휘말려 크게 다치거나 심지어 죽게 될 상황을 염려했다. 그것도 아니라면 가해자가 되어 누군가를 그렇게 만들 수도 있다고 믿었다. 무엇보다 자신들에게 용서하지 않겠다고 소리칠 수 있는 그 모든 불행한 가능성에 대해서 불안해했다.

그리고 그때마다 민재는 괜한 걱정을 하지 말라고 안심시켜야 했다.

"피곤해 보여. 조금이라도 쉬는 게 좋겠다."

일으켜 세우자 소진은 쉽게 일어났다. 버티거나 억지 부리지 않고 가볍게.

"어떻게 그렇게 확신할 수 있어?"

아주 오래전에, 민재는 소진과 헤어질 수도 있겠다고 생각했다.

그게 정확히 언제가 될지는 모르겠으나 어떤 사소한 문제에서 시작하여 결국엔 끝장을 보게 되는 날이 있을 거라고 예상했다. 대다수의 경험적인 근거들이 그들의 연애가 단지 서로의 차이점을 확인하는 과정에 지나지 않았음을 명백하게 보여주었기 때문이었다. 이 문제를 터놓고 이야기해본 적은 없었으나 소진도 아마 알고 있었을 것이다.

그 무렵 민재는 자신의 이력에서 중요도가 높은 프로젝트에 몰입해 있었다. 그들의 관계에서는 아주 다행스러운 일이었다. 다른 문제로 관심이 옮겨 가 있는 동안 그들의 입장 정리를 유보할 수 있었고 자연스럽게 상처는 아물어버렸다. 그리고 지금에서야 민재는 그때의 소진은 그걸 어떻게 극복했는지가 궁금해졌다. 혼자 두었을 때 소진은 어떻게 견뎠던 걸까. 나중에라도 왜 그걸 묻지 못했을까. 너는 어떻게 그 긴 시기를 보냈던 거냐고. 그러니까 온전히 나의 문제를 골몰하며 나만의 세계로 들어가버린 다음에 혼자 남은 너는 어떻게 되었던 걸까?

"이번 일만 끝나면 어디라도 좀 다녀오자."

소진을 자리에 눕힌 뒤 이불을 끌어 올려주었다. 이 순간이 어떻게든 지나갈 거라고 민재는 믿고 있었다. 그때가 우리의 최대 위기였지, 회상하며 안심할 날들이 있을 거라고 생각했다. 그들이 겪는 위기란 고작 견딜 수 있을 만한 것들뿐이었다. 임신 중에 충분히 생길 수 있는 호르몬 문제일 수도 있었다.

"조금이라도 자. 자고 일어나면 기분이 나아질 거야."

"아니야, 그런 문제가 아니야."

소진은 아니라고 확신하고 있었다.

틀린 옳음

황현경

의심을 해라. 결국 내가 말하고 싶은 것도 바로 그 점이니까.

—「고두叩頭」, 33쪽

질문. 이 책의 제목은 무엇인가. **그 개와 같은 말**이다. 그 **개와 같은** 말이기도 하지만 **그 개**와 같은 말이기도 하다. 혹 그 **개와 같은** 말로만 읽었다면 **그 개**를 잊거나 잃은 것이다. 반쯤은 틀렸고 반쯤은 맞았으나 보고 싶은 것만 보고 싶은 대로 본 셈이니 조금도 옳지 않다. 우리는 한 번씩 실수한다거나 고작 개 한 마리일 뿐이라 한다면 역시 맞지만 그르다. 그게 **그 개**가 아니라 나나 너나 우리였다면 과연 달랐을까. 우리의 옳음을 시험에 들게 하는 질문들이 이어질 것이다. 답이 곤란하다면 우리가 덜 옳다는 의미다. 다행히도 우리는 거의 옳다. 이는 우리가 인간이라는 말이다. 불행히도 우리는 조금 그르다. 이도 우리가 인간이라는 말이다. 다시, **그 개**가 시작이다.

*

그 개의 진실에 집중하며 「그 개와 같은 말」을 요약하자면 이게 최선이다. 유년 시절의 개 한 마리의 기억을, 연경에게 들려준 기억을, 세주에게 들려준 기억을, 지금의 '나'가 떠올리는 이야기. 이 네 겹의 시점時點이 가뜩이나 그 발화의 의도와 맥락을 알 수 없이 오가는 말들로 어지러운 이 소설의 진실을 더욱 흐릿하게 만든다. 가장 쉬운 질문부터. '거기 **그 개**가 있었나?' 답하면 오답이다. 기억 속 기억 속 기억 속 **그 개**가 실재했음을 증명할 마지막 단서인 그 시절의 허름한 집마저 흔적 없이 지워졌으니. 잠깐 머물다 이내 사라진 후 잊힌 말, 종내에는 거기 정말 있었는지도 모를 말, 그게 **그 개**와 같은 말이다.

아무 의미도 없는 말들이라는 의미는 아니다. 어떤 말들은 의미 없이 발화되지만, 모든 말들은 발화되며 의미를 획득한다. '나'와 연경, '나'와 세주 사이를 채운 그 말들은, 모든 관계가 그렇듯 가깝고도 먼 그들의 관계를 어떠한 식으로든 매개한다. 예컨대 기억 속 기억 속 '나'와 연경의 말들. **그 개**가 등장하는 '나'의 말은 2000년 1월 1일 밀레니엄의 종로에 대한 연경의 회상에 따라붙는다. 이름도 얼굴도 없는 수많은 이들이 서로 밀고 밀리던 그곳에서 연경 또한 그림자 같은 존재였기에, 이제는 이름마저 잊힌 **그 개**의 이야기는 그녀에게 위로가 되었을 수도 있겠다. "그 순간만큼은 연경이 온전히 나의 말을 이해하고 있다는 느낌이었다."(166쪽) 이 쓸쓸한 소설에서 조금의 온기가 느껴진다면 이러한 순간들 때문이리라.

희미한 말들의 양 끄트머리를 붙들고 그들이 간신히 닿아 있었다 하면 그만일까. 아니, 다만 '나' 혼자 그렇게 '느꼈다'고만 할 수 있을 뿐. 연경의 마음과 '나'의 느낌 사이에 거리가 없을 수 없거늘 하물며 기억 속 기억 속 느낌이라면 진실은 아득하기만 하다. 세주를 만나던 '나'는 한 번씩 불안하다. "나의 어떤 말로든 세주를 웃게 하지 못하지만, 그렇다고 울리는 것도 불가능할 것이라는 불안."(158쪽) 연경을 만나던 '나'도 그랬을 것이다. 마주 앉은 나는 너를 보고 너는 나를 보는데, 네가 보는 걸 나는 못 보고 내가 보는 걸 너는 못 본다. 이 숙명적 무지가 고작 말로 극복될 수 있을까? **그 개** 같은 말로? 연경과의 기억을 들은 세주가 "좋은 사람이네"(171쪽) 하며 등을 쓸어주지 않았냐고? 아, 지금 그 **개와 같은** 말을 말하는 건가?

"무슨 말이 그래? 뭘 안다고 그렇게 말해? 착하다, 좋다, 그런 건 일종의 상태 아니냐? 그랬다가 안 그러기도 하는 거 아니냐? 그냥 너랑 나 같은 사람이잖아. 그 애가 죽었다고 그렇게 말하는 거야? 넌 아무것도 모르잖아. 원래 질이 나쁜 사람일 수도 있는데 그런 사람이 죽으면 너는 뭐라고 말할 건데? 네가 뭘 안다고 그렇게 말해? 왜 다들 무책임하게 좋았다고만 해? 불쌍하니까, 씨발 존나 불쌍하니까 다 잊어버리고 좋은 것만 생각하라는 거야, 뭐야? 그럼 좋은 사람 이외의 그 애는 다 어디로 가는데? 어떻게 좋은 게 그 애의 전부야? 왜 함부로 사람을 그렇게 만들어?"

—「좋은 사람」, 114-115쪽

「좋은 사람」의 '나'는 기억한다, 고 말한다. 재작년쯤 친구 우재의 촬영장에서 딱 한 번 만난, 점점 시야가 좁아지는 병을 앓는다던 남자를. 주방과 가게 밖을 배회하며 장소를 빌려준 식당 주인과 **그 개**와 같은 말들을 나누는 동안 소주 마시는 연기를 하던 그를. 얼마 뒤 도로에서 미끄러진 오토바이와 함께 트럭 아래로 들어갔다던 망자를. 사운드에 문제가 생긴 탓에 영상이 공모전에서 떨어졌다며 전화를 걸어온 우재가 찾아간 장례식장의 주인공을. 얼마 뒤 만난 우재에게 '나'는 말한다. 잘 알지도 못하면서 "좋은 사람이었는데 불쌍하다"(114쪽)고 말한다. 곧이어 돌아온 우재의 저런 말들. 그러니까 그 **개와 같은** 말 좀 작작하라는 말들.

너무하다고 느낄 수도 있겠다. 첫머리의 그 위령비를 멀찍이 세워놓은 이들의 마음이 그러했듯 우리가 기억을 '좋게 좋게' 삭제·편집하는 건 더 나은 지금을 위한 자연스러운 일인 것을. 인지에 시간이 더해진 게 기억일진대 오해에서 출발하곤 하는 우리는 이미 처음부터 별수 없는 것을. 식당 벽에 내내 붙어 있던 광고 포스터를 보기 전까진 보지 못하는, 다 들었을 턱이 없는데도 "다 들려요" (101쪽) 말하는 우리를. 서로의 '밖'을 떠돌며 닿지 못할 말들에 의사意思를 실어 소통을 꾀하는 우리의 무언극을. 다들 이렇게까지 애쓰고 있는데 거기에 대고 "같잖네"(111쪽) 하고 말해도 되는 건가.

답은 어렵고 질문은 남았다. "우리가 이렇게나 닮았다"는 '나'의 결론에는 딱 「그 개와 같은 말」 정도의 미온이 있다. 너도나도 아무것도 모른다는 것만은 '나'가 알게 되어서일 것이다. 그런데 "그걸 들어줄 우재가 지금 옆에 없다"(121쪽). '나는 모른다'와 '너는 모른다'는 다르고, 생각하는 것과 말하는 것은 또 다르다. 같은 이야기로 남을 웃기는 데 우재는 성공하고 '나'는 실패했듯 말은 그 주인이 바뀌면 의미도 바뀐다. 우재에게 말했다면 그건 다시금 **개와 같은** 말이 되지 않았을까. 우재가 들었다면 필시 '같잖다'고, '같지 않다'고 말하지 않았을까.

말이 문제라는 말인가. 그것은 맞다. 발화라는 행위. 행동에 책임을 지라는 말보다 생각에 책임을 지라는 말이 낯설게 들리는 우리는 아무래도 작위作爲에 더 민감한 편이어서 '너는 모른다'고 생각하는 것과 말하는 것의 차이를 감지한다. 그렇게 말하면 안 된다고, 그런 말은 옳지 않다고 판단한다. 그런데 그런 우리는 옳은가. 그런 식으로 작위와 비작위의 차이에 기대어 판단하는 우리는 옳은가. 이 문제는 이제부터 시작이다. 이처럼 임현의 소설은 질문을 한다기보다는 하게 한다. 답하려 애쓰다 보면 다시 점점 더 곤란한 질문들이 생겨난다. 결국에는 주객 모두가 우리 자신이 되는 이 독특하고도 집요한 산파술. 이에 적응하지 못한다면 임현의 소설은 읽으나 마나다.

*

「말하는 사람」에는 앞에서처럼 가까웠다 멀어진 '나'와 문영 사이에 오간 **그 개**와 같은 말과 **개와 같은** 말이 혼재되어 있다. 다시금 그것을 구분하는 일은 거르고 각별히 주목해야 할 설정을 곧장 살핀다. 문영은, 「좋은 사람」의 '나'가 그러했듯, 작가다. "보고 듣고 경험"하고 "구경"(236쪽)한 것들을 추려 '이야기'로 만드는 이. 대한문 앞 노동자와 유족과 해고자와 분향소를 지나친 후 "나는 그렇지 않아서 다행이라는 생각을 자꾸 하게"(244쪽) 된다고 고백하면서도, 어린 시절 친구의 누추한 집을 '구경'했던 경험으로 소설을 써버린 이다. 그 소설을 읽은 '나'는 화가 나고 불쾌하다. 저 또한 재혼한 어머니의 남자를 멋대로 넘겨짚긴 마찬가지였으나, 작위와 부작위의 차이로 인해 우리도 문영이 조금이나마 더 불편하다. 곧 '나'는 한 게 없고 문영은 무언가 했다.

임현이 즐겨 구사하는 강한 일인칭 독백체로 인해 잠깐씩 잊게 되기도 하지만 소설 속 인물(혹은 화자)과 작가는 결코 한사람이 아니다. 살인자에 대한 소설을 쓴 이가 살인자는 아니라는 식의 이런 당연한 이야기를 새삼 강조하는 것은, 소설 속 나와 너만큼이나 소설의 인물(혹은 화자)과 작가 역시 타인임을 강조하기 위해서다. 그러하거늘 도대체 작가란 뭘 하는 이들인가. 소설의 인물들도 성격(달리 말해 '인격')이 있는 인간일진대, 보고 들을 수 있는 만큼만 그들을 보고 듣고서는 멋대로 편집해 말이 되게 '쓰는' 게 작가의 일 아닌가. 함부로 엿본 남의 삶을 함부로 이해하여 함부로 옮겨 쓰는 '손'들. 하여 작가의 다른 이름은 '엿보는 손'이다.

「엿보는 손」에는 최종화라는 이름의 작가인 주인공의 삶을 동경해 그가 읽은 것을 따라 읽고 그의 입장에서 생각하다 마침내 그가 쓸지도 모를 이야기를 '예상 표절'하게 된 유제호가 등장한다. 그는 젊은 시절의 최종화가 대필한 아버지 유남구의 자서전을 읽고서 "아버지의 내면을 알아본 당신처럼 나도 누군가를 이해하는 사람이 되고 싶었"(82-83쪽)다며 작가가 된 이다. 그러나 자서전이라는 명목하에 실은 여기저기서 짜깁기한 문장들로 채워진 그것이 '이해'와는 한참 먼 것임은 물론, 함부로 남의 삶을 '이해'해버린 유제호를 향한 최종화의 분노는 또한 작가인 저 자신을 향한 것이기도 하겠다. 나아가, 이렇게 말하는 게 가능하다면, 그들은 소설 밖 작가인 임현에게 항변하는 중이기도 하다. '왜 함부로 우리를 이해하려 드나.'

쓰면 쓸수록 죄가 커지는 아이러니를 작가가 예민하게 인지하고 있음을 짚는 것으로는 충분치 않다. 그것만으로는 작가가 아닌 우리와는 무관한 문제가 되니까. 소설은 유제호의 집에 찾아간 최종화의 손에 도끼를 들려주고서는 독자인 우리를 호출해 공범으로 만든다. 듣고 싶은 게 무엇이냐고, 그간 읽어온 소설들로부터 배운 인과의 법칙에 따라 당신은 그럴듯한 결말을 상상하고 있지 않냐고. 과연 "그럴듯한 원인을 찾아서 불분명한 것을 선명하게 드러내는"(70쪽) 식으로 너의 '이야기'를 함부로 상상한 후 '그래서 그랬구나' 하고 '이해'하는 짓은 우리도 한다. 우리가 우리 자신을 기소하고 변호하고 심판해야 할 생각의 법정에서는 '손'을 놀리지 않았다는 것, 곧 부작위는 무죄의 근거가 될 수 없다.

「불가능한 세계」를 통해 되짚자면 이렇다. 전산학 교수 장이 세계의 비밀을 푸는 알고리즘을 찾아낸다. 무한한 가능성으로 존재하던 수많은 길들 중 "가장 최적의 이동경로"(277쪽)가 단번에 구해지게 된 그 세계는 다른 가능성들이 미리부터 모조리 '불가능한 세계'에 다름 아닐 것이다. 허무맹랑하게 들리겠지만 그렇지만도 않다. 문명의 탄생을 농경과 연관 짓는 익숙한 설명에 기대자면, 봄에 뿌린 씨앗을 가을에 거둘 수 있으리라는 예측이 가능해지며 시작된 문명은 또한 예측 불가능성을 꾸준히 줄여가며 지금껏 버텨왔다. 곧 세계를 인과로 지탱되는 '이야기'로 만든 건 다름 아닌 우리 인간들이고, 그 결과 우리는 미래도 귀납적으로 알 수 있다.

알 수 있다, 고 믿는다. 불행한 사고는 쉽게 일어나지 않는다고, 게다가 그 대상이 우리일 확률은 더더욱 없다고 믿는다. 믿을 만해서라기보다는 그저 믿고 싶어서 믿는다. 그렇다면 머지않아 태어날 아이에게 불행한 일들이 닥칠 가능성에 불안해하는 장 교수 딸 소진은 차라리 합리적인 의심을 하고 있는 것 아닌가. 우연히 그렇게 되는 것과 우연히 아니게 되는 것 사이에 본질적인 차이는 없는 거니까. 그런 일들이 아직 일어나지 않았다고 하여 영원히 일어나지 않으리라는 보장은 없기에 그 불안은 결코 지나갈 수 있는 성격의 것이 아니다. "자고 일어나면 기분이 나아질 거"라는 남편 민재의 말에 소진이 답한다. "아니야, 그런 문제가 아니야."(282쪽)

왜 우리가 서로를 오해할 수밖에 없는지를 이제 분명히 말할 수 있게 되었다. 이야기의 인과적 질서가 환상에 불과한 것임에도 너라는 세계를 자꾸 이야기로 이해하려 들기 때문이며, 심지어는 '역지사지' 같은 걸 해보려고까지 하기 때문이다. 지하철에서 악취가 나는 여자를 마주치고는 그녀가 자신이 되고 싶었을 거라고, 자신이 그녀였을 수도 있다고 말하는 소진을 보라. '이야기'를 의심하면서도 남의 이야기를 읽어보려는 그녀는 자신과 타인을 동시에 기만하고 있다. 장 교수와 소진의 대화도 보라. '나를 네가 모른다는 것을 내가 안다는 것을 네가 모른다는 것을 내가……' 이 기만의 무한 연쇄는 일단 시작된 후에는 중간에 끊을 수도 없는지라 아예 시작을 안 하는 수밖에 없어 보인다. 그렇다면 다시 질문. 정녕 아무 생각도 행동도 하지 않을 때만 우리는 옳을 수 있는 걸까.

*

「가능한 세계」의 화자인 아홉 살 소년은 미래를 보는 이다. 그 '가능한 세계' 중 최악의 경우에 소년은 테러리스트가 되어 끔찍한 참사를 일으킬 예정이다. 「불가능한 세계」와 '결정론적 우주'라는 세계관을 공유하고 있는 것처럼 보이지만 결정적인 차이가 있다. 그 비극적 결말은 소년이 매 순간 내렸거나 내릴 '선택'들에 달렸다. 곧 소년은 '자유의지Free Will'로 미래에 개입할 수 있다. 하여 이 작품의 질문은 일단 이것이다. 미래를 미리 알 수 있다면 우리는 어떤 선택을 해야 옳은가. 소설은 저 자신이 1년 후 사고로 죽는 결말을 소년이 선택했음을 암시한다. 언뜻 숭고한 희생처럼 보이기도 하지만 문제는 이게 아니다. 아마 나처럼 당신도 소년의 결정이 타당하다고 판단했을 것이다. 그런데 그 판단을 우리가 내리는 것은 옳은가. 이게 문제다.

"누구에게나 일어날 수 있는 가장 평범한 재앙들"(25쪽)이 아직 일어나지 않았다는 게 그 발생 가능성이 제로임을 뜻하는 건 아님은 「불가능한 세계」에서 확인했다. 「가능한 세계」가 소년이 '선택'할 수 있는 여러 결말을 모조리 비극으로 둔 것은 그래서이다. (우리 중 상당수는 그 평범한 재앙들을 피해 가기는 한다. 어느 정도는 운이고, 또 어느 정도는 '문명' 덕분이다. 예컨대 문명은 주차장을 무너지지 않도록 만들거나, 호우에 쉽게 열리지 않도록 맨홀 뚜껑을 무겁게 만든다.) 아무튼 다시, 우리는 왜 소년의 희생을 지지한 걸까. 소년이 선택하지 않은 다른 결말에서는 그의 어머니가 우울증으로 자살하는데, 이 경우 그래도 소년이 죽는 게 낫다는 판단은 앞서만큼 쉽게 내려지지는 않는다. 둘을 비교하자면 결국 우리는 희생자의 머릿수를 헤아린 것일 테다.[1)]

다시금 너무하다 싶다. 우리가 무슨 악의가 있어서 그랬던 건 아니니까. 그런데 「거기에 있어」와 같은 작품을 보면 너무한 게 아닌 것도 같다. 한 해 전, 신혼여행을 떠난 은우와 무영의 차에 젊은 남자가 부딪친다. 이어 나타난 노인은 크게 다친 것도 아니니 그냥 가라 말하지만, 불안감과 책임감과 선의 따위가 뒤섞인 복잡한 마음에 부부는 그 둘을 집으로 데려다준다. 그 결과 젊은 남자는 잘못을 했으면 벌을 받아야 한다며 무영을 구타해 기절시키고 은우를 방으로 끌고 들어간다. 그 결과로 다음 날 돌아오는 길의 운전대를 잡은 무영의 마음은 가라앉지 않는다. 그 결과로 이어진 사고, 그 결과로 잘려 나간 그의 오른팔.

역시 너무한가. 아니, 정말 너무한 건 사고가 아니라 그 이후다. 팔을 잃은 무영에게 헌신하는 은우는 그게 "마땅히 지켜져야 할 도리"라고 자신을 설득한다. "배려와 동정"도 구분한다. "돌본다는 행동이 주는 우월감"(181쪽)까진 어쩔 수 없다는 것도 알고 경계한다. 그러나 무영의 환상통까지는 이해하지 못한다. 그것이

---

1) 범죄의 처벌을 결정하는 과정에 (비합리적으로) 개입하는 '감정'이 우리의 (합리적) 판단을 방해하므로 머릿수'만' 헤아렸다고 할 수는 없다. 그러나 동시에 머릿수'도' (합리적으로) 헤아렸다는 것까지 부정할 수는 없다. 인정한다면 마저 답해보길. 만약 미래를 알 수 있는 이가 소년이 아닌 우리고, 그 미래에서 소년은 반드시 테러리스트가 될 거라면, 우리는 이 아홉 살 소년을 지금 죽여야 할까? 그래야 한다고 답했다면 역시 머릿수'도' 고려한 것이다. 참고로 이 질문을 머릿수'만' 고려할 수 있도록 다듬으면 겨우 12퍼센트의 사람들만 그렇다고 답한다. 알다시피 이는 신경윤리학의 오래된 사고실험인 '트롤리 딜레마'의 변형이며, 당신의 선택을 공리주의 혹은 '깊은 실용주의'라고 옹호해줄 대표적인 학자는 조슈아 그린(『옳고 그름』, 최호영 옮김, 시공사, 2017)이다.

"무영을 위해 무언가를 하고 있다는 바로 그 점"에서 오는 "만족감"(196쪽)으로는 이해할 수 없는 영역에 속한 것이기 때문이리라. 은우는 무영에게 자신이 필요하다고 생각했지만 실은 혼자 남는 일이 두렵다던 은우가 무영을 필요로 했던 것이다.

하여 "넌 뭐라도 했었어야 돼"(199쪽) 말하는 무영의 화는 1년 전 그날의 은우를 향하는 것만은 아니다. 네 생각만 하는 것 말고 무언가 더, 헌신과 배려와 인내와 이해라는 허울 뒤에 숨어 우월감에 젖어 있을 것이 아니라 무언가 더, 이게 무영이 바라는 바다. 그러나 무엇을 더? 뭔가 더 한다고 하여 그것이 반드시 긍정적인 결과로 이어지지는 않는다는 것을, 도리어 끔찍한 일들을 불러올 수도 있다는 것을 그들은 그날의 사고를 통해 배우지 않았나. 이러한 맥락에서 사고가 현실인 듯 환상인 듯 묘사되었다는 것은 의미심장하다. 그게 일어난 일인지는 분명하지 않더라도 그건 분명 일어날 수 있는 일이었다. 무영은 화를 참을 수도 있었겠지만 그렇다고 하여 은우가 옳았다고는 할 수 없다는 의미다.

하나 더. 「외」의 남편은 뺑소니 사고를 목격했다, 고 믿는다. 앞서와 마찬가지로 그는 뒤섞인 마음으로 목격담을 증언하고는, 너무 일찍 사고 현장을 뜬 자신을 누군가가 비난할 거라는 생각에서 헤어나질 못한다. 우리는 그를 향한 아내의 답답함이 사치스러운 것임을 느낀다. 제삼자의 위치에서 그녀가 갖는 안도감이 우리에게는 보인다. 사고로 죽은 이의 아내가 찾아왔을 때 "그 여자에게만큼은 어딘가 더 딱한 처지로 비춰지길" 바라며 전하는 거짓된

위로의 말, 아니 '이야기'를 보라. 나는 결코 네가 아닐진대 서로 "크게 다를 것도 없"(223쪽)다며 전하는 그 값싼 동정이 역겹지 않은가. 경로를 달리하여도 도착지는 같다. 밖外에 있는 이는 역시 아무것도 하지 않는 게 옳다는 결론.

냉랭하게 들리는가. 그렇다면 실은 이것이야말로 임현의 소설에서 가장 열렬한 지점이라는 것을 확인할 차례다. 「외」의 남편은 어디서고 계속 목격되는 이다. 아내는 그게 불편한데 정작 그는 자신이 "유일한 사람"(225쪽)이 아니라는 걸 순순히 받아들이는 듯하다. 어째서? 내가 그들에게 타인이듯 그들도 나에게 타인이라는 것을, 그들과 똑같이 낯모를 이라는 점에서 유일하지 않다는 것을 알고 있기 때문이다. "누가 나를 뒤에서 보면 저런 모습이겠네 싶은 거지."(212쪽) 서로를 몰라 아무것도 주고받을 일 없는 그들이 닮았다면 그것은 '나도 너도 모른다'가 아니라 '나도 너를 모르고 너도 나를 모른다'는 점에서만 그러하다. 이때 '나'의 입장에서 '너'가 주어 아닌 목적어라는 것은 곧 '네가 누구인지 말할 수 있는 자는 너 자신뿐'이라는 의미다. 여전히 차가운가. 나는 도리어 이보다 더 뜨거운 환대가 그 어떤 기만도 없이 이루어질 수 있다는 것이 의심스럽다.[2)]

---

2) 이 논의는 물론 김현경의 『사람, 장소, 환대』(문학과지성사, 2015)를 참고한 것이다.

*

옳음을 묻다 보니 그 답에 타인이 섞여 들어간 게 이상하게 느껴질지도 모르겠지만 이는 자연스러운 일이다. 우리가 옳음을 묻는 것은 '나' 때문이기도 하지만, '너'에게는 '나'가 '너'이니 결국에는 '우리' 때문이다. 우리가 완벽하게 옳아야만 한다는 뜻은 아니다. 누구도 그럴 수 없음은 차치하더라도 그게 맞는 건지는 다시 질문이 되어야 한다. 이렇게 옳음/그름에 대한 질문에 맞음/틀림이 추가된다. 「무언가의 끝」과 「고두叩頭」의 사례를 살필 것이다. 미리 이야기하자면 하나는 틀린데 옳고, 하나는 맞는데 그르다. 내처 말하면 이 두 작품만으로도 임현은 문제적 작가의 칭호를 얻을 자격이 충분하다.

먼저 「무언가의 끝」. '나'는 스물다섯 해 전부를 한집에서 살았다. 거기 살면서 두 살 되던 해에 어머니를 잃었다. 그러고는 아버지가 병으로 죽고, 형이 승합차에 치이고 오토바이에 밟혀 죽고, 그사이에 지하방에 세 들어 살던 남자가 불에 타 죽었다. 어머니의 죽음은 기억에 남아 있지 않으나 나머지 셋은 다르다. 그들이 세상을 뜨던 날 '나'는 꿈에서 붉은 토끼를 보았다. 토끼 꿈을 꾸면 누군가가 죽는다. '나'는 이런 결론에 다다른다.

> 괜히 그런 꿈을 꾸었던 탓에 이런 일이 생겼나 싶어서 장례를 치르고 한참 뒤에도 잠들지 못했다. 누구에게 말할 수 있는 문제도

아닌 데다가 진짜 나 때문이라고 하면 어떡해, 그런 걱정으로 잠들지 못했다. 정확히는 꿈을 꾸지 않으려고 애썼다. 할 수 있다면 그렇게 해야 하는 게 옳을 것 같았다.

—「무언가의 끝」, 141쪽

"옳을 것 같았다"니, 절대로 그럴 리 없다. 백번 양보해 설령 그게 예지몽이라고 쳐도 그것은 누군가의 죽음을 예고하는 것이지 야기하는 것은 아니지 않은가. 그럴 줄 "몰랐"다고? "알았다면 그러지 않았을 것"(139쪽)이라고? 모를 수 있다. 모를 수밖에 없고 모르면 그럴 수 있다. 안쪽으로만 열리는 문들이 가뜩이나 좁은 지하 월세방을 더 좁게 만든다는 것을, 자기가 연 문이 세탁기에 걸린다는 걸 인지하기 전까지는 모를 수 있다. 아버지가 한약을 데워 따라 마시는 데 쓰다가 병들고 나서는 침을 뱉던 용도로 사용하던 컵이었다 해도, 그걸 모르는 형수는 거기 동전이나 열쇠를 넣어둘 수 있다. 방세가 밀린 남자를 하필 겨울에 내보낼 때는 그가 이불과 버너를 들고 몰래 돌아와 타 죽게 될 것을 몰랐으니 그럴 수 있다.

말하자면 '나'는 인과를 뒤집어 생각하고 있다. 결과로 느끼지 않아도 무방할 책임을 느끼고 있다. 언젠가 자정이 넘은 밤 여기가 처음이라며 가든마트를 찾는 중년의 여자에게 '나'는 모른다고 답했다. 얼마 안 가 모르지 않았음을 알아차렸다. 정말로 몰랐는지, 왜 몰랐는지, 왜 모른다고 말하며 큰 소리를 냈는지, 생각했다. 가든마트 앞을 지나갈 때 "항상 그런 것은 아니었으나 한번 떠오르면 오랫동안 머물렀다". 알지 못했던, 알 수 있었던, 옳지 못했던, 옳을 수 있었던 순간을 떠올릴 때 이 화자가 느끼는 책임감은 이 책의 그 누구의 것보다도 크다. 보았듯 그 책임은 인과가 뒤바뀐 결과이므로 (이치에) 맞지 않는데도 그렇다. 이것이 옳음에 대한 정답이라 생각하며 우리가 찾아 헤매온 '무언가의 끝'이다.

'나'라고 완벽하게 옳지는 않음을 보여주는 순간들도 있다. 그 여자를 "어느 순간이 지나면 생각하지 않았다"(147쪽). 텔레비전의 사건 사고를 보며 제 무사함에 안심하기도 했다. 그러다 사고를 목격하고 너무 일찍 현장을 뜬 한 남자(「외」의 남편일지도)의 사연에는 너무 무책임하다고 생각하기도 했다. 오히려 그런 순간들에 '나'는 지극히 인간답게, 옳지 않더라도 (이치에) 맞게 생각한다. 그렇다면 앞선 인물들과 마찬가지 아니냐고? 아니, 여기에는 빈도와 정도의 차이가 있다. 어쩌다 한 번씩이었을지라도, 그 누구보다도 '나'는 옳음에 가까이 갔다 왔다. 이것은 또한 우리의 최대치다.

나머지 한쪽 끝은 「고두叩頭」다. 먼저 밝혀둘 것이 있다. 이 작품이 화제가 된 것은 『2017 제8회 젊은작가상 수상작품집』에 수록되면서부터였지만, 처음 발표된 것은 그로부터 1년 전인 2016년 봄이다. 지난해, 그러니까 2016년 말 '문단 내 성폭력'에 대한 고발이 시작되기 전이다. 옳고 그름을 떠나 (상황에) 맞지 않는 말들이 있다. 더 많이 말해야 할 이들에게 더 많은 자리를 내어주어야 할 때가 있다. 「고두叩頭」를 쓰던 임현은 한 해도 지나지 않아 마땅히 침묵해야 할 입장에 처하리라는 것을 몰랐다. 알았다면 쓰지 않았을 것이다. 덕분에 우리가 문제작을 하나 갖게 된 대신 그가 너무 많은 오해를 사게 되었다.

그것이 어째서 오해이며 무엇이 곡해되었는지를 선명히 하기 위해 악마의 변호인Devil's Advocate을 선임할 수도 있을 것이다. 그는 아마 '14세 이상 미성년자의 성적 자기 결정권'이나 '태아의 인권' 등을 거론하며 자신의 제자와 잔 선생을 변호할 것이다. 사과를 원하는 우리에게 그걸 당신이 왜 받아야 하냐고, 무릎을 꿇고 머리를 조아리며 낮게 엎드리길 원하는 거냐고, 그렇다면 이 선생이 틀린 것 하나 없지 않냐고 반문할 것이다. 이미 많이 불편했을 당신에게 또다시 잔인하게 굴고 싶지는 않은지라 바로 결론을 제시할까 한다. 이 화자, 자신의 제자와 잔 윤리 선생의 말은 거의 맞다. 무엇이 틀렸는지를 지적하자면 할 수는 있겠지만 그의 유죄를 입증할 만큼은 아니다. 무엇보다도 결론에 이르러 알게 되듯 말처럼 들렸지만 생각일 뿐인지라 애초에 행위 자체가 성립하질 않는다. 분하지만 이걸 인정해야 다음으로 넘어갈 수 있다.

이 화자는 맞다. 그러나 옳지 않다. 일반적으로 생각의 법정에는 참관인석이 없으나 화자 스스로 재판 과정을 중계해준 덕에 우리도 이 말만큼은 할 수 있게 되었다. 그렇듯 엄청난 사건을 한 번도 아닌 두 번이나 겪고도 참으로 한결같지 않던가. 바로 이것이다. 자신이 옳은지를 사건 이후에도 스스로 물어본 적이 없다는 것, 오직 이것만이 그가 옳지 않다는 유일한 증거다. 완벽한 옳음 같은 건 환상이며, 나는 옳은지를 나에게 묻는 동안에만 나는 옳다. 옳다는 판결을 스스로 내리기 전까지, 피고인 나와 검사인 나와 판사인 내가 치열한 공방을 벌이는 동안만, 나는 옳을 수 있다. 이것도 또한 우리의 최대치다.[3)]

마지막 질문이다. 「무언가의 끝」과 「고두叩頭」 사이, 우리는 어디쯤 있어야 하나.

---

3) 이에 동의한다면 이 각주는 읽지 않고 곧장 결론으로 넘어가면 된다.

당신이 이 문장을 읽고 있다면 그건 둘 중 하나다. 우선 내가 설명을 잘 못한 것일 수 있다. 최선을 다했으나 그래도 안 되는 거라면 내가 뭘 더 어찌할 수는 없지만, 해설자의 본분을 다하지 못했다는 뜻이므로 나는 나에게 유죄를 선고한다.

그게 아니라면 당신은 (머리로는) 알겠는데 (가슴으로는) 모르겠다는 말을 하고 싶은 것일 테다. 글쎄, 알겠는데 모르겠다는 건 무슨 말일까. 혹은 그냥 이 선생이나 너나 작가나 다 똑같은 "개새끼"(83쪽)일 뿐이라고 말하고 싶은 건지도. 잘 될 것 같지는 않지만 당신을 조금 더 설득해보고 싶다.

문학이라는 이름으로 이런 이야기를 쓰는 짓은 그만하라는 말을 하고 싶은가. 당신은 다큐멘터리나 텔레비전의 탐사·고발 프로그램도 더는 만들지 말 것을 주문하는 중이다. 실제 있었던 일을 그대로 보여주는 것과 이것이 어떻게 같으냐고 묻고 싶은가. 기껏 '카메라의 눈'을 통해 재현된 그것을 보며 '그대로' 본다고 착각하다니, 어떻게 그럴 수가 있냐고 내가 묻고 싶다. 재현에 있어 문제는 '무엇을'이 아니라 '어떻게'다. 포르노냐 아니냐를 결정하는 건 '어떤 섹스'를 하는지가 아니라 '어떤 카메라' 앞에서 섹스를 하는지다. 내가 알기로 '카메라의 눈'에 가장 민감한 평론가는 남다은이다. 그녀의 글(「'거리'의 치열한 활동—영화와 비평 사이에서」, 『문학동네』 2016년 봄호)을 보라.

이 선생이 망하는 꼴을 보지 못해 분한가. 그것은 연주가 그렇게 당하고만 있어서는 안 된다고, 선생을 대상으로 살인·방화를 저지르는 한이 있더라도 복수해야 한다는 말인가. 작가가 그런 결말을 써야 한다는 말인가. 알는지 모르겠으나 그건 우리가 한 백 년쯤 전에 했던 이야기다. 다 끝난 이야기를 왜 또 하느냐는 말은 절대로 아니고, 백 년 가까이 지난 그 이야기를 똑같이, 그 어떤 반성도

*

임현의 등단작인 「그 개와 같은 말」이 발표된 것은 2014년 6월이다. 세월호가 가라앉은 4월 16일로부터 두 달도 채 지나지 않았을 때다. 우리는 '누구에게나 일어날 수 있는 재앙'을 수습해줄 국가가 작동하지 않는 모습을 생중계로 보았다. 인과의 빈자리를 '가만히 있지 않았더라면'으로 시작해 '그 배에 타지 않았더라면'을 거쳐 '1997년에 태어나지 않았더라면'으로 이어졌을 가정들로 어떻게든 채워보려는 이들도 보았다. 세계의 이야기가 무너지

갱신도 없이 지금 다시 해야 하는 이유를 모르겠다는 말이다. 박영희(「신경향파의 문학과 그 문단적 지위」, 『개벽』 1925년 12월호)로부터 이어지는 '신경향파' 관련 오래된 문건들을 보라.

이런 소설을 썼다는 건 결국 평소에도 이런 상상을 한다는 것 아니겠냐고 말하고 싶은가. 그런 당신은 살인자가 주인공인 소설을 읽을 때면 작가가 막 당신을 죽이러 올 것 같고 그런가. 그거는 아닌데 이거는 왠지 그런 거 같나. 내게 그건 '전체를 다 보면 그런 기운이 온다'는 말과 다르지 않게 들린다. 혹시 『2017 제8회 젊은작가상 수상작품집』에 함께 실린 「작가 노트—두고두고 애매한 것들과」까지 다 봤는데도 도무지 '그런 기운'이 가시질 않는가. 지금 당신은 저 윤리 선생도 아닌 작가의 생각의 법정에 검사로 들어가겠다는 건데, 그럴 때 정작 옳지 않은 건 당신이라고 소설도 나도 지금껏 이야기해왔는데, 그래도 기어이 그래야겠다면 더 말리는 건 시간 낭비일 것 같다. 단, 유죄를 입증해야 할 책임은 생각을 기소하려는 당신에게 있고, 그것은 철저한 무죄추정하에서 이루어져야 한다는 것만 기억하라. 이런 당연한 말마저도 동의할 수 없다면 조지 오웰의 『1984』를 보라. 거기 당신이 꿈꾸는 세계가 있다. 아니면 '사상범'쯤은 쉽게 잡아들이던 1984년쯤으로 가든지.

화가 난 것처럼 보이는가. 아니, 화가 난 게 보이는 것이다. 나도 당신처럼 "내가 보는 것이 옳다. 옳은 것을 나는 본다"(임현, 「목견」, 『세계의문학』 2015년 겨울호, 201쪽) 말하는 사람을 보면 화부터 난다. 참아가며 다시 최선을 다하느라 귀한 지면을 낭비했으니 나는 또 유죄다.

면 개인의 이야기도 따라 무너진다. 이 이야기들은 그런 중에 쓰인 것들이다. 세월호 이후 인과를 논하는 게 죄인 줄은 알았겠지만, "나는 괜찮고 젖지 않았다"는 것에 안심하기도 했겠지만, "그래도 뭐라도 써야 한다면 이걸 써야겠다"(임현, 「신인추천 당선 소감—지금에 와서야 드는 생각이지만」, 『현대문학』 2014년 6월호, 201쪽)는 마음으로 썼을 것이다.

이제 그만하라는 이들도 보았고, 심지어 슬픔을 조롱하는 이들도 보았다. 지금껏 묻고 물어 확인한바 그들이 옳지 않다는 말을 우리가 옳으면서 할 수는 없다. 다만, 「고두叩頭」의 그 더럽혀진 골목을 떠올리며 말하자면, "이곳에 쓰레기를 버리지 마시오"(41쪽) 정도는 너와 내가 합의하면 되는 문제가 아닐까. 무엇이 맞는지를 함께 결정하고, 버리지 말라는데 자꾸 버리는 이들에게 너는 틀렸다고 말하는 정도는 나와 너의 옳음을 침해하지 않으면서도 가능하지 않을까. 이제껏 우리는 그래왔으니까. 무엇이 맞는지를 결정해온 건 결국 무엇이 옳은지를 고민했던 이들이니까. 옳은 게 그대로 맞고 그른 게 그대로 틀린 세계가 어딘가 있을지는 몰라도 지금 여기는 아닌 것 같아 드는 생각이다.

이곳이 천국이 아니라는 것은 곧 세상 사람들이 모두 천사는 아니라는 의미일 터이다. 이 문장을 어떻게 읽을지는 당신 마음이다. 나는, '꽃으로도 때리지 마라'는 식의 말을 들을 때면 확실히 우리 중 누군가는 천사가 맞는 것도 같고, '미친개에게는 몽둥이가 약'이라는 식의 말을 들을 때면 확실히 우리 중 누군가는 천사가 아닌 것도 같은데, 저게 각기 다른 사람의 말이 아닌 것같이 들릴 때면 여기 천사가 있기는 한 건가 싶어진다. 하긴, 나라고 뭐 달랐겠나. 그러한지라 그 누구도, 하물며 (읽는) 너와 (쓰는) 나조차도 완전히 옳을 수는 없다는 임현의 소설에 나는 여러 번 고개를 끄덕여야 했다. 그러니까 애를 쓴들 불행히도 우리는 거의 옳다. 이는 우리가 인간이라는 말이다. 그렇다면 애를 써도 조금씩은 그르다는 건 차라리 다행이지 않은가. 그건 인간이 '우리'여야 한다는 말일 테니까. 어, 그게 맞는 것 같다.

작가의 말

초등학교 4학년 때던가, 일기장에 담임 선생님이 “작가의 꿈을 가져보렴” 하고 적어주었는데 책임도 지지 않을 거면서 왜 남의 인생에 함부로 끼어들었는지 모르겠다. 무난하게 외교관이나 변호사가 되라고 했다면 일찌감치 포기했을 텐데, 너무 이른 나이에 진로를 결정해버린 것 같아 후회된다. 야구장에서 날아오는 파울볼을 바라보며 소설을 써야지, 다짐했다거나 본래는 의대생이지만 문학이 좋아서 작가가 됐다고 한다면 더 대단할 것 같은데…… 그런 멋진 사연이 내게는 없다.

대신 소설을 쓰면서 허리가 많이 안 좋아졌다. 원형탈모도 생겼는데 지금은 완치되었다. 검은콩을 볶아 공복에 복용한 게 효과가 있었다. 이외에도 하루에 커피를 석 잔 정도 마시고, 담배 피우고,

식사는 불규칙하지만 술은 정기적으로 마시면서 몸에 나쁜 일을 많이 했다. 그중에서도 소설이 가장 나쁘다. 의사 선생님도 내가 무슨 일을 하는지 말하면, 아, 그렇구나, 그래서 그러시구나, 이상하게 긍정해버린다. 그러니까 내 건강과 바꿔가면서 쓴 소설들이다. 나로서는 애정이 가지 않을 수가 없다는 말을 꼭 하고 싶었다.

소설을 쓰는 일은 세상에서 두 번째로 행복한 일이고 그보다 아무것도 쓰지 않는 날이 더 행복하다. 무언가를 쓰고, 다음 쓸 것들을 기다리는 그 공백기를 나는 좋아하는 편이다. 말하자면 내가 쓴 이야기는 모두 나 혼자 썼다기보다는 주변에서 듣고 보고 대화하면서 생각한 거의 대부분의 것들을 옮겨 적었을 뿐이다.

특별히 서정신우를 몰랐다면 「좋은 사람」도 쓰지 못했을 것이다. 쓰는 동안에는 최지훈의 도움을 많이 받았다. 원하는 대로 쓰지 못했다는 생각에 쓰고 나서는 멀어졌는데 고마운 만큼 여전히 미안한 마음이 크다. 그걸 어떻게 전해야 할지 몰라서 여기에 작게 남긴다.

더불어, 「엿보는 손」에서 어떤 소설가의 '작가의 말'이라고만 언급한 그것은 최정화의 소설집 『지극히 내성적인』에서 옮겨 왔음을 밝힌다.

밖으로는 소설이 전부가 아니라고 말하고 다니면서도 내심 무언가를 기대했던 적이 많았다. 무엇보다 소설을 이용해서 내가 더 멋져 보이고 싶은 건 아닌지, 그걸 너무 의식하고 있던 건 아닌지…… 진짜는 내가 아니고 싶어서 뭐라도 자꾸 쓰려고 했던 건 아닐까, 그런 생각들이 나를 더 부담스럽게 만든다.

그럼에도 주변의 사람들이 나를 많이 견뎌주었다. 김가을과 김상현이 가장 그랬다. 나는 종종 그들을 서운하게 만들거나 실망시키기도 하는데 그때마다 내가 아주 좋은 사람이 아니라는 점을 상기시킨다. 그런 것들로 나는 안심한다. 그러니까 무어라 이름 붙이기 어려운 이유들로 우리가 더 복잡하게 얽혀 있고, 좀처럼 훼손되거나 아주 멀어지는 일은 정말 없을 거라는 기대를 갖게 한다.

한 권을 묶고 정리하는 동안 내가 쓴 소설들이 너무 못나 보인다는 생각을 자주 하게 되었다. 그럼에도 미워할 수 없었다. 나는 종종 어떤 일에 오기를 부리거나, 내가 틀리지 않았다는 걸 증명하고 싶어 하는데 지금도 그때와 거의 비슷한 기분이다.

그 개와 같은 말

초판 1쇄 펴낸날 2017년 10월 13일
초판 6쇄 펴낸날 2022년 5월 31일

지은이 임 현
펴낸이 김영정

펴낸곳 (주)**현대문학**
등록번호 제1-452호
주소 06532 서울시 서초구 신반포로 321(잠원동, 미래엔)
전화 02-2017-0280
팩스 02-516-5433
홈페이지 www.hdmh.co.kr

ISBN 978-89-7275-831-0 03810

* 책값은 뒤표지에 있습니다.
* 파본은 구입처에서 교환해 드립니다.
* 이 책은 2017년 대산문화재단 대산창작기금을 받아 출판되었습니다.